U0112333

日本人的
"真面目"
②

卞毓方
林江东 ◎ 著

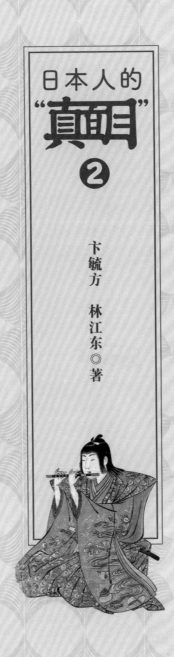

漓江出版社

① 2018年4月4日卞毓方、许同茂在和歌山大和饭店前
② 2018年4月4日卞毓方在徐福公园
③ 2018年4月6日卞毓方在清水寺前
④ 2018年4月6日卞毓方在京都哲学小道
⑤ 2018年4月6日林江东雨中访京都泉涌寺
⑥ 2018年4月7日卞毓方在延历寺陵园为恩师陈信德先生扫墓

京都

北京　　　　　　大阪　　　　　　和歌山县　　　　　　　　　大阪

新宫市

东京　镰仓　鹄沼

⑦　2018年4月8日卞毓方在京都龙安寺
⑧　2018年4月10日卞毓方在东京内山书店前
⑨　2018年4月10日卞毓方在东京上野西乡隆盛雕像前
⑩　2018年4月10日林江东在东京国立博物馆前
⑪　2018年4月12日卞毓方在大船车站
⑫　2018年4月15日卞毓方在东京增上寺

中日之结，谁是亚历山大？

改写一则西方古代寓言。

有智慧之神打了一个死结，传言天下，谁要是能解开它，谁就能赢得未来。

一个又一个解结高手轮番上阵，面对纠缠如乱麻、坚硬似铁索、茫然无头绪的死结，谁都束手无策。

最后，轮到亚历山大上场。他说："我要建立自己的解结规则。"说罢拔出利剑，将结劈为两半。

亚历山大于是赢得了未来。

序

一衣带水是多远

北京—大阪航班，上午十点三十五分，比规定时间稍晚片刻，一架空客A320呼啸凌空。飞机真是个巧夺天工的发明，它能把空间维度一望无际的浩渺烟波，转化成时间维度瞬息飞渡的"一衣带水"——假若飞行的速度快些，再快些，再再快些，快到接近理想的光速，那么，"一衣带水"也会渺若无迹，亚洲大陆与其东侧列岛，将隐隐然状如一片没有缝隙的整体。

我的座位是五十六排C号。从前乘飞机，喜欢挑窗口，人都向往空间，座位是一般宽窄，挨窗就多了一片窗外的天地，视觉的大驰骋、大舒展、大自在。嘘——，这是不足为外人道的小秘密，早期著文的某些突发灵感，就来自这小小舷窗的天机乍泄。现在嘛，我喜欢挑走道，一是出进方便；二是飞渡的里程多了，阅云成宇，阅日为宙，我已不需要向霄汉乞求天启，只要低下头来，眼观鼻，鼻观心，灵府自会有奇思妙想涌出。说句题外的话，近世贵族豪门，常以堂皇气派的书斋为装饰，为自炫，我不稀罕那阔大，那御林军般森然拱卫的架势，我对书房（不是书库）的追求，仅仅是：一张桌子、一把椅子、一盏台灯、一部电脑。足矣，足矣，就好，就好（绝对比"江户的福尔摩斯"钱形平次还要简素）。连电话也不要，连壁挂也不要。建筑大师路德维希·密斯·凡德罗倡导极简主义，他的名言："少即是多。"在书房的设计上，我是他的信徒。

烟花三月，正是下扬州的季节，这么多的人不去扬州去瀛州，是去赏人家的樱花吗？答案：是，又不是。至少我不是，或不完全是。那么，我的动机呢？皆因二〇一六年出了一本《日本人的"真面目"》，既圆"不忘初心"之梦，又接上了崛起的"中国梦"——前者，源于早年的攻读日文；后者，承恩于读者善意的褒奖。小孩子是受不得表扬的，一表扬，就会飘飘然，就会人来疯。我是老小，老小，也是小孩子的脾气，既得坊间认可，复得陇而望蜀，得一而望二。正好师姐林江东技痒，约我再写日本，得，两个老小一拍即合，结伴走笔扶桑。

至于其他旅客的动机，我管不上，这世界，各有各的梦。据悉，二〇一七年的访日签证，仅驻京总领事馆一处，日均发出五千个，一年的总量，约一百二十万。全国呢，二〇一七年的访日人次为七百三十五万六千，平均下来，每天就是两万出头。旅游从对象国的经济来讲，就等于送真金白银，送GDP（国内生产总值），无疑，这是要让日本政府喜上眉梢的了。也有人不悦，谁？不说也知道——那些以咒骂标榜爱国的同胞。

此事可作正论。爱国好！爱国值得热烈鼓掌！那么，既然爱国，你该懂得"知己知彼"，才能"百战不殆"，假若"不知彼而知己"，则是"一胜一负"，而"不知彼，不知己"呢？则沦落为"每战必殆"。我就问你一句，你了解日本吗？你不去你怎么了解？我再告诉你一点，松下幸之助老先生晚年办了一个私人学校，取名"政经塾"，专门培养下一代政治家，诸多课程之中，有一项，就是必须能说中文。面对这样的对手，你会说日文吗？你既然有爱国之宏志，可不要输在起跑线上哦。

还可作推论。美国《华盛顿邮报》曾评出人间十大奢侈品：一、生命的觉悟；二、自由、喜悦与充满挚爱的心；三、走遍天下的气魄；四、与大自然融为一体的能力。（以下略）其来源，待考。其说法，赞成。如果你连邻家也不曾一顾，其气魄、能力、视野，岂不是太小了点哈！

国人的仇日，始于一百多年前的甲午战败，倘若败于老牌大国英吉利、新晋大国美利坚，又当别论，偏偏败于曾经是自己的学生，而今忘恩负义、恩将仇报的小日本，这口气实在咽不下去。第二次世界大战，日本侵略者的铁蹄蹂躏了半壁江山，后来虽说艰难曲折取胜，但某些同胞的精神始终没胜——记得从前幼小时打架，那个一边骂骂咧咧，一边发狠"你等着，看我待会怎么收拾你"的，肯定是输家。我曾经说过，现在不妨再说一遍："重要的不是骂，不是恨，不是责，俗话是怎么说的，'打铁还需自身硬'，咱不是战胜国嘛，战胜者就得拿出战胜者的威仪，关键的关键，是你必须做大做强，不怒而威，虎虎生威，虎虎神威！"咒骂实为示弱，嘲讽、挖苦泄露小肚鸡肠，有道是，"泰山是用不着挥拳头、出恶声的，它矗立在那里，它永远是'会当凌绝顶，一览众山小'的泰岳"。

　　我们历史上曾经全面领先于日本。

　　我们近代许多领域被日本超越。

　　我们正在奋起直追，速度之快，史无前例。

　　崇日派，请站高一级台阶。

　　贬日派，请步下一级台阶。

　　不亢不卑，才是正好。

　　这支，不，这舱去大阪的游客，主体，自然是吾国同胞，内里，也有少量东瀛客。怎样把后者从前者的包围分隔中辨认出来呢？这是一个难题。畴昔相对容易，两国人的衣着打扮、行为举止如泰岱与富士山之别。而今呢，越来越靠近，越来越同化（全球化的缩影）。示例，我左侧着休闲装的男同胞，从登机那刻起，就一直沉迷于平板电脑，连用餐时也不忘歪过脑袋，目不转睛地盯着画面看，右侧隔两座是一位东瀛男士，着装，和国人大同小异，也是低头看视频，不复像从前那样专心致志地阅读文库本。

　　若问：那你是如何断定他是日本人的呢？

　　这是凭直觉、凭气味。气味？你诧异。是的，每个人都有先天后天混合而成的独特气味，那是一嗅而觉，甚至是一望而知的；又甚至，常常，仅闻其名，未睹其面，气味也会先声夺人地扑鼻而来。尤其是日本人，有着岁月浸淫、环境历练而得的独特气味。日本人深谙"读空气"。你不明白？你不知道这是啥意思？——若你有缘读罢这本拙著，相信能彻悟此道不虚。

数月前，菊田秀治，一位供职于中国外文局的日语专家，读了我的《日本人的"真面目"》，称赞我是"日本通"。岂敢！岂敢！老实说，我如今连"中国通"也不配，社会发展越来越快，世事光怪陆离，纷乱如麻，叫人扑朔迷离，头晕眼花。遑论日本通了。

细观菊田先生的博文，是中规中矩的三段论。

一、不吝称赞。他写道："我把这本书通读了一遍，卞毓方不愧是早年攻读日文，他对日本人和其文化的方方面面了解得很深，可以说是位日本通。对有些日本的事情，他比日本人更了解，我很佩服他。

"在这本书里，作者提到的日本的事情比较多，包括其历史、政治、生活、体育、学术及文学等等，像是一本关于日本的速写簿。每一篇的文章内容都有丰富的内涵，都值得看一下。我特别喜欢这本书的最后一章'石雕群像'。关于川端康成和大江健三郎的文章《"美丽"与"暧昧"》很有吸引力，从中可以看得出作者对日本文学的造诣之深。"

读者须知，这是典型的日式礼貌。即如，日本人和外国人打交道，哪怕你日语再蹩脚，他也会恭维："您日语说得真好！"

二、委婉责疑。菊田先生先引用我的一段话："笔者顽愚，基于历史的恩怨和现实的尴尬，我对一衣带水的东邻，曾心怀芥蒂，拂袖割席，敬而远之，唯独对这曲《北国之春》，却是闻音色喜，欣然接纳，百听不厌。

"没办法，美的脚步，是阻挡不住的啊！

"此事是否也确证：艺术，越是民族的，就越能走向世界？"

然后设疑："这是一篇题目叫《北国之春》的文章结尾。我对这篇文章印象比较深，那是因为我对这曲《北国之春》歌词的通俗内容接受不了。我估计日本的大部分文化人都不认为《北国之春》是艺术。作者却很喜欢它，我很难理解。"

这个嘛，我在文章中说了的：二十世纪"七十年代，日本经济越过战后的泥沼，驰上高速增长的快车道，潮水般的农民工，从荒僻、闭塞、滞后的北部地区，涌入急速扩张的东京都，他们，各有各的故乡的云，各有各的离骚经、望乡谱、断肠记。《北国之春》就像一把火，嗤啦一声，把他们的乡愁都点燃了，点燃了又都引爆了"。

《北国之春》是支老歌，打工者的歌，底层思乡者的歌，七十年代末问世，随即走红，我听到并喜爱，是在八十年代初。

菊田先生的年龄、阶层，恐怕与此不符，他的"很难理解"，也就是我的"可以理解"的了。

三、较真。菊田先生指出："另外，本书在四十九页有错字。不是'坂垣退助'，而是'板垣退助'。再版的时候请修正一下。"

虽然只挑出了一个，对我也是当头棒喝。自觉已经认真，但认真的程度还不够彻底。日本人的姓大约在二十万，绝大部分来自地名，此外源于宅号或职业。板垣在日本是常用的姓，板是木板，垣是墙壁、篱笆、栅栏，板垣一姓，大概就是由这两者组合而来，介于地名与宅号之间。而坂，通常指斜坡，和垣字不搭配。板垣的观感是素朴、谐和。坂垣的结构是倾侧、凶险。这错置，实在太荒唐。国人责我疏忽，我拱手。日本人指出我马虎，我汗颜（菊田先生手下留情，以他的国学素养，倘较起真来，错误绝不止一处）。事后请吾族专事校对的亚辉先生再查，古人将校对写作校仇（雠），就是要像揪冤家寇仇一样，把错别字从字里行间揪出来。

近来又认识了一位在华工作的等等力先生。据其自述，等等力一姓，来自他老家长野的一处地名。据我经历，东京、山梨、神奈川等地亦有这样叫的，词源，与小溪流水哗啦啦地流淌有关。某次相聚，我问等等力先生富田尚弥盗窃一案的最终判决，读者应该记得，就是在仁川亚运会上偷窃韩国记者相机的那位游泳名将，中文网上有开头，无结尾，我请他帮我查日文网络。分手后，人尚在途中，等等力先生的答复就通过微信传来了。一憷，富田尚弥日文写作"冨田尚弥"，富字上面少了一点，赶紧查日文辞典，原来是富的异体字，富冨通用，这才松了一口气。

回到开篇的一衣带水。

站在游客的立场，再远也满怀期待，心矢向前疾飞，汪洋大海倏忽甩在身后。

达摩西来，一苇即可渡江，他的足底没有沟壑之障。

鉴真东渡，咫尺汗漫，九死一生——然而佛法无边，在他的眼里，仅见咫尺，不见汗漫。

唐人张九龄诗云："相知无远近，万里尚为邻。"识得小小寰球，就识得此中真谛。

一衣带水是一根弹簧尺，一衣带水是神的祝福，一水浸天，他人扯风帆，你驾驶飞机，可以是事实，也可以是在心上，天使从来不愁津渡。

思维，可以修辞；修辞，可以移情；移情，可以遂志。

等待理智、自信、自尊、自强的爱国者，等待天使在针尖上跳舞，等待……这个题目，暂时就此打住。

侧身，延颈，海岸线隐隐在望。飞机向东去，时针向前拨，以证地球是圆的。地球的自转、公转，都是由西向东，而太阳不动，始终处于中心位置，这正是哥白尼的日心说。由此看来，日本人最有理由烧死哥白尼，因为他摧毁了太阳是从扶桑三岛（旧称，现为四岛）升起的神话。

科学愈进步，对民俗学、社会学、文学的嘲笑就愈大。嘲笑归嘲笑，后者并不在乎，因为二者不在一个维度。日本，总归是日本，这是一个民族的美好心愿。犹如我们是中华，世界中心一朵盛开的花。

2018 年 4 月 3 日初稿，18 日修改

目录

CONTENTS

上辑
卜毓方

下辑
林江东

上辑 ∘∘ 卜毓方

卞毓方

学者，思想者，行动者。忝列作家，从来不知"作"为何物，只知道文字是在肺腑里孕育，借血管夺路而出的。故李辉有言："读千篇文章，大概只有两种风格——999篇是一种，卞毓方先生独是那另外的一种。"

和歌山篇

县名的文化含量

当地时间，午后两点零六，飞机降落在大阪关西国际机场。

我，林江东，以及林桑的夫君许同茂，一行三人，步出海关，改乘巴士，直奔和歌山。

和歌山是日本的一个县，级别相当于中国的省；和歌山县的县府所在地和歌山市，则相当于中国的省会。

日本被划分为四十七个一级行政区，即一都（东京都）、一道（北海道）、二府（大阪府、京都府）、四十三县。

日本流通汉字，四十七个一级行政区，都是以汉字表现为主，假名、拼音为辅。汉字表意，有形，有音，有义。对于我们中国人来说，它不仅是一个具体的文字符号，还拥有超然的形象、品位、风度、气场、能量。

以日本四十三县为例，摊开我随身携带的《日本地图册》，从北向南，纵目浏览，那一个个形而下的方块字所折射的形而上的气质，便破纸而出，直冲灵府的牛斗。譬如：青森，令人想见德国郁郁苍苍的黑森林；秋田，定格的是五谷丰登、色彩斑斓的大野；仙台，神仙出没之所，恍然听见李白朗吟"脚着谢公屐，身登青云梯，半壁见海日，空中闻天鸡"；福井、福冈、福岛，无一不是以福字打头，让人想到福寿绵绵、洪福齐天、福星高照、福地洞天；富山，强调靠的就是山，吃的、喝的、玩的、乐的，全是山；香川，流的仿佛是琼浆玉液；德岛，文明温馨之邦；爱媛、爱知、高知，生活在其中的人，个个都有爱美之心，向学之志，八斗之才；说到山形、山口、冈山、群马、栃木、千叶、长野、石川、岐阜、静冈、山梨、三重、熊本、鹿儿岛，则未免风骚稍逊，土气犹存，偃头偃脑，停留在列岛的原始风貌；至于岩手、新潟、冲绳、奈良、鸟取，以汉字本家的眼光打量，倘不明底细，笃定要抓耳挠腮、目瞪口呆、莫知所云。

余从略。

然而，把四十三县排列在一起，假若让我从中只选一个，最能体现真善美、高大上的，我肯定选和歌山。

你看，一个"和"，代表了大和，日本的别称，一个"歌"，是不同国籍、不同肤色、不同性别人见人爱的字眼，加上"和"，组成"和歌"，是日本特有的诗歌体裁，再加上"山"，高峻轩昂，挺拔天表。三字组合，和歌山，包你过目不忘，触舌生香。

听说，此地原名冈山，因与隔濑户内海相望的冈山县重名，遂改为和歌山。闲眺铁道两侧云木森悦连绵不断的山峦，我想，这一改着实改得妙，脱胎更兼换骨。若问：从昔日的冈山到今日的和歌山有多远？答：按广告主义的符号学，不亚于从古坟时代①到东京塔时代的距离。

2018 年 4 月 3 日

---

① 古坟时代（假名：こふんじだい），又称大和时代，日本继弥生时代之后的时代，从公元 250 年开始，迄于公元 538 年，因当时统治者大量营建"古坟"而得名。

到什么山唱什么歌

入住大和 ROYNET 酒店。这位置好，处于市中心，且正对地标性的和歌山城，我们仨稍事休息，便径直前往游览。

从大手门进。"大手"的意思，即正门，日式拿来主义牵强附会的借用。

左侧，为草坪，为樱林。坪上铺着蓝色塑料布，布上搁满饮料、食品，五六组少男少女，席地而坐，围成一圈，是在赏樱。今春天暖，花期提前，明媚鲜妍不再，没关系，日本人对残樱情有独钟，那遍地浮云落霞般的花瓣，更能激起他们"半为怜春半恼春"的"物哀"。

右侧，是一株"百花发时我不发，我若发时都吓杀"的枝垂樱，旁若无花、色空一切地独映斜阳，似乎在说：所谓独特，就是不与他人同步。

前方，是一株古木，铁干，碧叶，枝枝丫丫遮蔽了半个天空。是樟树呢，树干挂着金属标牌，细瞅，树龄已超越五个世纪。

这么说，它是日本战国时代的遗老了。吾国谚云："十年树木，百年树人。"至此不妨倒过来掂量："十年树人，百年树木。"

继续前行，是一排小摊小贩，卖纪念品的，卖串烧的，卖烤红薯的，卖雨伞的——可见这海岛阴晴无常，雨伞是出门必备的；唯彼邦商人过于淡泊，宁静得不知嘴巴尚有吆喝的功能。

循山径攀登，足底之山，名虎伏，山巅之阁，名天守，阁基为菱形平面，座周为巨石砌成的垣墙，取其形胜，高高在上，俯视尘寰，易守难攻。

五点闭门。

我们来迟了一步，只好在城楼外转悠。

数面长方形的广场旗，在晚风中猎猎作响，白底，黑字，上书：和歌山城天守阁，再建六十周年。

始建，为十六世纪末、十七世纪初；夷为平地，为"二战"；重建，为一九五八，今年恰逢一甲子。据云，当地的财神爷松下幸之助，为重建山城出了大力。

日本人喜欢戴口罩，一、二、三、四……斜刺走来，迎面擦肩而过者，络绎不绝，这是一奇。林桑在东瀛作客多年，她说，多半是防花粉、防传染，也有的女子是因为出门前没有化妆。

日本人崇尚白色，又是一奇。以眼前论，广场用旗，吾国取红，取黄，日本取白。须知，在西洋，白旗代表降幡。日本人不这么看，他们认为，白色象征纯贞圣洁。

沿山径，转到天守阁西北麓。

"红叶溪庭园"，好一个以汉诗为典的名字。

树幽，草郁，花妍，石秀，水湛，霞映——就是没见红叶如锦。那是秋天的功课，秋天还在南半球度假哩。

日本人的智慧，是感性的，一个小小庭园，也侍弄得袅袅婷婷，绰绰约约，连阴翳满眼的石子路，也显得凹凸有致、性感十足。

工俳句的芭蕉[①]，应该在这溪旁寻块磐石坐下，而且，一坐就是半天，直到一朵樱花辞枝，飘飘落在他的鼻尖。

想起红叶题诗，时在唐代，寂寞上阳深宫。一日，诗人顾况捡到一片红

---

① 即松尾芭蕉，1644—1694，是江户时期的一位俳谐师的署名。芭蕉作为俳谐连歌（由一组诗人创作的半喜剧链接诗）诗人而著称。他将俳谐从和歌中真正解放出来，把俳句的形式推向顶峰。

叶，是从宫墙内随溪水漂出的，叶上有诗："一入深宫里，年年不见春。聊题一片叶，寄与有情人。"

顾况即兴咏诗一首，也题在红叶上，扔在溪水的上游，让它顺流漂进宫墙。诗曰："花落深宫莺亦悲，上阳宫女断肠时。帝城不禁东流水，叶上题诗欲寄谁。"

我也想题一首诗，没有红叶，樱瓣也成。题什么呢？

最好与和歌山有关。

脑库没有存货。

那就借别人的成句，比方说，松下幸之助的，他是这方的名人。

松下好像不写诗。

那就选他的名言，脑海里浮出的第一句是："所谓青春，就是心理的年轻。"

我简直要为自己突如其来的潜意识或直觉鼓掌，这句子，不知是哪一年偶尔被我的眼角扫过，于是就乘机钻进我的大脑深处，作长期神不知鬼不觉的潜伏，如果没有今天这一刻的"灵光一闪"，只怕永世也无出头之日。

出园，商量如何填饱肚皮。

东瀛第一餐，颇费周折，关键是，日本料理难填中国的胃壑。

寻寻觅觅，敲定了"和民"酒家。

在寻食的途中，路过一爿商店，冷眼一瞥，瞧见一种饰物，印有上下两排并列的六文铜钱。

猛然一个激灵——不是当时，是在用罢晚餐，返回酒店，洗完澡，倚枕草书备忘录之际——这才想起，那是战国真田一族的家纹。

以六文钱，作为家族的徽记，这是什么寓意？

日本传说，人死之后，灵魂进入阴间，若要转世投胎为人，必得渡过一条冥河。河口有摆渡的，船费为六文钱，交足了，就渡你去超生，交不足，就不让过。战国传统，武士上阵，必在背后插一面绘有家纹的旌旗。真田家族以六文钱为印记，是明白无误地告诉对手，老子连通向黄泉的路费都准备好了，老子今天就是来跟你拼个鱼死网破！纵然死在沙场，二十年后仍将是一条好汉！

其义，若破釜沉舟，向死而生。

真田家族，在战国的虎狼群中，是一支弱旅。靠的就是两个人，老爸，真田昌幸，足智多谋，获丰臣秀吉点赞"表里比兴之者"，直译，墙头草，转义，随机应变，不拘一格；次子，真田幸村，骁勇善战，被后世誉为"日本第一兵"。关原合战，昌幸和幸村跻身西军，曾以区区一千人马，把德川秀忠的三万八千大军，牢牢扼阻在中山道，上演了日本版的"一夫当关，万夫莫开"。

堡垒最怕从内部攻破，西军闹内讧，导致兵败如山倒。昌幸、幸村父子，被东军主帅德川家康流放于纪伊九度山（今和歌山）。

十一年后，昌幸死于凄凉，死于绝望。又三年，幸村成功逃脱，潜入大坂。

大坂城，乃旧主丰臣秀吉所建。真田幸村帮新主丰臣秀赖出谋划策，在本城外又构建了一座半弧形的城堡，增加了防御的厚度、力度——坊间称为"真田丸"。同年大坂冬之阵，真田幸村凭借他的独特布局，仅率五千人马，便击败德川方的数万大军。

次年大坂夏之阵，真田幸村在全局不利的形势下，于撤退途中，以三千兵力，击溃敌方先锋一万二千人的铁炮骑兵队，使其后续主力闻风丧胆，却步不前，落下了"百万关东军，没有一个是男子汉"的千古嘲讽。

稍稍稳住阵脚，真田幸村又率领三千五百敢死队，扫荡包抄一万五千越前军，然后，以猛虎下山之势，直捣德川家康坐镇的大本营。这一仗打得惊天地、泣鬼神，家康的卫队纷纷作鸟兽散，家康本人也险险乎遭生擒。

可惜生于末世，机会稍纵即逝，真田幸村最终还是败于命运。唯其功亏一篑的大悲，才越发令人扼腕，今人对幸村的爱怜，明显超逾家康。在二〇一六年NHK大河剧《真田丸》中，扮演昌幸的是日美混血的草刈正雄，他那迥乎出尘的西洋风骨，那双灵犀闪烁的大眼，使我一见倾心。扮演幸村的是新晋大牌明星堺雅人，他的帅气、英气、锐气，足以让历史的旧貌为之一新。

和歌山半日，我邂逅的第一位人气明星，就是扮演幸村的堺雅人，在酒店附近一座大厦的橱窗。

真田幸村，除了那几场以寡敌众的战役，其他也没有什么好说道的。但他的名头，随着岁月的嬗递，却越来越高，越来越响。反正没人去计较，毋宁说大家都心甘情愿心照不宣——半是出于民族的历史的咏叹，半是出于商业含情脉脉的协奏，以及作家、艺术家的创新独白。

此番东瀛之行，首站选和歌山，是因为听了别人的一句话，说这儿有徐福东渡的登陆地。

地点在新宫市，新宫市在和歌山市的东南，在我那本一比六十万的地图册，仅是短短的几寸——明知人家是一个省，脑海里总盘旋着吾国的一个县，寻思，一个县能大到哪儿去——到了火车站买票，才晓得是实实在在的两百公里。

JR 特急，黑潮号。黑潮，北太平洋西部海域暖流的特指，因其色呈黛青，得名。车厢分自由席、指定席，前者便宜，后者稍贵，我们选择前者。上车才知道，整个车厢，数来数去，拢共十五人，自由度大着哩。

列车沿纪伊半岛海岸东行，左右均是岚翠欲滴的青山。山脚稍平坦处，便有房舍俨然，屋多作两层，多取不对称型，灰墙黑瓦，黑是正色，端肃，庄重，黑里又分出青黑、蓝黑、棕黑，昭示主人的癖好和宅邸的气质：青黑，沉逸；蓝黑，幽媚；棕黑，温暖而又不事铺张。宅外辟小园，竹木为篱，也有用砖石或铁栏的，花木皆经裁剪，是户主印在大地上的名片。无园的，也会在门外栽几棵树、养几盆花。意外的是有柑橘，果实累累，焰焰欲燃，怎么会，这纬度，这季节？一拍脑瓜，顿然醒悟，是晚橘吧，抑或是夏橙。间或见农田，齐整如棋格，却荒着、芜着，除了草，什么也不长。

想到要拍几张照片，赶忙找手机，这才发现，动身前落在了酒店。

同伴安慰：放心，丢不了。

因为是在群山中穿行，隧道很多，长的几分钟，短的一眨眼，铿铿钻进去，锵锵冲出来，一条，两条，三条……我在笔记本上画道道，画到二十条，刚好组成四个"正"字，不画了，觉得无聊，妨碍正儿八经的观察与思考。

沿途小站络绎，照例有长长的座椅，供候车者休憩。下客三五，上客一二，基本就这比例。人都从容不迫，不像前方有什么事等着去办。

炫目的是一种灌木，新叶如丹，望过去，火烧云似的一片，待到长大了，长老了，却渐渐转绿（形状类似吾国的冬青，新叶远为赤碧）。昨日猝遇，逢人则问，人都笑笑，司空见惯，习以为常，从未想过弄清它的芳名。

两旁不时闪出一道山溪，碧水白沙，一清到底——吾国山区想必也有的，但我入城既久，难得一窥，注目间，它已倏忽而逝，隐入唐诗宋词的地平。

日本并非毫无污染，昨晚寻食途中，打和歌川桥上过，凭栏俯视，我敢打赌，它已毁了容——这其实是个世界性的课题，人类要亲近自然，返归自然，首先得尊重、敬畏自然。

隔道那位手不释卷的中年女子，与后排闭目养神的老年男子，取出事先准备的便当，开始享用午餐。他俩是本地人，知道这车上没有食品供应。等我发觉，已经迟了，错过起点站，就只有等终点站了。

左侧山脉纠缠不绝青翠未了，右方海岸时断时续惊鸿一瞥……终于迎来了大幅的悬崖、叠岩、礁石、烟波……太平洋……遐想当年，在海上漂泊日久对陆地望眼欲穿的徐福，站在船头，手搭凉篷，远远地瞧见这处海岸，打丹田里发出欢呼：看，那就是蓬莱山！

一不留神，两位旅客悄无声息地下了车。

咦，只见下，不见上，车厢变得越来越冷清。

终于，只剩下许、林夫妇和我。如斯自由席，成了咱们仨并驾东驰的包厢。

午后一点五十，车到新宫，整趟列车，总共下来十几位散客。

出站口，服务员列队，微笑如仪，恭迎亦如仪。注意，我这里特意加上了"微笑如仪"，日本女孩子的笑，一望而知，是经过训练的，程式化的，亲切而又恬静，中国女孩子一般掌握不了那分寸。

高野山，奥之院，一隅。

——这不是现场，是视频。本来，计划明天去高野山，因为同日还要去黑潮市场，这是两个相反的方向，且路途遥远，无法兼顾，只好放弃高野山；于是，权且靠视频过瘾。

瞧，这边厢是织田信长之墓，那边厢是丰臣秀吉之墓。

这是合情合理的，我想，他俩是主与仆，前驱与后继，生前同心勠力，死后比邻而居。

前面出现石田三成之墓。石田三成少时为丰臣赏识，晚年成为丰臣家重臣，死后跟着主子，也算是死心塌地。

咦！这儿埋的是明智光秀，织田信长的叛徒兼杀手，丰臣秀吉的对手，仇人相对，分外眼红呀！这，这，究竟是怎么一回事？

奇怪，前面躺的竟然是小田原北条氏，就是为丰臣秀吉翦灭的关东豪族。他待在仇家的身边，能安然瞑目吗？

还有，这侧是武田信玄，那侧是上杉手谦信，一个号称甲斐之虎，一个号称越后之龙。两人打了一辈子，都没分出胜负，难道让他俩到阴间还继续较量吗？

还有呐，这儿葬的是阿江，那儿葬的是春日局。这两个德川幕府内院的冤家对头，死后岂能惺惺相惜，相安无事？

乖乖，别小觑了这墓园，未必出之于历史学家的设计，但却囊括了半部日本战国史。

倘有那么一处墓园，在中国，这儿埋的是董卓，对面埋的是吕布，那厢埋的是曹操，左右埋的是孙权和刘备，前面埋的是孔明，后头埋的是周瑜……不是也能让人重温一部《三国演义》嘛。

难矣哉！我搁下视频，端起茶杯，遥望窗外夜幕灯影中的天守阁，禁不住想，这种离奇墓葬，只能发生在日本，中国绝不可能。

中国人是把生前的恩怨带到坟墓里去的。"生当作人杰，死亦为鬼雄"，斗，斗，斗，斗到阴间，也不会消停。

日本人信仰把往事付诸流水，死后皆成佛，生前是非善恶一笔勾销。如鲁迅语："度尽劫波兄弟在，相逢一笑泯恩仇。"

事实证明，放弃高野山的决策是明智的，黑潮市场，并非如事先想象的在市内。它位于我们昨天经过的一处海湾，而且要到上午十一点，才正式开放。

我们十点赶到，先在附近的游艇城转悠。这是青少年的乐园，我们无论如何返老还童，也当不了冲浪的勇士、玩摩天轮的高手。

耗到十一点，市场迎客，重头戏是"金枪鱼解体秀"。掌刀的，是位稚气未脱的少年，摊前围了上百位游客，多半是妇女和儿童。我稀罕，挤进去观看。但见一刀下去，斩尾，又连砍几刀，斩首。少年嘴里不停地讲，有做节目主持的才华，相貌也不俗，是做演员的料，讲的是解体的程序和各部位的价值。金枪鱼被削成条条片片，紫红色的鲜肉像是要烫谁的嘴唇。发现少年冷丁瞟我一眼，须臾又晒我一眼，奇怪，四顾，恍悟前列观众就我一个老先生。我便作出积极的反应，或颔首，或微笑，或拍照。他这么年少，肯定没念到大学。也许是渔家子弟，自小就熟谙这一套。他的技艺令我想到"庖丁解牛"，其实解鱼和解牛的道理是一样的，庖丁解牛眼里没有全牛，少年解鱼眼里也没有全鱼。

表演完毕，观众哗哗鼓掌。我的掌声最持久、最热烈，不单是为少年的技艺，还加上对金枪鱼的敬意。它是鱼类中的英雄，热血，接近人的体温，这在冷血的鱼类中是少有的，繁殖力强，一条五十公斤重的雌鱼，年产卵五百万粒左右，游动快，瞬间时速高达一百六十公里，超越陆地上所有的动物，而且为了从海水吸取足够的氧气，它终生都在运动，一刻不停，一停下来就会窒息而亡。

它就这样一生不停地游，直到抵达这海鲜市场，这众目睽睽下的粉身碎骨台——不，依然在游，在我敬仰的目光里，在食客的血液循环中。

"每一个天才曾经都是一个孩子，每一个孩子日后都可能是一个天才。"谁说的？松下幸之助。

——从黑潮市场返回酒店的巴士，最后一排，意兴阑珊，有点要打瞌睡，取出昨晚购买的《松下幸之助自传》，有一搭没一搭地乱翻，不知触着神经的哪一根弦，脑海里腾地浮起这句话。

我在前文说过，松下幸之助就是这和歌山县人，出生于海草郡和佐村。听说，村内有一株千年老松，人称"千旦之木"，松下之姓，就是因此而来。不知道它还在不在？

松下幸之助九岁失学，到大阪当学徒，先是在火盆店，然后到自行车店，再然后，进入电灯公司。那时候，谁会想到他有朝一日将成为"经营之神"？

只有一个人，他自己。

松下幸之助如此剖析成功之道，他说："我的成功有三个因素：一是贫穷，我九岁时父亲的企业垮了，我只好一个人出外漂泊打工；二是没有知识，我刚上四年级就辍学了；三是我干活多吃得不好，因而体弱多病。"

我清晰记得，松下幸之助早年创业的故事，在二十世纪八九十年代，曾经激励了无数跃跃欲试的中国青年。那么，我们再来看看，他晚年插手精英教育的事，对吾人又有什么启示。

那是一九七九年，松下幸之助八十五岁，老先生斥资三亿美元，创办了一所奇葩型的私人学校，取名"政经塾"，旨在栽培未来政商两界的领袖人物（我在序言里提到的）。举世大哗，皆谓他钱多人傻。经营就是赚钱，您搞什么学校呢？领袖人物，是烧钱就能培养出的吗？再说，那是政府层面的事，跟您企业又有什么关系呢？大家袖手旁观，等着看笑话。更有媒体断言："政经塾十年内必垮！"

如今，将近四十年过去了，这所剑走偏锋的私塾，不仅没有垮台，反而越办越奇葩、越超常，成了日本最高级别的精英摇篮。

据统计，截至二〇一六年，松下政经塾的全部毕业生，为二百六十八人。其中，担任国会议员的，三十四人，地方议员的，二十二人，地方政府首脑的，八人；如前首相野田佳彦、前外交大臣前原诚司、现任总务大臣高市早苗，以及现任防卫大臣小野寺五典等等。

这个成绩，远远把同类项的哈佛大学肯尼迪政府学院甩出了几条街。

松下幸之助的政治倾向，我不清楚，也不强求。站在经邦济世的角度，我得承认，他是一个经营的天才。

天才，其实是一种异质。

2018 年 4 月 3—5 日初稿，23 日修改

徐福东渡：一竿子插不到的底

公元前二二一年，秦王嬴政统一六国，创立秦朝。自视功盖三皇五帝，遂撷取三皇之"皇"、五帝之"帝"，号称"皇帝"，想想不过瘾，又在前面加了一个"始"，强调"皇帝"两字的原创版权。他这一"始"不打紧，皇权跋扈，凌驾宇内，由是钳制了神州两千余年。此是后话，撇开不谈。单说这"始皇帝"，高掌远跖而又暴戾恣睢，意气风发而又为所欲为，但仍有一事，令他鞭长莫及、无能为力，那就是寿命。

方士徐福瞅准了始皇帝的软肋，趁机进言，说东海里有三座神仙居住的高山，盛产长生不老之药，他愿意为皇上冒险犯难，冲波逆浪，前往求取。这下挠着了秦始皇的痒筋，龙颜大悦，于是命他率三千童男童女，携人间珍奇珠宝，浩荡出海。

徐福在海上漂荡了多日，没有觅着仙苑阆峰，粮尽水竭，不得不空手而归。这当口，秦始皇正望眼欲穿地盼他的好消息哩。徐福担心雷霆震怒，只好硬着头皮，谎称海里有巨鲛拦路，神山可望而不可即，请求增派弓弩手，翦除障碍。

秦始皇怎么想？信，还是不信？以他对蓬莱一带常现的海市蜃楼的错觉，及其对灵丹妙药的渴求，只能是宁信其有，勿信其无。遂增派弓弩手，续拨随从、物资、厚礼，再次浩荡启程。

徐福这一去，就泥牛入海，无踪无影。

没过多久，秦始皇驾崩。又过三年，秦二世被推翻。汉高祖登上皇帝舞台，改国号为汉——这秦朝的事嘛，时过境迁，也就没人去追究了。

虽说没人追究，但这样一桩轰动朝野的大事件，不亚于后世的"三保太监"郑和下西洋，众说纷纭，八卦新闻满天飞，是免不了的。光阴递嬗，百年后，轮到西汉的司马迁撰写《史记》了，那光景，好比今人回忆"五四"前后北大、清华的学子赴欧赴美，往事历历，如绘如画。是以，司马迁录下徐福东渡一节，以为信史。

《史记·秦始皇本纪》载："齐人徐市（市，读 fú，又写作巿，或福——笔者）等上书，言海中有三神山，名曰蓬莱、方丈、瀛洲，仙人居之。请得斋戒，与童男女求之。于是遣徐市发童男女数千人，入海求仙人。"

《史记·淮南衡山列传》载："秦皇帝大悦，遣振男女三千人，资之五谷种种百工而行。徐福得平原广泽，止王不来。"

嘿，人家这回觅得了一处世外桃源，乐得天高皇帝远，又有三千童男童女供驱使，干脆自个儿称王，不再回去受你的统治了。

徐福的故事到此为止而不止，太史公笔下的"平原广泽"究竟是哪儿，引出了无数考据家的学术认证，有说是韩国，有说是日本，有说是南洋，有说是海南岛，有说是美洲。诸种学说，被讨论得最多且又最能引发国人幽情的，是扶桑三岛的日本。

查历史资料，寥寥无几。常为人引用的，有二：一、五代后周，义楚和尚的《义楚六帖》，记曰："日本国亦名倭国，在东海中。秦时，徐福将五百童男、五百童女止此国，今人物一如长安……又东北千余里，有山名'富士'，亦名蓬莱……徐福至此……至今子孙皆曰'秦氏'。"言之凿凿，令人毋庸置疑。二、宋代，欧阳修作《日本刀歌》，咏道："昆夷道远不复通，世传切玉谁能穷。宝刀近出日本国，越贾得之沧海东。鱼皮装贴香木鞘，黄白闲杂镙与铜。百金传入好事手，佩服可以禳妖凶。传闻其国居大岛，土壤沃饶风俗好。其先徐福诈秦民，采药淹留丱童老。百工五种与之居，至今器玩皆精巧。

前朝贡献屡往来，士人往往工辞藻。徐福行时书未焚，逸书百篇今尚存。令严不许传中国，举世无人识古文。先王大典藏夷貊，苍波浩荡无通津。令人感激坐流涕，锈涩短刀何足云。"这里更直接说出徐福带走了中国许多"先王大典"，是秦始皇当时还没来得及焚毁的，如今就成了日本的镇国之宝，倭人小心眼，严禁再度返流中华。

想起一件往事，我老家是江苏盐城，二十世纪七十年代末，为考研，遍翻中日交往史料，据《旧唐书》和《续日本志》，日本文武天皇大宝二年（702）六月，有一批遣唐使节从盐城上岸，唐守边官吏和日本使节之间有一番问答：

"你们是哪里来的使节？"

"我们是日本国使，这是什么地方呀？"

"是大周楚州盐城县界。"

"原先是大唐，现在叫大周，国号怎么改啦？"

"永淳二年皇帝驾崩了，皇太后登基，叫圣神皇帝，国号大周。常听说海东有一个大倭国，是君子国，人民活得富足快乐，讲文明，懂礼貌，现在见到你们，衣冠楚楚，相貌堂堂，看来真是那么回事哩。"

当时我就纳闷：我老家的先辈，古称淮夷（东夷的一支），讲的是今日外省人也难懂的方言，跟日本使节怎么会对答如流呢？

答案只能是：日本使节中有懂东夷话的翻译。

那么，日本人是什么时候学会了东夷话的呢？

往前溯，隋大业三年（607），圣德太子派小野妹子访华，就已带来了用中文写的国书——这只能证明他们识得汉字，还不能确定他们说的是东夷语。

好了，再往前溯，再再往前溯，徐福是齐人，他带走的童男童女应该也是齐人，统统属于东夷，因此，说徐福东渡扶桑，在那儿落地生根、传播教化，不应是无稽之谈吧。

好一个徐福，在本国史书虽然闲闲几笔，一带而过，神龙见首不见尾，到了人家东瀛，却是浓墨重彩，大张旗鼓，沸沸扬扬。岛国闭塞，因闭塞而生向往，因向往而攀龙附骥，无中生有，小中生大，大而无当，也属人之常情，有关徐福众多登陆地的传说，即是其中的一种。正如地质学家考证，日本列岛在远古曾和中国大陆土接壤连，徐福东渡的故事，就把神州和扶桑紧紧维系在一起。说来，简直像天方夜谭，日本列岛从九州向北，包括本州、四国，以及周围的一些零星小岛，有多得令人眼花缭乱的徐福登陆处、徐福祠堂、徐福公园、徐福石碑、徐福塑像、徐福掘的井、徐福乘坐的航船残骸等。日本人，主要是明治维新以前的日本人，确认徐福携中华上国的斑斓文明和先进生产力，到达扶桑诸岛，帮落后的倭国，从石器时代的绳纹文化，一步跨进铁器时代的弥生文化。

徐福就一支船队，怎么一下子到了这么多地方？难道是被海上风浪打散，飘流四方？抑或是在某处集体登陆，然后分散迁徙各地？

信不信由你，日本人说，如今，在他们国家，凡是姓"秦"，姓"福田"、姓"福山"、姓"羽田"、姓"波田"、姓"波多"、姓"畑"、姓"畠"的，都是徐福或与徐福随行的秦人的子孙。此说在日本的最大推手，要数日本第八十届首相羽田孜（1935—2017），他曾公开站出来宣称：我的祖先姓秦，老家有"秦阳馆"，我是徐福第六十五代的后裔。羽田孜打听到江苏省赣榆县（2014年撤县设区）有徐福村（古代即为东夷聚集地），是他祖宗生活过的地方，他老人家曾两次前去寻根祭祖。作为政治家，他明知此举要挨国内右翼集团的咒骂。作为徐福的子孙，他宁愿失去部分选票，也要跨海跨国认祖归宗。他在圆梦，圆祖祖辈辈六十多代的相承一脉。

也是信不信由你，徐福在日本，还被某些人奉为开国的神武天皇。这"某些人"，就包括昭和天皇的御弟三笠宫。一九七五年，香港"徐福会"成立，他在贺词中说："徐福是我们日本人的国父。"神话他人，实际上是神话自己，神话自己那一段稀里糊涂的历史。我看过一段日本拍摄的考证视频，列举徐福之所以为神武天皇的证据，即有十大项之多。

扯远了吧。且拉回眼前。今天，二〇一八年四月四日，午正，我就站在日本的一处徐福公园，地点在和歌山县的新宫市。

这儿有日本唯一的徐福墓。

这儿有始建于一八三四年、重建于一九四〇年的徐福功德石。

这儿有中国山东省龙口市捐赠的徐福东渡纪念碑。

在一处石碑上，刻着明太祖朱元璋和日本名僧绝海中津的唱和诗，以徐福祠为题：

　　绝海中津诗云："熊野峰前徐福祠，满山药草雨余肥；只今海上波涛稳，万里好风须早归。"

　　明太祖诗云："熊野峰高血食祠，松根琥珀也应肥；当年徐福求仙药，直到如今更不归。"

园子不大，落叶遍地，绿褪赭生，似枫，实则为樟，我弯腰捡起一片，郑重地夹进笔记本。

若问我此时此刻的心境，怎么说呢？站在徐福巍然蔼然的石像前，左侧是驻日大使程永华手植的友谊松，右侧是七鲤戏水的不老池，顿时有一股勃勃豪情，自胸腔上涌，直达天庭。徐福的路，是应天承运绝地求生的路。徐福的梦，是"忽闻海上有仙山，山在虚无缥缈间"的梦。我确信，有秦始皇这样的大独裁者君临神州，必然会有徐福这样的大智大勇者借鸡生蛋，借船出海，实施诺亚方舟式的胜利大逃亡。至于徐福是否到了东瀛，我不是考古专家，说了也不算。既然日本人坚持到了（不管是出于什么因素），客随主便，那就是到了。我本人，只能从大概率推断，有秦一代，必然有不甘当亡国奴的六国贵族遗民——广义上的徐福——乘桴浮于东溟，避难扶桑。

中日两国挨得这么近，在上帝眼里，绝对是一衣带水，自有文明以来，由发达的大陆向滞后的列岛移民，而交流，而融会，而混血，乃题中应有之义。

忽然想到，中国人，都是土生土长的原居民吗？

当然不是。

不是说，不是有许多科学家在说，人类是从非洲走出来的吗？那，又是当然，中国人的祖先，日本人的祖先，以及蒙古人、俄国人、英国人、德国人、美国人的祖先，都是来自非洲。

人类天然地具有血亲关系，这个世界上最人性、最和谐的梦，就是中国古人的这句话："四海之内皆兄弟。"

而人类社会目前面临的最大挑战，就是国家本位、民族思维与人类命运共同体的冲突。

返程，坐的是一如来时的自由席，翻看在公园购买的《浪漫的人·徐福》（奥野利雄著），在其一百四十一页，欣喜地发现：徐福的夫人，原来姓卞。

哈哈，这就把我的祖先与徐福绑在了一起。

宁是天意，祖宗出面点化，缩迢迢沧溟为方寸，看来，这两百公里的长途没有白跑。

我是更加要为徐福的天纵之策拊掌了。

比起排名日本三大悲剧英雄之首的源义经，兵败之后出逃蒙古，摇身一变为成吉思汗的一厢情愿式杜撰，徐福东渡，乃至成为日本的司农神、司药神、神武天皇等，无疑是两两相悦的美谈。

接下来，接下来的问题是：想象我此际，或前程，面对的正是徐福的后裔——现今正正宗宗、地地道道的日本"制造"——我将投射出怎样的目光？

换位思考，假设我是日本人，我的祖上是东渡的徐福，遥望大海，大海彼岸的中华，骨子里又将涌动怎样复杂的情感？

可以想象。难以想象。

海风，隔着大幅玻璃长窗的海风，吹乱了我的思绪，自觉清醒而又迷惘得一塌糊涂。

2018 年 4 月 4 日初稿，25 日修改

一个外邦客的两夜三日

感受和歌山，严格来说，从入住酒店开始。房间钥匙，是一张过塑的纸卡，正面，印着宾馆名称、旅客姓名、房号、住宿期限、金额（具体数字隐去）、交费记录、插口方向等；背面，是房卡的操作步骤及图示，并特别提醒，外出时切记随身携带，房卡一经拔出，十五秒后，房间灯光自动熄灭。

持卡上楼，电梯间搁着一张箱凳。同伴告知，那凳所以做成箱形，是因为它实际上就是一个急救箱，里面照明设备、食品、饮料、药物等应有尽有，供电梯突发故障时备用。

我住的是八〇四室，单间大床房，按日本标准，算得上宽敞。安静（这是我的首选），外界的噪声基本屏蔽。朝向绝佳，拉开窗帘，和歌山城历历在目。

电视、电话、浴缸、马桶、窗栓……在在都有详细的操作说明。最让我惊讶且感动的，是电话的铃声轻微曼妙，如一阵清风拂过竹林，稍不留神就会疏忽。

早餐为自助。递出早餐券，还给你一张塑料卡。正面为粉红色，印有日文、英文、中文的告知：找好空席，拿它占位，食毕，把它翻过来（反面是明黄色），搁在托盘上——这样，服务员看到了，就会过来收拾。

窗外，恰好是朝晖映照下的和歌山城。客人一边用餐，一边饱餍风景，应属精心设计。

餐厅提供当日报纸，有当地的《和歌山新闻》，也有全国性的《读卖新闻》《朝日新闻》。我曾长期供职于媒体，习惯了每天都要翻翻报纸。这几家报纸的头版，都刊登了安倍首相夫人安倍昭惠的丑闻，事涉森友学园购地案，被认为存在幕后交易，并牵扯出执政党高层有篡改相关文件的嫌疑。此事已沸沸扬扬多日，看来，一时半会不得了结。

这是另一种佐餐的料。

和歌山市是小城，自始和至终的印象，就四个字：清爽，安宁。那当然是人工的孵化，背后有着外人难以想象的法规和条文。建筑色调以浅灰为主，拒绝大红大绿。商标、广告，尺幅都不大。车辆的造型偏于小巧、方正，前面没鼻尖，后面没屁股，唯出租车例外，依然是摩登的流线型。

青年，尤其是男青年的发育步入正常，"正常"的意思是腿部变得修长，上下身的比例趋于匀称，不像我年轻时接待过的日本游客，上身长，下身短，高度多数仅及我的肩。

二十世纪八十年代初来日本，见识什么叫化妆，女孩，特别是人到中年的欧巴桑，脸上涂着厚厚的粉，嘴唇抹得血红血红。现在呢，素面朝天了？同伴指出，其实是淡妆，是更炉火纯青的修饰。说到男士，似乎多的是少白头，看上去才四五十岁，两鬓已经斑白。但纵然是满头白发如霜如银的老者，也任它霜、任它银，奇怪，日本研制的那些染发（黑）剂，难道是专门针对外国老人，尤其是中国老人的吗？

搭乘巴士，登车先取小票，标明你是从哪一站上的，以便最后结账。座位上方，装着红色的按钮，其下贴着说明：到了您准备下车的那一站，请提前揿亮它——这是乘客和司机沟通的信号。对于手握吊环站在走道中间的乘客呢，仔细看，那吊环旁的立柱上同样装着按钮——一个细节，就泄露了多少匠心。

前排设有优先席，照顾老弱病残。优先席附近，规定不能接打电话（事实上，整个车厢，都没人接打电话），也不能发短信、微信。为啥呢？因为老人群中，常有装了心脏起搏器的，手机发出的电波，易对老人造成伤害。

在国内，我每天是四点醒，习惯成自然。东京时间比北京时间早一小时，心想，这回该五点醒了吧，谁知仍是四点，这生物钟，它会自动调节。

醒来后干什么？

先泡澡，学日本人，不为干净，是换一种比睡眠更积极的休息。然后，垫高枕头，斜卧在床，打开电视。

音量尽量压低，免得扰邻。频道有限，也就十来个。说不定更多，我没调出来。节目，尽是些我看不太懂或不感兴趣的。天气预报真仔细，具体到每一小时。故事片，又是武士，还是武士。教育片，教料理，教插花，教画画——是针对儿童的，教中文——是针对日本人的，教修伞——这也值得上电视？怎么不值得！工匠一词，现在中国大热，其实人家叫职人，就是手艺人的意思。手艺是养家糊口、立身江湖的大业，所以存三分之敬畏、七分之打拼。体育节目，棒球，转换频道，待一会儿回来，还是棒球。爆笑娱乐片，演员像从街头随便拉来，男的超胖超瘦，女的远远谈不上端庄秀丽。新闻联播是滚动式的，抗议美军"鱼鹰"运输机进驻横田——这画面很熟悉，"二战"后，美军驻留日本国内，各种抗议一直不断；转而是两派人士大辩论，针对政府上调消费税，唇枪舌剑，互不相让；又是安倍昭惠的森友学园购地案，执政党要员声明政府从未插手，一脸严肃。

酒店一层东侧，是书店，名字叫宫胁，是日本最大的书籍连锁店。它有一个很牛的广告：凡是你想要的书，这儿都有。

接连逛了两个晚上。店铺很大，楼上楼下，共有两千多平方米。品种丰富，花式繁多，我读过的，我听说过的，我想要读的，的确都能在这儿找到。

我买了两册，一是松下先生的自传（松下幸之助是也），二是村上先生的随笔（村上春树是也）。前面谈过松下先生，不赘。关于村上先生，也简单说几句。村上写作时，喜欢跑到国外，一会儿是欧洲，一会儿是美洲，在我看来，这是最聪明的选择。因为和日本拉开距离，干扰的气场减弱，空灵的气场增强，下笔，自然如有神助。另外，当他功成名就、大红大紫，却刻意回避国内的拥趸，以及国外的粉丝（其中就包括中国的读者），这一点殊属不易。

我想给书店拍几张照，征求店员意见，答说可以，但不能把镜头对准人。

2018 年 4 月 5 日初稿，26 日修改

大 阪 篇

战国三杰乱弹

此番关西采风，重点是京都，然而，因为樱花季节的京都游客云集，导致宾馆旅舍供不应求，我们仨不得已移榻大阪，这就形成了京阪两地的"双城记"：白天，京都；夜晚，大阪。

虽然落脚大阪，惜未登堂入室，是以，仅能作门外谈。

话说入住大阪的当晚，我抽出一会儿工夫，步出下榻的京阪天满桥酒店，穿过马路，踽踽独行。过去来大阪，不是随团，就是有人陪同。今晚，就我一人，深入陌生街巷，不敢走远，也就在周围一带转悠，走走停停，张张望望。蓦地，猛抬头，仿佛觉得又重新回到了和歌山——你看，前方那半天空里的灯光塔影，不正是我在和歌山朝夕相对了三日的天守阁吗！

刹那的错觉，一半迷糊，一半清醒。是的，这的确是天守阁，但不是和歌山市的天守阁，是大阪城的天守阁，是比和歌山市资格更老、规模更大、舞台更弘阔的天守阁。

和歌山市的天守阁和丰臣秀吉的弟弟丰臣秀长有关，大阪城的天守阁和丰臣秀吉本人有关。而丰臣秀吉，又前承织田信长，后启德川家康。

战国三杰，都与大阪城有割也割不断的联系。

大阪向称落语漫才之都，民多滑稽幽默，入乡随俗，今晚，不妨就以大阪城既往风云为题，即兴来一则《战国三杰乱弹》。

当场酝酿，事后成文，如下：

织田信长的魔性，燃烧的是天才。

丰臣秀吉的猴精，演绎的是人才。

德川家康的豹隐，闪烁的是鬼才。

织田信长如海啸。

丰臣秀吉似浪峰。

德川家康像暗礁。

织田信长是路。

丰臣秀吉是路灯。

德川家康是呼啸而过的汽车。

不是测字，也不是做学问，纯粹郢书燕说，望文生义。

织田信长——织布，种田，写长长的信，宣泄尾张那地方呼儿嗨呀的农家乐。

丰臣秀吉——本来出身平民，小姓羽柴，硬靠几十年如一日的腾挪闪跃，晋升士族，获赐姓丰臣，丰润的丰，大臣的臣，架子端起来了，俨然一副秀外慧中的吉士模样。

德川家康——以德标榜，逐水而居，提前过上了"泛可小康"的生活。

织田信长不屑一笔一画按部就班地练帖习碑，他率性而为，线条透露出自大自在的狂放和天下布武的气概。

丰臣秀吉倒是守规守矩，一笔不苟，但他迫于贫寒，忙于公务、军务，没有充裕的闲暇练习，直到当上关白，忽然若有神助，笔底激射出峥嵘的霸气。

德川家康的书法，质朴而刚毅，那横竖撇捺钩折点，不像是用笔写出，而像是用滚石强碾在薄纸上。

论资排辈，织田信长这哥们儿是老大。

丰臣秀吉比信长小三岁。

德川家康又比秀吉小六岁。

——年龄是个宝，"宣父犹能畏后生，丈夫未可轻年少"。

织田信长活了四十九（虚岁，下同），

离他的"人间五十年"，仅差一步之遥，

死而有憾："去事恍如梦幻。"

丰臣秀吉活了六十三，兴犹未尽，

怅叹："大坂（今改为大阪）十数载风云，宛如梦中梦。"

德川家康活了七十又五，老而不死是为贼，

自得："人生有如负重致远，不可急躁。"

——历史的大概率，谁笑到最后，谁笑得最好。

织田信长喜欢昂首挺胸，眼睛朝天看。

丰臣秀吉习惯躬身而行，双眼滴溜溜乱转。

德川家康呢，他来的时候，你看不见。他走的时候，你才知道他是来了，而且一直没有离开。

织田信长：

火烧比叡山延历寺是命运的彩排；

焚毁大坂石山本愿寺是正式的公演；

葬身京都本能寺烈火是煊赫的谢幕。

丰臣秀吉：

大坂城在他手里耸起。

生前，是他的金殿。

死后，是他的墓碑。

他生得奇矮，是故向往特高。

神龙见首不见尾，英雄豪杰忌讳画上句号。

织田信长死不见尸，是以才留下千猜百疑、绵绵不绝的遐想，

如前朝之源义经，如后世之希特勒……

日谚：猴子也会从树上掉下来。

丰臣秀吉绰号猴子，他就从树上掉下不止一次。

且说一件公案。秀吉跟千利休学习茶道，始终入不了门。一日，秀吉听说千利休家的庭园里开满了牵牛花，喜滋滋地前去欣赏，结果，他仅在茶室看到一枝，其余的，都被千利休连夜拔除了。这就是禅。开悟，贵在无言，秀吉只需合掌，微笑，拜谢。他却按捺不住浅薄的兴奋，大呼说："我懂了！"——这就又回到了昧，被千利休一眼看透了五百多年。

又，文禄元年（1592），丰臣秀吉发动侵朝战争，居然不让德川家康上前线，难道是怕他攻城略地、坐地分赃、坐大成势?

结果，德川家康留在国内坐冷板凳，乐见鹬蚌相争，倒真的坐收渔利，坐享其成，摊子越铺越大。

德川家康的对手，或障碍，只有两个，他只要潜龙勿用，韬光养晦，静等明智光秀反戈一击，帮他做掉织田信长，然后，再坐待猴性不改的丰臣秀吉折腾来、折腾去，折腾到不能动弹，天下就是他的了。

德川家康为血腥火拼的战国时代画上了句号。

很好!

德川家康要是没有子嗣(包括养子),那就更好!

流光抛人,风水轮流转。

"他小子很织田信长!"

——他听了后喜笑颜开,得意扬扬。

"你好像丰臣秀吉!"

——你听了心里准乐开花。

"你就是个现代版的德川家康!"

——说话的和被说的,立马脸红脖粗,怒目相向。

2018 年 4 月 5 日初稿,29 日修改

汉字东渡，别开生面

灯下看大阪市地图，看着，看着，忽然扑哧一声笑出来——尽管除少量假名外，街道、河川、景点，标的都是中文，却仍处处彰显出异邦之异。

离我下榻的酒店不远，有一处难波宫，稍稍向西，又见难波别院。"难波"，这是两个小学生都识得的汉字，但在汉语，互不粘连，至少，我没有发现过，到了日本，却成了大阪的别称。综合《日本书纪》和《大阪府年鉴》，上古，神武天皇由九州东迁，经濑户内海至大阪湾登岸，因此地水深流急，波涌浪卷，故命名为"难波"，又呼"浪速""浪花""浪华"，四词训读同音，俱作"naniwa"（其中"浪速"又读作"namihaya"）。至今，大阪仍设有浪速区，以浪花、浪华命名的店铺、剧场、工艺品之类，也随处可见。

第一个把中文"难"和"波"嫁接在一起的日本人，绝对是个天才。彼难彼波，彼难何其难以名状，彼波何其波谲云诡！这就是为什么难波的名气一直大于浪速、浪花、浪华——后者基本拿自中国，太白太俗。

难波别院东南方向，有道顿堀。堀，在古汉语同"窟"，即今人常说的洞穴。移居扶桑，摇身一变为沟渠、河道。道和顿，自然也不出小学生的认知范围，但仓颉大咖创下的这两个符号，在汉语，各有各的构词对象，如道德、道理、道路、道谢，如顿时、顿号、顿首、顿脚，约定俗成，应用有则，道不同不相为谋，不是随便可以接吻拥抱的。到了东瀛，人家就不管三七二十一，道和顿被强行捏合，成了人名。史载，十七世纪初，有个叫安井道顿的大款，联络一帮亲朋好友，举私家之财力，开凿一条直通大海的运河，既竣，遂以人为名，称作道顿堀。江户时代的围棋国手，喜用"道X"为名，如道硕、道策、道悦。这安井家，也代出围棋高手，取名道顿，抑或与棋道有关乎。游谈无据，存疑。

在难波别院与道顿堀之间，有一地名心斋桥。记得二十世纪八十年代，首次作半日游。未去之前，以为那是一座桥，与道教有关，因为"心斋"二字，语出庄子，是澄怀观道、心地空明之意。去了之后，方知是一条带有弧形天棚的步行街，煞是繁华、热闹。瞅来瞅去，奇怪，左右既不见道观、庵堂，也不见专门卖素食的店铺。

逛到后来，才明白，此街名"心斋桥筋"。筋者，附在肌腱或骨头上的韧带也，伤筋动骨，剥皮抽筋，骨软筋酥，筋疲力尽，是中国人都懂的"筋"的意思。此处"心斋桥筋"的"筋"，显然着眼于"附在肌腱或骨头上的"的"附"，衍生出"附近""周边"。由是看来，这一带确实有座心斋桥。大阪是水网之都，号称八百八桥，这其间有一座心斋桥，是很正常的。

游客到了心斋桥商业街，忙着购物，大包小包地往回拎。我虽然空手而归，但亦自觉不虚此行——我收获了庄子从两千年前送来的礼物：审美的空灵心境。

目光南移，见浪速区，区内有座今宫戎神社。这名称也颇费解。戎，从戈，从十，"戈"为兵器，"十"为甲骨文的"甲"，即铠甲。戎的本义，为古代兵器的总称，引申为军队、军事，假借为"崇"，表示大，也泛指古代西部民族。那么，东瀛今宫神社供奉的戎神，想必名从本家，是位武神、战神了。错！你无论如何也想象不到，人家供的竟是位财神！"戎"不持戈，持钓竿，铠甲换为猎衣，猎的不是野兽，是日本人视为幸运象征的大头鱼。"戎"的汉字，又作"惠比寿"，造型近似欢喜佛，永远张开大口笑，你怎么激他，也不生气，他布施的就是欢欢乐乐。

戎神的"戎"与兵戎的"戎"、戎马的"戎"的差异，就在于"橘生淮南则为橘，生于淮北则为枳"了的吧。

地图的西北方位，是大阪最大的一条河流，叫淀川，其他流经市内的几条河道，也一律叫川，如东横堀川、道顿堀川、木津川、安治川、土佐堀川。进而想到，日本的河流，多叫什么什么川，如信浓川、利根川、石狩川、北上川、荒川、江户川、最上川、天龙川，等等等等，恍若令人又回到"防民之口，甚于防川""子在川上曰，逝者如斯夫"的往古。

町，在中文是一个冷僻字，一般指田间小路，如町畦（田埂）、町疃（田舍旁的空地）。人有水土，字也有水土，町字东渡入扶桑，大受青睐，出落成多义词，既表示长度单位，又表示面积单位，更用来表示街道、乡镇。仅以大阪市为例，由地图的东北角向南，一眼望去，大东町、毛马町、高仓町、御幸町、善源寺町、内代町、池田町、中野町……简直一片町、町、町，数不胜数，眼花缭乱，令人分不清究竟是阡陌、村落，还是长街、闹市。

心斋桥东南侧，有黑门市场。望文生义，大门是黑色的。按，吾国古代，对正门的颜色有严格的规定，天子、诸侯，为朱门、黄门，黎民百姓，为黑门。官府是暖色的，庶民是冷色的。冷色者，冷中取暖，谓黑漆大门为黑煞神，鬼见鬼怕，妖见妖遁。这就繁衍出门神的神话。大阪的黑门市场，是否也受吾国吾民的流风所及，象征一种面向大众的普罗市场呢？呵呵。

因这"黑门"的黑咕隆咚的黑，思绪一下子跳到彼邦七福神中的"大黑天"，"黑"前面加了一个"大"，自然更黑。此神是从婆罗门教、佛教请来，掌管人间财运、福运。但这大黑天神黑而不黑，此话怎讲？因为日本人读来，"黑"音同"国"，"大黑"谐音"大国"，油然联想到本国神话中的"大国主神"。哈哈，洋土结合，"黑"得正中下怀，这就是语言的玄妙。中国的相声中国人听了笑，日本的漫才日本人听了笑，倘若观众对换，两国人都会大眼瞪小眼，莫名其妙，想笑也无从笑。

浪速区有稻荷町，西区有土佐稻荷。稻荷，是日本规模最大的神社，大约有三万两千家。稻荷神为农神，五谷神，名称上有一个"稻"，这好理解，后面为什么紧跟一个"荷"呢？是表示瓜果蔬菜？哈哈，我没有研究，又得存疑。另外，稻荷还是狐仙的别称，是以，每座稻荷神社，都有狐狸的塑像，它的职责，是充当神和人的桥梁。因此，你可不要囿于国内对狐狸的成见，而小看人家的"神的使者"哦！

懂得狐狸，方能契入日本人的情感深处。

滝见小路。滝，古汉字，同"泷"。释义，一、泷泷，雨滴状；二、急流的水。滝移植到日本，成了瀑布。按日文语法，名词在前，动词在后，滝见，即见滝，滝见小路，即为观瀑小路。我没有去过，听说是设在梅田大厦的 B1 层，是一条仿大正时代的迷你小街。若有机会，我倒是想去看一看，就冲这个"滝"字散发出的泠泠淙淙。

目光收回到我住处附近的天满桥。可以想见，这附近必然有一座天满宫。汉语里的天满，在中医，是头顶上的一个穴位；在道教，是三十六天罡之一的星辰；也有用作人名的，我就碰见过一个，问他"天满"的含义，答说"天庭饱满啦"，也是一解。日本的神道教，吸收了中国道教的营养，估计"天满"二字，是从三十六天罡的"天满星"借来（《水浒传》中的朱仝，绰号就是天满星）。日本人最早创建的天满宫，位于九州北野，时在十世纪中期，由民间发起，旨在祭祀右大臣菅原道真，一个含冤而死的怨灵。菅原道真因恶而得享祭祀，他是厉鬼，他是死了冤魂也要向仇家索命的恶煞——至少世人，包括天皇，都是这么认为的。所以他开了一个头，一个以死者为天满大自在天神的头。天满宫尔后遍布全国，菅原道真被奉为"雷神""学问之神""艺术之神""书法之神"。据说，日本不少学生每当面临升学考试，都要到天满宫祭拜祈福。

末了，由天满桥，又跳到我昨晚邂逅的天守阁。日本古代修建的城堡，其中心建筑，一般都叫天守阁，如我在和歌山城见到的那座。为什么叫天守？这名儿，让我好生琢磨。可以断定，它不是来自中文。汉语里有宇守、邦守、兆守、郡守、牧守、太守、城守等等，就是没有天守。数日前，在和歌山，我就好奇，晚间到位于酒店一层的宫胁书店，翻查各种类书，岩波《古语辞典》给出的解释是：天守，即天主，指城堡中心最高的瞭望楼，《广辞苑》也作如是说。可是，天守怎么会等于天主？依然一头雾水。

到了大阪，本不想再纠缠，恰好晚间从京都回来，在天满桥地铁站食铺用餐，恰好吃完饭路过站内一家大型书肆，因此，又兴兴冲冲地踱进去，有意无意地查阅相关资料。你别说，还真多。综合各种说词，如今被叫作天守的这种带瞭望楼的城堡，始于织田信长一五六九年在京都兴建的二条城，起名"天主"，与其说是亲近天主教，莫如说是泄露了他天下布武、君临日本的野心，七年后他又构筑安土城，称谓同前。无奈天不假命，一五八二年，织田信长殁于本能寺兵变。织田身后，各地崛起的城堡，有名"殿主"，有名"殿守"，最终统一转化为"天守"，字虽有别，读音却是一样，都叫"てんしゅ·tennshu"。

角川《汉和中辞典》还特别为此单独列了一个词条，谓：天守，即遵循天道。

天守阁内一些建筑的名称，也相当考验中国游客的古汉语水平与联想能力。例如，图上标示，有处为橹，寻常的人，晓得它是划水的长桨，懂得成语血流漂橹的，明白它是盾牌，只有精通古文的，才能识得它是古时军中用以侦察、防御或攻城的高台。日本人取的正是后一种释义，此处指箭楼。还有一处叫破风，哈哈，这是要让绝大多数中国人摸不着头脑的了。注意，不是破伤风，也不是运动时突破风阻的破风——算了，我还是直接告诉你吧，这儿指的是山墙。

2018年4月6日初稿，5月3日修改

"好色"与"无赖"

　　自从发现一街之隔的天满桥地铁站书店，此后两晚，我都泡在那里。让我惊讶且欣喜的，是书店之大，大到无论如何也看不过来。于是，只能采取巡视的方式，一排一排地走过去，遇到新奇或熟悉的书名，就止住步，取出来略翻一翻，感觉有料、有用，随即就买。

　　最后一晚，从书店回到酒店。也许是出于留念，拿出大阪地图，怔怔出神。在天满桥的正南方位，见井原西鹤的墓园，想起以他为旗手的"好色派"，转而想到唯美唯到极致的谷崎润一郎、川端康成，想到当红的推理小说大腕东野圭吾，想到与太宰治齐名的"无赖派"健将织田作之助——此五人也，均有大阪背景，于是眼前一亮，遂结合东西方的创世说与五人的代表作，草拟散记数则，以留存在大阪四宿的鸿爪。

日本的国土是这样分娩出来的

　　《圣经》记载：创世纪之初，上帝造出了亚当和夏娃，两人赤条条地来到世界，浑然不知羞耻为何物，享大惬意、大自在。这时，魔鬼出场了，它化身为蛇，引诱夏娃偷尝智慧果。夏娃得趣，又拉亚当尝了。两人就此告别蒙昧，明男女之别，萌羞愧之心，于是采摘无花果叶，用以遮蔽下体。

吾国的创世版本，据《独异志》：昔宇宙初开之时，有女娲兄妹二神，在昆仑山，而天下未有人民，议以为夫妻，又自羞耻，兄（一说为伏羲——笔者）即与妹上昆仑山，咒曰："天若遣我两人为夫妻，而烟悉合；若不，使烟散。"（旋即点火生烟）"于烟即合，其妹即来就兄，以结草为扇，以障其面。"

日本的创世传说，见于《古事记》：二神降到岛上，竖起擎天柱，筑起八寻殿。伊邪那歧神问其妹伊邪那美神："你的身体发育得怎样了？"伊邪那美答："我的身体基本发育完全，只有一处还没闭合。"伊邪那歧说："我的身体也差不多发育好了，只有一处看上去显得多余，我想把那多余的东西，塞进你没有闭合的缝隙，然后生产国土，好吗？"伊邪那美欣然答道："好呀！"

性爱之火一旦点燃，亚当、夏娃的第一反应，是赶紧拿树叶屏蔽私处——我所见过的西洋插图，都是这么画的。女娲呢，一边喜盈盈地上前拥抱她的男人，一边又拿了树叶编织的扇子，遮挡自己的颜面——令人想到白居易的名句，"犹抱琵琶半遮面"。伊邪那歧和伊邪那美两位大神，风格全然不同，他俩，一个向对方挑明自己的女阴，一个向对方突显自己的男根，唯恐你不知，唯恐你不晓，投怀送抱，泰然自若。

瞧，日本民族的性爱源头，既不同于伊甸园里繁花覆盖下的清泉，也不同于昆仑山涧蜿蜒曲折的流泉，而是从海岛深处夺石而出逆天而射的喷泉。

好述与好色

日本最早的物语文学，叫《竹取物语》，说的是一个伐竹的老头儿，在竹筒里发现一个三寸长的迷你女孩，带回家抚养，未久竟出落成天姿国色的美女。无数趋之若鹜的好述君子，纷纷登门求婚。其中有五人，表现得最为痴迷、风雅、热切，作者称之为"好色者"。

可见这"好色"二字，和汉语原义，已隐隐拉开了距离。

承《竹取物语》好色者之衣钵的，是平安时代的在原业平（825—880）。此君乃皇族子弟，据《三代实录》记载，"体貌闲丽，放纵不羁，略才无学，善作和歌"。彼时所谓才学，特指中华学问。业平的略才无学，是指没有受到汉学尤其是儒学禁欲的拘束。业平的善作和歌，不是一般的善，是才华卓越，出口成章，稳居"六歌仙"（在原业平、小野小町、僧正遍昭、大伴黑主、文屋康秀、喜撰法师）之首。据古注，业平到处留情，一生相交的女性，上自皇后，下至乡间老女，计达三千七百七十三人。这在当时，恐怕是要创历史纪录的吧。

我国日本文学研究专家叶渭渠先生说：日本"古代性崇拜育成的'好色'美理念，不完全是汉语的色情意思。'色情'是将性扭曲，将性工具化、机械化和非人化，而'好色'是包含肉体的、精神的与美的结合，灵与肉两方面的一致性的内容。"又说："在日本古代文学中能称得上'好色家'的，必须具备两个基本的条件：一是和歌的名手；二是礼拜美，即在一切价值中以美为优先。可以说，'好色'不是性的颓废现象，而是作为一种美的理念。在《魏志·倭人传》中，也认定'其俗不淫'。"

江户时代出了个作家井原西鹤（1642—1693），他以《好色一代男》《好色二代男》《好色一代女》《好色五人女》等系列作品，树起好色文学的大纛。主人公嘛，当然，如叶先生所言，既是杰出的和歌手，又是深谙美的真谛者。其实，这第一条最重要。美色是资源，好色者要有文化修养，没有文化修养哪来舌灿莲花的妙歌？再追问一句，没有金钱又哪来文化？倘若再追下去呢——还是不追的好，从未见过一个穷小子坐拥三千粉黛哈。

睡美人

"姑娘睡熟后等待客人，并且不会醒过来"，这是川端康成在《睡美人》

开篇交代的。

这是一家秘密客栈，坐落在悬崖边，下临波涛汹涌的大海。

六十七岁的江口，在一位比他年纪更大的"非男性老人"的介绍下，首次来到这家暧昧的小店，他为熟睡中的姑娘意想不到的姣美倒抽了一口冷气，觉得自己的一颗心脏仿佛在振翅欲飞。

江口虽然垂暮，但还没有丧失性能力，他在姑娘身上感受到了音乐的奏鸣。

老人回想起早年的情人，与他私奔，被家人找回，旋即出嫁，移时再见，背上已驮着不知是自己的还是别人的婴儿。

被药物弄得昏睡不醒的姑娘，就算不是停止，也是丧失了生命的时间，沉入了无底的深渊。老人感到局促不安，"还有什么比这样睡上一夜，更为丑陋的事呢？"他想。

老人自惭形秽，匆匆服下枕边备着的安眠药，在姑娘青春的温馨与柔和的芳香中酣然入梦。

异日再来，换了一个姑娘，竟然也是处女。没有想到，不，其实他是应该想到的，这家店的客人，都是一些失去了生命活力的老人，姑娘依然保留处女之身，与其说是老人们的自重自爱，不如说是象征着他们确凿无疑的衰老。

江口老人想起自己已婚的三个女儿，想得最多的还是他偏爱的小女儿，山茶花一样地绽放，打恋爱的牌，脚踩两条船，一不小心为其中一个男友玷污，她愤怒、憎恨、埋怨、懊恼、报复，立马与另一个男友步入婚姻殿堂。

青春的游戏，生命的蛊惑，他也受到身边姑娘的蛊惑，想把额头伏在姑娘两个乳房之间的凹陷处，但是脸刚靠近，姑娘的芳香便使他踌躇。唉，他又想起了自己的小女儿，那次失贞，是她的也是他的拂之不去的阴影……在忐忑不安中，他迅速服下了安眠药。

第三次，客栈提供的是一个年纪很轻的小姑娘，大概只有十六岁，江口老人吓了一跳，他小心翼翼地不碰姑娘的任何部位，沉湎于从前与有夫之妇私通、与娼妓逢场做戏的回忆。江口寻思：这个小姑娘将会辗转度过怎样的人生？她的来日方长，但愿她用自己的鲜嫩安慰和拯救像他这样的老朽所积下的功德，使她日后获得幸福。江口甚至想：说不定就像神话说的，这个小姑娘是一个什么佛的化身呢。她今晚，就是来渡他脱离苦海。

江口老人抛弃放荡一次的念头，为了也能像小姑娘那样深深地沉睡一次，他按响了床头的电铃，想再多要一份安眠药。

接下来是第四次。川端康成的笔触近色而不沾色，他剖析人性的挣扎：江口老人闭上眼睛，享受姑娘胴体散发出的幽香。自古就有这样的传说：少女身上散发的香气，可以作为老人的长生不老药。然而，这姑娘的幽香，好像带有某种致命的诱惑。如果对她做出冒犯的举动，一定惹起令人讨厌的腥臊。像姑娘这种诱人的幽香，以及腥臊，难道不正是人类诞生的原味吗？她好像是个易孕的姑娘。即使被弄成熟睡不醒，生理机能也并没有停止。再说，纵令姑娘怀了孕，也是处在全然不知的状态下。自己已经六十七岁，再留下一个孩子在人世，不是也很有趣吗。

第五次也是蠢蠢欲动。川端写道：一股血气的涌动，在唆使江口要对这姑娘施展暴力，冲破这家的禁忌，揭示老人们丑陋的秘乐，然后从此与这里诀别，一刀两断。但是，实际上不需要暴力和强制，熟睡的姑娘根本不会反抗，甚至要勒死她也是轻而易举。

江口老人忽然想起最初的女人，那女人不是别个，正是自己的母亲。"在这种地方，为什么会把母亲想成最初的女人呢？"他感到莫名其妙，百思不得其解。但是，既然想到了母亲，母亲的温柔与圣洁，仁厚与博大，其他的杂念，就统统烟消云散，再也浮不起来。

日光底下没有新鲜事，月光底下也一样。江口老人五次买春，每次都是始于冲动而止于无尽的自责、忏悔。尤其是后两次，他听说一个相识的福良老人猝死在妓院，又眼见一个依偎在自己身边的黑皮肤姑娘四肢冰冷，就那么不知不觉地死了，死于安眠药过量。江口老人胆战心惊，失魂落魄。老板娘却镇静如常，若无其事，为了给江口老人压惊，她又送上一片强力安眠药。

《白夜行》的白与黑

桐原亮司窥见老妈与自家当铺的雇员苟合，这个十一岁的男孩，羞愤交加，悄悄溜进附近一栋烂尾楼，玩耍解闷。

愕然，他在一处晦暗的角落，瞥见老爸桐原洋介正在狎弄他青梅竹马的好友西本雪穗——天哪！大人们整天人五人六，却原来，都是些衣冠禽兽！桐原亮司恶从心头起，他用随身携带的剪刀，刺杀了寻欢作乐中的老爸。

警方介入调查，线索旋露旋断，复露复断。

一晃十九年过去，疑案变成悬案。

这期间，雪穗凭其天生的美貌，以及幼年的创伤癌变出的狡诈、阴毒，步出大学，跻身上流社会。

亮司呢，止于高中毕业，他怀着对雪穗五味杂陈的爱，运用金钱和高科技手段，为她前进的道路扫清障碍，直至杀人灭口。

往昔两个纯真的少年，在不屈不挠地向上开拓，其实是在急速下坠中，异化为社会的恶魔。

亮司一直生活在阴影里，他最大的渴望，就是："等到有一天，能够和她（雪穗）手牵手去阳光下散步。"

雪穗感激亮司肝脑涂地的付出，她剖析："我的天空里没有太阳，总是黑夜，但并不暗，因为有东西代替了太阳。虽然没有太阳那么明亮，但对我来说已经足够。凭借着这份光，我便能把黑夜当成白天。我从来就没有太阳，所以不怕失去。"

剧终，亮司被不依不饶的警方逼到末路，他从雪穗新开业的大厦的扶梯纵身而下，用剪刀自尽。

雪穗恰好就在现场，警方问她："这个人……是谁？"

雪穗面无表情地回答："不知道。"

这是小说中，自那场杀人案以来，亮司和雪穗，唯一的一次共同出镜。

然后，作者写道：

"只见雪穗正沿着扶梯上楼，背影犹如白色的幽灵。"

"她一次都没有回头。"

谁谓小说是虚构的，东野圭吾的《白夜行》，以二十世纪末日本经济从巅峰跌入谷底的现实为背景，把"日本安全神话"破灭后的空虚感、冷酷性、扭曲状，刻画得淋漓尽致、力透纸背、入木三分。

佐助的"无赖"

少女春琴，生在富商之家，有极致的美，又有极致的音乐天赋，九岁，不幸因病致盲，于是把全部的美盼美偒美劲，集中贯注到音乐，终成一代琴师。

家人安排一个贴身的男仆，照顾她的生活起居，名字叫佐助，年龄长她四岁。（这在吾邦，是不可思议的）

佐助跟春琴学习三弦，两人亦主亦仆，亦师亦徒。

琴的世界，无门阀，无贵贱，两个年轻人通过琴音的试探、爱抚、触摸，渐至心心相印，息息相通，一出亚当、夏娃的古老故事，就自然而然地上演了。

孩儿呱呱落地，春琴矢口否认是佐助的血脉，因为佐助是仆，是徒，与她的身份不符。

佐助自己更不敢承认，他爱春琴，就得抵死维护她门第的尊严。

肌肤之亲尽管有，孩子呢，放心生，夫妻名分却是没有的（真正的日本特色），儿女先后生了四个，一个夭折，三个送给人家做崽。

一日，春琴遭贼人毁容，花貌顿失。

自是，春琴拒绝在别人面前露脸，尤其回避佐助。

佐助怎么想？

你无论如何也想不到，但是谷崎润一郎想到了，他是这小说（《春琴抄》）的作者，他是上帝，他让佐助用针刺瞎了自己的双眼。这样，佐助就永远只记得春琴从前的花容月貌。书上说：

……佐助用手摸索着走进春琴的内室，在春琴面前恭敬地施了一礼，说：

"师傅，我已经成了盲人，再也看不见您的面孔了。"

"佐助，这是真的吗？"

春琴只说了这么一句，便不再言语。沉默。佐助从未享受过这由沉默带来的两心相契、水乳交融的快乐时光。

谷崎润一郎是公认的阴翳派美学老祖，他让佐助使出的这一"针"，刺痛了全世界恋人的神经。

我赞曰：好一个无赖汉！

提醒读者，切莫望文生义，无赖一词，漂泊东瀛日久，色彩已经变得光怪陆离，这里用的是它的扩展义"爱的极致"。

夫妇善哉

她是一名出身穷苦的艺伎。

街头，小店门口，偶然瞅一眼，就爱上一个渣男。

当时不知道，交往后，才晓得他是一位化妆品批发商老板的少爷，有妇之夫，还有一个四岁的女儿；但是她仍然钟情于他。

少爷的老爸，其时中风卧病在床，他认定艺伎是盯上了自家的钱财，逼迫儿子与她分手，否则就断绝父子关系。

少爷也真是少爷脾性，他不管不顾，居然约她一起私奔。

他俩到了东京，到了热海，碰上关东大地震，狼狈不堪地又折回大阪。

少爷回不了家，她也不愿回到伎馆，两人租了一间小阁楼，过起夫妻生活。

总得挣钱养家——少爷除了吃喝玩乐，一无所长；她不得不重操旧业，客串业余艺伎。

辛辛苦苦挣来的钱，用一半，攒一半，为的是将来能租一栋体面的房子。

他却将她积攒的钱偷出去，大把大把地花在风月场所。

她在气头上抓住他的脖子，将他按倒，咯噔咯噔像捶背似的敲着他的脑袋……但是，唉，毕竟是夫妻，晓得他就是这德行，气一消，又噘起小嘴向他的脸凑过去。

他觉得花她的钱理所应当。他为她抛弃了结发妻子——妻子退籍回了娘家，不久就在忧郁中去世——他的老爸也一直不认他。所以，他说得最多的一句话就是："老太婆，拿零花钱来！"

居然叫她老太婆？天呐，她才二十岁！

老太婆就老太婆，她爱听。

她要用自己的能力，把他塑造成一个顶天立地的当家人。

好不容易又攒下三百元，拿它开了个理发用品店。

生意清淡，他不去想办法，却去学无关生计的净琉璃。

无法维持，只好关了店。她依然抖擞着精神四处打工，她要用行动向他的老爸证明，他俩能自食其力。

忙忙碌碌又是三年，终于又存下二百元。

遗憾的是他的身体越来越差，隔三岔五闹病，医药费老贵老贵——让她很纠结。

听说妹妹要招女婿——上门的女婿等于养子——他预感承继家业无望，又去妓院挥霍了五十元。

她猛地抓住他的衣襟，把他推倒，整个人压在他身上，用力勒紧他的脖子。

"好……好难过哟……"他是结巴子，"老，老太婆，你要干什么?！"他双脚乱蹬乱踢。

她决心好好教训他一顿，用力勒，使劲掐，又擂又捶，打到他惨叫："老太婆，饶，饶了我吧！"

她还是不松手，就因为听到妹妹招了个女婿，就自暴自弃，自甘堕落，这样的窝囊废，与其说让她生气，还不如说让她可怜——她的责打其实是恨铁不成钢，满含着哀怨、痴情。

他真是没出息，为了得到父亲的遗产，竟然要她在管家面前假装答应和他离婚，仅仅是假装……

她做不到，无论如何也做不到，她把前来取证的管家臭骂一通，轰了回去。

他的妹妹私下给了他三百元。加上她的存款，两人一合计，开了一家关东煮小吃店。

起初生意兴隆。生意一忙，他的身体就吃不消，为了提精神，就喝酒，酒一喝多，又到处撒钱。

妹妹结婚了，没有给他发请帖。他痛苦之极，拿了二百元出门，三天不归，在外面花得净光。

他心里苦，她心里更苦。第三天夜里，他回家敲门。她硬是不开。僵持许久，顾虑邻居看笑话，才勉强让他进屋。

他发誓以后再也不去拈花惹草。

她知道他的保证不可靠。可不，几天后，他又出去放荡。

她一个人撑不下关东煮小吃店，只好关门。

老关门也不是事，商量来商量去，决定改开水果店。

他总归不是好帮手，不久又患了肾结石，住进医院。

为了治疗，她不得不卖掉水果店。

她的妈妈生病死了，死前还在想着帮苦命女儿的忙。

天无绝人之路，她得到早期艺伎姐妹的帮助，又开了一家咖啡店。

他的女儿跑来告诉他："爷爷病危，请你马上回家。"

她以为他的老爸最后会认儿子，赶紧订做带家徽的和服。

但是，希望再一次落空。

心灰意冷，万念俱空，她关上门，拧开煤气自杀。

他恰巧回来取带家徽的和服，救了她。

酸甜苦辣，悲欢离合，百味杂陈。

可日子还得继续过。一天，他拉她出门，"走，去吃好吃的东西。"

法善寺旁的"夫妇善哉"。老板娘给每人端上两碗一模一样的红豆年糕汤。

他显摆生意经："你晓得为什么要给两碗吗？因为两小碗，看起来比一大碗多。"

她摇摇头，回答："这是告诉我，比起一个人生活，还是夫妇两个人更圆满。"

从此，她和他都迷上了净琉璃，一次合作参加比赛，还得了个二等奖。

奖品是一个大座垫，她每天都把它坐在屁股底下。

——这是无赖派作家织田作之助的成名作，也是代表作，男的叫柳吉，女的叫蝶子。

2018 年 4 月 7—8 日构思，5 月上旬完成

京 都 篇

穿越误解的时空

京都三日，绕来绕去，绕不过一个世纪之问：当年，究竟是谁，从美军的炮火下，挽救了这座文化名城？

日本人起初认定：兰登·华尔纳。

华尔纳是位美国画家，早年曾赴日本专攻佛教艺术，战时参与远东战线文化遗产保护，传闻是他网开一面，手下留情，让京都免于灰飞烟灭。

而后美方又传出：史汀生。

史汀生"二战"时任美国陆军部长，据美国前总统杜鲁门回忆，京都曾被列为原子弹轰炸目标，因为史氏的强烈反对，才从名单上撤下。

二十世纪初吾国又爆出：梁思成。

梁思成是梁启超之子，建筑名家，传闻是他向美军进言，使京都逃过生死一劫。

华尔纳的手下留情，得到日本人的认可，大概因为沾上文化与艺术的色彩，也算是一种"好色"吧，尽管他自己一再否认，说那是集体决策，与个人无关——他一九五五年辞世，日本朝野为他举行了公祭，并在奈良法隆寺，修建了感恩铭德的五轮塔。

史汀生将京都从轰炸名单中撤下一事，得到美国高层多人的证实，这比华尔纳"网开一面"的传闻要坚实有力得多了。孰料美国庙堂落花有意，东瀛江湖流水无情，终于也没见"投我以木桃，报之以琼瑶"的回馈。

梁思成的进言，中日两国媒体一度炒得沸沸扬扬，不亦乐乎。可惜缺乏严密的证据链，好不容易挖掘出的一段友谊佳话，转瞬化为泡影。

倒是我，一厢情愿地认为，不管是出于谁的进言，京都的化险为夷、死里逃生，总归是"抽刀断水水更流"——与中国唐宋文化在这儿落地生根，大放异彩，有割也割不断的联系。

二〇一〇年，时任国务院总理的温家宝访日，他在演讲中，引用了日本学者内藤湖南（1866—1934）的一个比喻："如果将日本文化比作豆浆，那中国文化就是使它凝结成豆腐的盐卤。"

这就相当于说，日本文化是石，是铁，中国文化是点金术。

日本媒体人、作家野岛刚（1968年出生）接过温总理的话茬，抛出自己的别解，他认为："中国文化更像是原汁原味的咖啡，而日本文化则是加了糖和牛奶的奶咖。"

他的意思是，中国文化是素锦，日本文化是锦上添花。

笔者认为，两说皆有道理。只是，内藤湖南着眼的是古代日本，适其草莱初辟，蒙昧未开，猝遇夺睛炫目的中华文化，便如饥似渴、狼吞虎咽地扑上去，一番咀嚼、消化，总算草塑出自家文化的基本面目。野岛刚着眼的是近世以降，日本文化积两千年的吸纳、改造，终于改头换面，亦旧亦新，乃至推陈出新、光大发扬。

读者稍不留神，就会纠结于盐卤，抑或咖啡、豆腐，抑或奶咖，陷入认知的误区。

台湾作家舒国治写过一本《门外汉的京都》，在网络上大受追捧。虽说是站在"门外"，眼光却能逡巡往复于历史时空，且看他的信笔所至：

"我去京都，为了'作湖山一日主人，历唐宋百年过客'（引济南北极阁对联）。是的，为了沾染一袭其他地方久已消失的唐宋氛韵。唐诗'清晨入古寺，初日照高林。曲径通幽处，禅房花木深'景象，中国也只少数古寺得有，京都却在所多见。杜牧'南朝四百八十寺，多少楼台烟雨中'，在今日，惟京都可以写照。"

"又有一些景意，在京都，恰好最宜以唐诗呼唤出来。如'晚来天欲雪，能饮一杯无'；或如'旅馆谁相问，寒灯独可亲''旅馆寒灯独不眠，客心何事转凄然'。乃前者之盼雪，固我们在台湾无法有分明之四时、不易得见；而后者之'旅馆'辞意，原予人木造楼阁之寝住空间，然我们恁多华人，竟不堪有随意可得之木造旅馆下榻，当然京都旅馆之宝贵愈发教我们疼惜了。"

"许多古时设施或物件，他处早不存，京都亦多见。且说一件，柴扉。王维诗中的'日暮掩柴扉''倚杖候荆扉''倚仗柴门外'在此极易寓目。"

此处插一注：京都（早先称平安京）创建之初，完全取样于我国的长安和洛阳，是以舒先生才来这里大发特发思古之幽情。

三年前，笔者与某公（名片上印的是著名书评家）在金阁寺邂逅相逢，说到舒国治的京都游记，他忽然正色，说："这个人，抒错了情，京都不是长安，不是洛阳，是人家日本人的千年古都，他这是'反认他乡为故乡'！"

我浑身一颤，觉得他也是在刺我，一脸"满满的正能量"——我奇怪这样的误解，怎么会出自"书评家"之口，若果然还"著名"，岂不是预示文学评论岌岌乎始哉？

最是一目了然的误解，莫过于日本歌曲《北国之春》。

提醒读者，歌名中的北国，不是国人想当然的北海道。词作者为井出博，他描绘的是他的老家长野；曲作者为远藤实，他谱的是对他故乡新潟的眷念；原唱者为千昌夫，他满怀的是对他故园岩手的挚爱。

请看中文《北国之春》歌词的第一段：

亭亭白桦　悠悠碧空

微微南来风

木兰花开山岗上

北国的春天

啊　北国的春天已来临

城里不知季节变换

不知季节已变换

妈妈犹在寄来包裹

送来寒衣御严冬

故乡啊故乡　我的故乡

何时能回你怀中

　　不需要懂得日文，仅凭逻辑便可推导，北国（长野、新潟、岩手俱在大阪、东京之北）既然已经春光明媚，木兰花撒欢地开遍了山岗，那么，南方呢，南方不用说是日更高、风更煦、地更暖。此时此际，妈妈怎么还会向在南方城里打工的孩子寄去御寒的冬衣呢？——除非是老年痴呆。

　　当然，你要是懂得日文的话，问题就简单多了，日文说的是"届いたおふくろの小さな包み"，直译是"妈妈寄来了一个小包裹"，突出的是一个"小"，咦，既然是小包裹，里面就不会是鼓鼓囊囊的棉袄棉裤。对此，有人建议改译为春衣，有人建议改译为夏衣，真正是奇了怪了，译来译去，怎么就跳不出"慈母手中线，游子身上衣"的概念呢？难道就不能是土特产，比方说游子从小喜欢的食品吗？

　　尽管这误译已有多人指出，但年复一年，一代又一代的歌王歌后，还是情意绵绵地让妈妈送上寒衣。

　　就这么一个小小包裹，真不知还要误解到几时。

同样为"差异"挠头的野岛刚，在他的新著《被误解的日本人》（上海三联书店，2016 版，孟庆峰、李光祎、朱芸绮合译）首篇，开宗明义，极力为日本人"剖析衷肠"，他的态度是诚挚的，他说（我这里也举两点）：

"一、中国人总是过度猜测日本人的'恶意'。这其中固然有缘自中日战争等无奈的历史原因，但同时我也认为，是由于中国人对日本人不了解。

"日本人绝对不会有中国人一样'名垂青史'的想法。日本人当然也重视名誉，但重要的不是留名于史，而是那一瞬间的名节，至于百年之后的名誉，任谁也无能无力。这又涉及日本人的生死观和自然观，也是中国人最难以理解的部分。

"最能如实反映这一问题的，是中日间产生政治对立时双方的应对之态。日本人的想法基本是临场型的。日本人多不想让事态恶化，多半都抱着'差不多得了'的态度，以冀息事宁人。然而，中国人看到日本人这种暧昧不明的态度总会心生怀疑：是不是因为打着什么坏主意，才故意显出这种不清不楚的态度。

"二、日本人容易被误解的另一个原因，是转变得太快。精通中国文化的评论家竹内好说过，日本文化是'转向型文化'。对于这种转向，往往本人没有罪恶感，周围人也不会予以责难。

"对于这其间的理由，竹内好是这样阐述的：'在日本文化中，新的东西一定会陈旧，而没有旧的东西之再生。日本文化在结构上不具有生产性，即可以由生走向死，却不会由死走向再生。'

"确如竹内好所言，仅以近代史为例，日本就有过两次大的转向：一次是明治维新，一次是战败。明治维新之前，日本社会主倡'攘夷论'。然而，开国主张的势力一旦赢得胜利，社会全体似乎瞬间遗忘了之前还在高歌的'攘夷论'，向着西欧化道路全速迈进。

"另一次转向，是战后被美军占领。'二战'中的日本，无论是在南太平洋上的小岛还是在冲绳，与美军对战的部队大多拼尽最后的一兵一卒，选择全军覆灭，甚至像特攻那样疯狂的举动也在所不辞。为此，麦克阿瑟当初是抱着可能面临大量牺牲的觉悟登陆日本的。

"然而，谈何抵抗，日本人面对美国占领军的态度几乎可用'欢迎'一词来形容。美军士兵甚至无需配带一枪一弹，放心大胆地在日本街头自由行走。纵观世界，这毫无抵抗、兵不血刃的占领，怕是史无前例的。占领期间，驻日美军的牺牲数几近为零。这也算得上历史上的一大谜题了。

"在中国人看来，日本人的如此行为大概称得上节操尽碎了，但对日本人而言绝非如此。对于日本人来说，身处旧世界就遵循旧世界的规矩，来到新世界便忠于新世界的法则，一码归一码。"

感谢野岛刚先生的开诚布公，让我们看到了一份自我解剖的，而不是一味辩诬洗白的"日本论"。试从读过的日本谚语中摘出几则，以佐野岛刚呈示的临场型、转向型民族心态，诸如："一寸先は闇"（眼前就是黑暗，喻前途莫测），"後は野となれ山となれ"（无论身后是原野，还是高山，喻只顾眼前，不管将来），"今日は今日，明日は明日"（今天是今天，明天是明天，喻今朝有酒今朝醉），"明日は明日の风が吹く"（明天刮明天的风，到什么山唱什么歌），等等。不能说，上述心态为日本独有，但可断定的是，数日本人表现得最为抢眼。联想到新加坡前总理李光耀的点睛之论："日本不是一个普通正常的国家，它很特别，有必要记住这一点。"因此，在当代中日关系中，历史问题被摆在一种较为特殊而重要的位置，我们不能回避且必须尊重历史，同时又得立足现代，放眼未来。老话说：百里不同风，千里不同俗。新规是：到哪国就用哪国的时间；国际场合，通行以公元纪年。

针对野岛刚先生的大作，我们是否也要来一册《被误解的中国人》呢？

答曰：用不着。

在此，我仅举一个例，与野岛刚先生商榷，即近年在日本掀起的"中国威胁论"。是的，我承认，面对中国的崛起（日文译作抬头），你可以把它看作威胁。儒贝尔说："每项真理都有两副面孔，每条规则都有两个方面，每句箴言都有两种应用方式。"我接着他的话说，每种威胁都有两种解读：一、你可以把它看作对日本的激励，这是正解，是国际社会风行的而又必不可少的比学赶超；二、你也可以把它看作日本安全的隐患，前提是你已在心底把中国圈定为敌人——站在中国人的角度看，此乃天大的误解。

野岛刚先生的卒章忠告是："相比花了一千五百年潜心观察研究中国的日本人，中国人对日本的观察不过短短百年（这里，一千五百年云云，其实也是取其整，取其多，百年云云，则是取其整，取其少，并不能较真——笔者），误解之多也是必然。在此，我希望中国人能有一个心理准备，理解日本的道路（当然是在愿意去理解的前提下）远比想象的更漫长。"

诚哉斯言。的的确确，理解同住一栋公寓的邻人，尚且非常不易，又何况是隔海而居的异邦呢。日本人心目中的邻居，是隔着波涛波涛波涛的。晚清驻日参赞黄遵宪就曾掷笔嗟叹："只一衣带水，便隔十重雾。"日本汉学大家，有"现代中国研究第一人"之称的竹内实，也曾对日中关系留下六字注脚："友好易，理解难。"

就这样了？嗯，就这样，这是过来人的话。那么，有没有"一万年太久，只争朝夕"的应对之策呢？答曰：有的。在此，我也要对野岛刚先生说上两句："理解道路的长短，跟所费时间的长短并不成正比。天儿慧教授针对中日关系有一个向前看的'三原则'，仿之，我也留下一个中日关系的'三度论'：一、立足的高度；二、认真的程度；三、包容的气度。"

理解的桥梁是交流。中日之间除地理海沟之外，还隔着一道精神上的海沟，借用地理学上的板块构造学说，互相疏远，海沟会越来越大，误解会越来越深，唯有积极碰撞，才能挤压出连接双方板块的山脉——在这儿，山脉就是高度的理解和理解的高度。

也是地理学告诉我们的，地球绕着地轴自转，同时也绕着太阳公转，自转与公转的方向是一致的。以此类推，国家围绕核心利益自转，同时也得围绕"顺之者昌，逆之者亡"的"时代潮流"这个"太阳"公转。因此，弄清什么是"时代潮流"，什么是"人类命运共同体"，乃是理解的前提，也是我提出的"三度论"的前提。

在一片误解声浪中，我读到了旅美作家木心一篇演讲，他的论点是："日本的文化，来自中国唐家废墟，是对中国文化的一种误解。"

怎么个误解法？

木心说：

"和服之妙，在于取中国的宽博而化为便捷。袖、裙短了不少，短得明快，宜于行，宜于坐，宜于舞，别有一番闲闲雅雅的潇洒。中国的古服，就是因为拖泥带水，妨碍活动而被淘汰了。眼看日本人至今还穿着和服，摩登得很，可知这'截短'自有其远见卓识。

"茶道之胜，在于氛围圣洁，情致幽玄。一系列程序井然的小动作，丝毫苟且不得，正附合'诗成于格律而毁于自由'的道理，催眠似的引人明心见性。人的杂念本来自人的杂质，茶道做了澄清，世上澄清难持久，弥撒也不是只做一次，人能不时得茶之精灵的澄清，是人的能事了。

"居室、器皿、餐具、玩物、小环境大环境，日本一直能葆物质的本色：木、竹、石、纸……清清楚楚，天真相见——多谢日本，你们的偏爱是高明的，自然的本色，人的本色，够美了，不要借口现代文明而暴殄天物。精神世界和物质世界一样有着生态平衡的规律，违之也要受惩罚，至少是舍了本，逐了末，这又何苦来。

"日本的庭院、书道、花道，一片生机，都是对外来文化的误解，我愿称之为'了不起的误解'。如果有人认为我故作逆论，应纠正为'对中国文化的创造性的引用'，我能接受这个说法吗？不接受。作为我的论点的注脚我也不接受。形成日本风格的因素是日本人的天性、气质，不是一时一人形成得了的。在形成之初之中，没有理论体系，没有皇家意志，没有权威人士在启示控制，当初毋庸讳言是想亦步亦趋惟妙惟肖地传过唐家衣钵的，恰是步而斜趋而逸，另有妙别有肖，给人画像画成了自画像。矗立在空气中的浮屠与倒映在水中的浮屠，一浮屠也，空气与水不同质，浮屠也就异了形。人的心目，更不是静水，日本人传导中国人的文化艺术是在不知不觉中走了样，出了格。凡是动机纯良，想理解而理解得不对，才叫误解，与恶意的曲解不可混淆。使我迷醉的乃是：日本人的天性气质的内在景观，怎样的内在肌理内在纤维，才会把中国的风格徐徐转化为日本的风格。西方人常会分不清，中国人日本人都一望而知那是你们的这是我们的。"

总而言之，木心论定："日本文化是对中国文化的彻头彻尾的误解。"

木心对日本文化的解读，是否恰如其分，姑且搁置勿论。联想到屡屡陷入僵局的中日关系，他这儿倒是提出一个重要的方法论，就是如何化误解为悟解，或正解。

木心笔下的"误"，其实暗含着"悟"，或者说从误到悟。误与悟同音。误从讠（言），误解首先误在"言"上，你怀疑我的诚意，我怀疑你的动机，揪住一言半语不放，唇枪舌剑，你来我往，难免口不择言，言多必失，陷入下一轮争执的循环。悟从忄（心），悟解首先悟在"心"上，你有你的利益和立场，我有我的利益和立场，将心比心，换位思考，求大同，存小异，和衷共济，共创未来。误与悟之间并没有天堑，从嘴巴到心脏只在一念之遥。从误到解是渐变的探索，从悟到解是突变的飞跃。密斯·凡德罗说："上帝在细节之中。"我说："上帝在误解之中。"当然，这是木心笔下那种含着体温的大智大慧的误解，或者说，是对误解的彻悟。一个焕然一新的局面，常常缘于伟大的误解。木心在答客问《迟迟告白——1983 年至 1998 年航程纪要》篇中，自创了"要那么禅一下"的公式："知名度来自误解。"进而推导："误解与知名度成正比"，误解越大，知名度就越大。对于颖悟能力欠缺的读者，不妨把它改写成："悟"解越大，消化功能就越强，最终的成果也越发不同凡响。

误解客观存在。如何化误解为正解，需要双方做出善意的诚意的努力。穿越误解的时空，穿了，越了，觉今是而昨非，方才有望登上"众里寻他千百度。蓦然回首，那人却在，灯火阑珊处"的"第三境界"。

2017 年 12 月构思，2018 年 5 月中旬完成

日式美学的阴翳

　　来京都，鬼使神差，突然想到了谷崎润一郎。他这人很复杂。早年和作家佐藤春夫玩换妻游戏，就很出格。晚年得赛珍珠提名诺贝尔文学奖，更是令人觉得各色。算了，这些都免谈。忽然忆起他，是因为他的一篇文章。他的作品很多，代表作有《细雪》《春琴抄》《刺青》《麒麟》——据说，我也没研究过。我翻过《细雪》，随意浏览地翻，不是翻译的翻，读的是中文，周逸之的译本。印象怎样？因与本文无关，也免谈。我这里想到的，是他的一篇美学散文《阴翳礼赞》（九州出版社，2016年版，李尚霖译）。

　　也不是想到全篇，只是其中的两小节。谷崎润一郎说：

　　"每回我造访京都或奈良的寺院，被人引领到光线朦胧又一尘不染的旧式厕所时，对日本建筑的难能可贵之处，便有更深一层的体悟。说起令人精神安稳的效果，茶室虽也不错，但实在比不上日本的厕所。日本的厕所一定建在离主屋有一段距离之处，四周绿荫森幽，绿叶的芬芳与青苔的气味迎面飘漾。虽说必须穿过走廊才能到达，但蹲在幽暗的光线之中，沐浴在纸门的微弱反射光下，不管是冥想沉思，抑或眺望窗外庭院景色，那种心情，实难以言喻。

　　"京都有间有名的料理屋叫'草鞋屋'，直至最近，这店家以不在客房里装电灯，却使用深具古风的烛台而远近驰名。今年春天，睽违多时后再去一看，不知何时已使用起行灯式电灯来了。一打听何时做此改变，得到的答案是去年开始。店家反映，由于许多客人抱怨蜡烛的烛火太暗，不得已只好改弦易辙，但如果客人觉得以前的作风比较合口味，会拿烛台过来。说来，我是特地为了寻此乐趣而来，因此要求更换烛台。当下，我感到，日本漆器的美，只有置身于朦胧的微光中，始得以发挥得淋漓尽致。"

听这口气，谷崎润一郎似乎是个外来客。其实不然，在写作此文之前十年，他已从东京迁到京都。据考，他在京都周围，比如说奈良啦、大阪啦、神户啦，都另有栖息的寓所，嘿，狡兔总是有三窟。

从被认为最不宜形诸笔墨的厕所，读出天光云影共徘徊，从烛火摇曳的微弱光晕，品出古风古韵的诗情画意，这家伙，嗜美，嗜色，嗜古典之美、传统之色，也真是嗜到了极致。

想起今村昌平执导的《楢山节考》。从前，信州（也就是长野）的深山腹地，那个穷呀，人穷日子就不堪，不堪到什么地步？说两个民俗你听听：每户人家，只有大儿子可以讨老婆，生娃娃，老二老三等等，终身只能打光棍，待遇等同老大的牛马，称之为"奴崽"。而老人家呢，活到七十岁，就到了生命的上限，不管身体如何强健，到了生日前后，则由他的大儿子出手，背着老人深入常年积雪、荒芜人烟的楢山绝顶，然后一扔了事，转身就走，不得回头望，任其饥寒自毙。

高龄六十有九的阿玲婆，知道自己来日无多，她坦然接受命运，抓紧最后的时光，操办两件要事：一、为殁了老婆的长子续弦；二、为命定守鳏终老的次子找个临时的性伴侣，让他也尝尝人道，即鱼水之欢。两件要事完毕，她如释重负，择好日子，自动趴到长子的背上，由着他一步一步驮向楢山，驮向死亡。

场景悲怆凄楚，心抽搐得说不出话。

谷崎润一郎没说，这是我说，导演给出的画面，让我看到了往昔大和民族性格深层的阴翳。

镜头转换。

二十世纪八十年代中期，偶尔在一个涉外场合邂逅访华的高仓健，因为《追捕》（他扮演杜丘）在中国的热播，他已成为亿万级的中国人的偶像。我生性矜持，不会为任何演艺明星发狂，但我能用日语背诵他在电影中的台词。

面对高我半头的高仓健，我对他说：

"您的冷峻、沉默、刚毅、豪侠的舞台形象，得力于您一米八〇的身高。如果是丰臣秀吉那样的矮个子，也像您一样做派，注定不得出人头地。"

高仓健努力挤出一个微笑，我注意到，他的嘴角有点歪。

——突然想起日本无赖派文学的领军人物太宰治。

当时还没读过谷崎润一郎的《阴翳礼赞》，只是觉得，高仓健有点说不出味道的似阴非阴、似冷非冷的酷。

话说到了九十年代，一次乘飞机去深圳，和一位日本青年比肩而坐。他低头看一本日文杂志，我拿眼睒去，他立刻合上，生怕我偷看了似的，我别转脸，他又打开，回眸，旋即合上，如是两三次。我转守为攻，主动和他聊天，问一句，答一句，句式简短，含糊，多一字也不肯说，不问，绝不开口。如此交流，着实令我感到苦涩——现在想来，这也就是日本人的阴翳吧。

从前出访，无论国内国外，我有一标志性的习惯，手不离笔记本，这是多年的记者生涯养成的。新闻不比小说，碰到具体人名、地名、时间、数字，丝毫不能差错，在这方面，我深信"好记性不如烂笔头"。

这次到京都，笔记本之外，又多了一件工具：手机。手机是高科技，可记事，可录音，可录像，可拍照，可查询，可收藏，可发送，可购物，堪称全能。

家人让我传点京都的照片回去看看，灯下整理，失笑，拍了上百幅，可传者却寥寥无几，因为我聚焦的京都，纯属于我对写作素材的收集，与单纯供人欣赏的风景照片无关。比如说呢：

哲学小道上铺的碎石子。踩在上面，一脚一个凹坑，沙啦沙啦响，你得稳住步子，从容不迫。这种感觉，只有我能体会。家人当然不感兴趣，他们会说：大老远地跑到国外拍路上的碎石子，神经病！

紧挨街道的水稻田。从前，北京大钟寺向南那一带也有的，据说属于农科院，现在地还空着，好像不种水稻了。我留念，所以我看到京都的水稻田就拍。

专卖扫帚的百年老铺。想起六十年前那段困难时期，母亲整夜在油灯下扎条帚，我就没见她怎么睡过觉。扎好一把，卖出去，也就赚个几分钱。

"不许荤辛酒肉入山门"的石碑。想起《水浒传》中醉打山门的鲁智深，当了和尚依旧大酒大肉，谁也奈何不得。不知东瀛是否也有这等人物。

小溪穿过人家。联想起晋人潘岳《闲居赋》里的描绘，"爰定我居，筑室穿池，长杨映沼，芳枳树樆"；又忆起季羡林先生曾说，从前济南人家，房底下、院子里常常有泉水潺潺流泻。现在，大概也都成旧迹了吧。

都市中的竹篱茅舍，门口挂的一盏以稻草为罩的灯，公共厕所专门用作搁伞的挂钩，巴士站及时通报各路车运行状况的电子显示器，电车上高低不一的吊环把手，食品铺迎门货架下方精心设计的迷你型山水盆景，町屋围墙内两平方米的小花园，街头拐角一株孤零零的树，树下几块苍苔翳染的顽石……

以上种种照片，无以名之，姑且借用谷崎润一郎的视角：日式美学的阴翳。

阴翳，日文用的是汉字繁体。它源于中国，据《现代汉语词典》（第7版），阴翳，同"荫翳"，基本释义，一、荫蔽；二、枝叶繁茂。如欧阳修《醉翁亭记》云："树林阴翳，鸣声上下，游人去而禽鸟乐也。"日文在此两项上又有拓展，掺添含蓄、曲折、幽玄的意蕴。细品谷崎润一郎的描绘，他强调的是光与影的暧昧，明与暗的依恋，一种视觉的禅味。香港凤凰卫视的《开卷八分钟》中，曾提到过一种《阴翳礼赞》的英译本，标题作 Sing Praises to Dark，意为歌颂黑暗或阴暗，这怕是差之毫厘、谬以千里的了。

我拍摄的照片中，有一幅法然院墓园，乃谷崎润一郎最后的归宿地。当中一株硕大纷披的枝垂樱（也是这墓园唯一的一株枝垂樱），左右两块既不规则也不起眼的青石墓碑，分别刻着汉字"寂"和"空"，"寂"字碑下，长眠着谷崎润一郎和他的第三任夫人松子，"空"字墓碑下，埋葬的是他的亲戚。灯下点开手机百度，搜得吾国游客（佚名）的一则悼文：

"作为日本唯美派文学的大师，谷崎润一郎对樱花似乎有着狂热的痴迷，他曾在创作随笔《阴翳礼赞》中写过：'其实赏花不限于名胜之地，只要花开得绚烂，哪怕孤樱一株，在其荫下支起帐篷，打开食盒，会有莫大的喜悦。只要有心，何须火车、电车之劳顿，可谓天涯何处无芳草。'"

我不记得《阴翳礼赞》中有这段话，继续搜索，发现引用者甚多，都没注明确切出处。我只好找出随身携带的《阴翳礼赞》，从头往后，一页一页翻，没有，倒过来翻，也是没有，再从头，再倒过来，愣是没有。奇怪！忽然醒悟，《阴翳礼赞》是册随笔合集，收有六篇文章，《阴翳礼赞》之外，尚有《说懒惰》《恋爱与色情》《厌客》《旅行的种种》《厕所的种种》，于是耐住性子，从《说懒惰》开始，一篇一篇查，终于，在第一百六十三页，第五章《旅行的种种》的结尾，查到了出处。

《旅行的种种》是篇单独的随笔，收录在《阴翳礼赞》，但它不等于《阴翳礼赞》，正确的标注，应该是《阴翳礼赞·旅行的种种》。

噫，这也是习惯大而化之、马马虎虎的同胞，于谷崎润一郎的墓园，投下的一抹多情的阴翳吧。

2018 年 5 月 13 日

一字论乾坤

一九九五年，日本汉字能力鉴定协会推出一项活动：海选年度汉字。具体做法是：面向全民，利用明信片或网络，自由投票，在舶来年湮代远、亦已归化改籍的汉字方阵中，遴选出一个字——就一个！——以概括、浓缩当年的世态民情、红尘万象。

以一字论乾坤，似乎是日本人的癖好。试看坊间层见迭出的《日本论》《日本人论》《日本文化论》，就专爱拿一个字说事，譬如，新渡户稻造吃定一个"武"，冈仓天心相中一个"茶"，九鬼周造放大一个"粹"，加藤周一聚焦一个"杂"，土居健郎死掰一个"娇"（甘え），中根千枝硬磕一个"纵"。流风所及，乃至在一旁看热闹的韩国人李御宁也不甘寂寞，揎拳掳袖，从日文的海洋中打捞出了一个"缩"，他的同胞跟他唱反调，又打捞出了一个"扩"……总归是剑走偏锋，攻其一点，不及其余，倒也蔚为洋洋乎东洋之大观的了！

日本人做事，向来严谨，此创意一出，相关措施立即成龙配套。首先是定时：将每年的十二月十二日，确定为公布海选结果的"汉字日"——这就相当于给汉字过节了（吾邦躬逢前无古人、后傲来者的商业大潮，有商家敲定"双十二"为"网购狂欢节"）——为什么选择在这一天呢？这是有讲究的，因为日文的"一二一二"，读起来酷似"一个好字"，主办者希望借助这一谐音，让人们每年至少能记住一个带有纪年性质的汉字，其寓教于乐、提高大众汉字能力的良苦用心，毕现无遗。

其次是定地：这样一件隆而重之的大事，必须要有与其相匹配的场所，日本人选择了京都的清水寺。一、京都乃千年帝都，唐风宋韵犹存，在此给汉字过节，名实相符；二、日本汉字能力鉴定协会就设在京都，在家门口办事，操作起来方便；三、清水寺在前一年（1994）已成功入选世界文化遗产，知名度大，游客多，容易形成举世瞩目、众口喧腾的轰动效应；四、当选的年度汉字，供奉在大殿的主佛千手观音菩萨像前，供游人参观、瞻仰，极具冲击力，神圣感。

再其次是定人、定纸、定笔：书写者，为清水寺住持森清范，他既是主办协会的理事，又是书法大家；纸张，为久负盛名、具有一千五百年历史的福井县越前和纸，长度和宽度分别为一米五与一米三；毛笔也有标准，产地为广岛县熊野町，乃国家认定的传统工艺产品，笔杆、笔头的长度，分别为二十二厘米与十一点五厘米。

迄今（2018 年 4 月）为止，活动已举行了二十三届，历年当选的汉字，分别为：1995，震；1996，食；1997，倒；1998，毒；1999，末；2000，金；2001，战；2002，归；2003，虎；2004，灾；2005，爱；2006，命；2007，伪；2008，变；2009，新；2010，暑；2011，绊；2012，金；2013，轮；2014，税；2015，安；2016，金；2017，北。

笔者到日本旅游，在书店、酒店一类公共场所，经常看到"今年的汉字"征集箱。参与活动的，不光是赶热闹的平民百姓，也有许多大牌政治家（这是日本特色），后者是凭眼球而存在，托人气而升空，自然不会放过这个送上门的表演机会。举例说，二〇一六年，"金"字最终脱颖而出。"金"字当选的背景是：里约奥运，日本斩获二十一枚"金"牌，创历史纪录；东京都前知事舛添要一，因为私自动用政治资"金"而辞职；棒球选手铃木一郎，登上美国大联盟生涯三千安的"金"字塔；日本喜剧歌手 PICO 太郎，在演唱火遍全球的神曲 *PPAP* 时，身穿"金"色服装出场，等等。"金"字揭晓当日，安倍晋三首相宣布，他投的是"动"。动作的动，动工的动，动情的动，动向的动。为什么要投给"动"？他解释，二〇一六年，是政府众多急待上马的大事要事峰回路转的一年。弦外之音，是他力推的新安保法柳暗花明，终于列入议事日程。而作为前任（第95任）首相，时任日本最大在野党民进党的干事长野田佳彦则表示，他选的是"忍"。忍耐的忍，忍性的忍，忍垢的忍，忍者的忍。为什么要选择"忍"？这就不必说破了吧。其实也等于已经说破。"动"也好，"忍"也好，都是当事人的祷辞。屠格涅夫一语戳破："一个人不论在祈祷什么，他总是祈祷着一个奇迹的降临。任何祷辞都不外是这样的意思：'伟大的上帝啊，请使二乘二不等于四吧。'"归总一句，执政党要趁热打铁，大干快上，在野党要卧薪尝胆，忍辱负重——各有各的算盘，各励各的志。

如果哪位读者有兴趣，从这二十三个年度汉字着手，"上穷碧落下黄泉""升天入地求之遍"地爬罗剔抉一番，准能写出一部精彩纷呈、五光十色的日本断代史。

中国是汉字的本家，以一字寓褒贬，一叶彰春秋，是拿手的好戏。最彰明显著的，是帝王的谥号，用一个字，诸如文、武、明、睿、惠、质、冲、灵，盖棺而论，一锤定音。此外，事涉测字，以及重大决策等，也常用一个字解决问题。例如，笔者小学时读《三国演义》，对孔明和周瑜商量破曹之计一节，印象特深。且说周瑜话到唇边，孔明急忙把他制止，说："您先不要讲出来，我俩把计策写在手心，看想的是不是一样。"周瑜欣然同意，叫部下取过笔墨砚台，两人各自在手心写了，然后摊开手掌，送给对方看。这一看，禁不住都哈哈大笑起来。原来，周瑜手心写的是一个"火"字，孔明手心写的也是一个"火"字。这就叫英雄所见略同。

也许正因为是汉字的本家，司空见惯，习以为常，就忘了给它过节。结果还是受到了东瀛的刺激，从二〇〇六年起，吾邦也兴起了年度"汉语盘点"，分别选出概括国内与国际大事的两个汉字，而后又各增加为一字一词，而后又增加了十大流行语、十大新词语、十大网络用语。以二〇一七年为例，十二月二十一日，国家语言资源监测与研究中心、商务印书馆等联合主办的

"汉语盘点2017"揭晓仪式在京举行。"享""初心""智""人类命运共同体"分别当选年度国内字、国内词、国际字、国际词。"十九大"成为年度十大流行语榜首词。

若要将中日双方的汉字评选作一点评，创意权，无疑属于日本，规模、影响，应是各有千秋。从文化的视角比照，日本的做派在于"单一醇粹"，就像吉川英治笔下的《宫本武藏》，每一章，每一节，都围绕着主人公层层铺垫、拔高；中国的风格在于"波澜壮阔"，犹如金庸笔下的《天龙八部》，背景宏大，场面阔绰，头绪纷繁，人物众多——这也是中日两国民族性的差异之"出演"吧。

二〇一八年四月，我来京都游览，心里惦着二〇一七年选出的那个"北"字，首站就安排了清水寺。"北"字在二〇一七年当选，有评论说，反映了民众对北朝鲜导弹过境和核试验加速感到忧心如焚，以及对九州北部暴雨成灾、北海道马铃薯歉收而郁郁寡欢……总之是一时有点找不着北的迷茫、惶惑。遗憾的是，因为迎接二〇二〇年的东京奥运会，清水寺年初已进入三年大修的程序，正殿与那个悬空的大舞台都被临时屏蔽。好在还保留参拜通道，游客仍能进入观瞻。我赤足在大殿内找来找去，就是找不到森清范住持写下的那个"北"字。奇怪，网上明明说是搁在正殿，就搁在这座十一面千手观音佛像前面的呀。叩问大殿的工作人员，人家告诉："本来是搁在这儿的，因为修缮舞台，临时搬走了。""搬到哪儿去了？""祇园。"祇园？嗨，我们早晨来时，正好路过那儿，没曾想到"北"字搬家，也就没留心寻找。错过了，就是错过了。举办奥运，是大事，各国都看作是增进本国政治、经济实力，扩大世界影响的机遇，舞台修缮，实物挪位，很正常。现在还是春天，二〇一八的年度汉字，我不能预测。在此，谨祝愿日本人民能找到他们心中的那个"北"。

2018年4月6日构思，5月13日完稿

一碗清汤荞麦面

京都有个区，叫中京区。中京区有条街，叫车屋町。

车屋町有家远近驰名的老铺，叫本家尾张屋。本家尾张屋主要供应传统荞麦面，我昨晚冒雨寻来，说是晚了一刻，店家打烊，吃了闭门羹，今天下午又赶来，排了两个小时的队，就为了尝一尝它的名气。

我要了一碗清汤面。

还记得著名女优泉品子主演的《一碗清汤荞麦面》吗？那场景，非画，似画，如诗，胜诗。

我盯着眼前的清汤面发愣，迟迟不忍下箸。

日文"本家"，是正宗或总店的意思。"尾张"嘛，乃地名，在现今的爱知县。说到尾张，油然想到织田信长，此公少年任性，绰号叫"尾张大傻瓜"。不知此尾张跟彼尾张有何因缘瓜葛？说到店铺之老，它可吓你一跳，创建于公元一四六五。这是什么概念？大明王朝方兴未艾；狂言"佛界易入，魔界难入"的一休禅僧，仍仆仆行走在江湖；日后发现美洲新大陆的哥伦布，尚未成年；首次完成环球航行的麦哲伦，还要等上十五年才出娘胎。据说起初经营糖果，后来改卖面食。等到战国三雄织田信长、丰臣秀吉、德川家康率军上洛（京都别名洛阳），它已在这要道旁屹立了百年。

迄今，它已阅历了五百五十三个春秋。在京都，在中京区，顾名思义，就是在这畴昔的国都而今的文化名城中心，它热眼繁华、冷眼兵燹、温暖歌吟、安抚饥肠、沉淀岁月、凝聚风云。若是我讲，在某个樱花散霞的薄暮，松尾芭蕉盘腿坐在里间的榻榻米上，吟出"京都看花天，群集九万九千"的俳句，谁说没有可能。又，若是猜想坂本龙马曾在此与同伴小聚，当其酒酣耳热，目射金光，突然一拍餐桌，大声说道："所谓英雄也者，就是坚定不移走他自己的路！"——想到这里，我闭目凝神，依稀，仿佛，犹能听到四壁隐隐的回音。

思绪就此打住。窃笑，再想下去，只怕要引出一篇随笔，一则关于本家尾张屋的软性广告。既涉广告，不用人说，连我也觉得无趣，未免沦为瓜田李下，文人末路。

去年，噢，是前年了，我出版了一册《日本人的"真面目"》，我剖析说："日文的'真面目'，就等于汉语的'认真'，兼而还有忠厚、老实的意思。这是日本人的自许、自勉，也是对工作态度的框范规定。"这下很刺激了一些国人，承他们留情，没有骂我怎么怎么的，在公开的文字上，也没见谁讥讽我拍日本鬼子的马屁。

由这马屁的"马"，我倒想起了另一个词"马虎"。日本人强调认真，认真到什么程度？他们引进了几乎全部的汉字，但是拒绝"马虎"一词入境。不信，你去翻日语汉字辞典，在马部词语中，从马头、马面、马身、马腹、马脚、马尾，到马虻、马蜂、马鹿、马蛤、马蝇、马蛭，以及马鸣菩萨、马耳东风、马革裹尸、马头观音，等等，不一而足，唯独没有马马虎虎。当年那位获芥川奖的作家开高健，曾为此感到遗憾。他的遗憾，不是因为该词的消极色彩，而是认为，马马虎虎，作为一种人生态度，也自有其积极的一面。

马马虎虎是认认真真的反义词，形容做事草率、漫不经心、得过且过、大差不差、敷衍了事，等等，怎么会有积极的一面呢？

哈，凡事都有两面，真理收不住脚，向前多跨一步，就跨进了谬误，认真的延长，长得过了分，便钻入刻板、僵硬、机械的死胡同，马马虎虎嘛，看上去吊儿郎当，不够积极，但运用得宜、得当，也不失为一项高级的艺术。

你不信？

"大漠孤烟直，长河落日圆。"王维的边塞诗，好不好？好。美不美？美。然而，若是某个死心眼的家伙，拿了直尺、圆规去量，怎么样？保证那道孤烟一点儿都不直，那轮落日也是椭圆近扁，压根儿称不上圆满。

所以，在某些问题、某种场合，大如外交谈判，小如家庭纠纷，大而化之，宜粗不宜细，马马虎虎，睁一只眼闭一只眼，则是必不可少的大智慧。

就说这家卖荞麦面的老铺吧，论年纪，比美国建国还长出一倍，论名气，也远远超出日本海，碰上人家美国佬，怕早就搞成麦当劳、肯德基式的连锁，在全世界大挣其钞票！而它哩，竟然还待在本乡本土，小打小闹。

这就是认真、执着的另一面，保守。

联想到东京小野二郎的寿司店，也是。小野二郎号称"寿司之神"，多好的手艺呀！多大的名气呀！为什么不乘势向四面八方铺开？早先听说要在北京开分店，连我这种对美食兴趣寡淡的不讲究派，也禁不住要去捧场，谁知，到头来，竟是子虚乌有，空欢喜一场，唉！

正天马行空，遐想悠悠，抬头，发现店员妹子直勾勾地盯着我望，那眼神似乎在问："我们的面不好吃吗？"

我收拢思绪，赶紧埋头吃面，故意装出饕餮的样子（我说故意，因为入口，并不觉得特别好，说来说去，还是名气），一边咂咂有声，一边还在围绕认真与马虎的辩证关系，翻来覆去地纠缠不休，抽丝剥茧地细嚼慢咽津津有味。

2018 年 4 月 8 日速记，5 月 13 日完稿

龙安寺石庭证悟

一排游客赤足坐在龙安寺石庭的木台阶上，身子挨着身子，挤得满满当当。直待有人参拜完毕，起身离座，我才趁机插了进去。怎么会是这样？怎么能是这样？参悟，要空，空空荡荡，要静，万籁俱寂，只有你孑然一身，独对一片枯山水，那白的是细砂，状若大海，为了点题，特意耙出层层叠叠的波纹，那黑的是岩石，散乱地垒成五堆，苔痕斑驳，波拥浪簇，状若列岛——此是本义，抑或是共识——当是之时，你闭目凝神，得大自在，才能于刹那间拾得空谷跫音，于天眼开处窥得静影沉璧。

在无限的宇宙中，有了一方供人证悟的枯山水，就仿佛有了第二个宇宙，也是内宇宙。日本文化的最高境界是幽玄和空寂，大脑，越是空虚越显充实，五欲六尘到此都要舍弃，空虚孕育空灵。

著有《暗夜行路》的作家志贺直哉（1883—1971）到此，他说："庭中并非没有一草一木。我们可以看到散布在渺茫大海中的座座岛屿，从那座座岛屿上则可以看到郁郁葱葱的森林。"我怀疑当代走红的作家村上春树受到志贺的启发，他在《挪威的森林》中用了下列句式："喜欢我的发型？""好得不得了！""如何好法？""好得全世界森林里的树通通倒在地上。"与志贺同时期的诗人室生犀星（1889—1962）别具慧眼，他写道："石头在发怒，在闪耀，石头又重归安宁。石头尖叫着要站起来。啊啊，石头正想着回到天上。"

莫非是女娲氏的补天石。

　　我倒是想知道，畴昔的石庭作者，当他大功告成，一个人，当然是一个人，在细雨霏霏的清晨，来到这儿，默默打坐，一旦进入禅思的状态，会不会觉得这世界太森漫、人类又太茕独呢？

　　所以人总是想着要回到天上。

　　五堆岩石，数来数去，只有十四块。我知道是十五块——宣传材料上写着的。奥妙在于，现场，从台阶的任何一个角度看去，总有一块藏而不露。这就造成了错觉。井上靖在京都读大学时常到这儿来，他就上了眼睛的当，撰文说是十四块。可见，眼见不一定为实。

　　井上靖是我心仪的作家，中文译本不算，我完整阅读并至今仍保留的日文原版，只有一册《天平之甍》（这个甍字，读作 méng，国人不查辞典恐怕很少有人不出洋相）。说的是日本天平年间（八世纪上半叶），大唐高僧鉴真东渡弘法的传奇。主角，自然是鉴真以及一批负有聘请他任务的日本留学僧。然而，此时此刻，在我眼前晃来晃去的，却是一个我忘了姓名的日本老和尚。说他老，因为他已在大唐待了三十年，晃来晃去，是拂不去的他抄经的身影。是的，他整天就干一件事，埋首抄经。有经必录，抄录大唐的经，抄录大唐从西域取来的经。经越抄码得越高，人越抄变得越小，面黄肌瘦，弱不禁风，僧不像僧，道不像道。终于等到有遣唐使团返日，千叮咛，万嘱咐，让对方以生命担保，才托他们将抄录的经书运送回国。奈何天有不测风云，船只遭遇不可抗拒的台风，被改变航道，刮去海南岛。人员狼狈回到长安，经书却就此留在了当地。老和尚得知，头埋得更低，笔抄得更快、更勤。汉语有皓首穷经，他的发早就一笔一笔地抄白了，他的经也是一卷一卷地抄穷了。后来，又是后来，下一批遣唐使团护送鉴真返日，这是鉴真的第六次也是最后一次东渡，老和尚自觉使命已毕，携带辛苦抄得的经书回国。为了加大保险系数，他把卷帙浩繁的经卷搁在大使阿倍仲麻吕的船上。然而，又是然而，海上再遇狂风，鉴真涉险登陆日本，大使的船只却被吹到了大唐之南的安南，乘员多数牺牲，包括那个老和尚，仅大使和数名随员幸存。

老和尚以毕生心血抄录的经书，自然也没能回归日本。

生前，老和尚有言：我的经书到了日本，它自己会走，会讲话。

茫茫史海，那批经书到底讲了些什么呢？

我不知史书是否确有此人。反正，井上靖把他塑造出来，就成了大写的"这一个"。我相信，井上靖的塑造必然是从史实，或者从民族的魂魄里吸取的灵感。

"这一个"最使我心折。

身后有人在谈论"谕吉"，不是叙述他的过往事迹，是在数几张几张——哈，在日本，每一秒钟都有人在数"谕吉"，"谕吉"的全称叫福泽谕吉，他的头像印在万元大钞上，他的代称就是一万日元。

思绪被福泽谕吉牵引，不由得想起他的初次美国之行，那是在明治维新之前，约莫是一八六〇年，他以初生牛犊的姿态登陆彼岸，见了人，首先用结结巴巴的英语打听：请问，华盛顿的后人如今在干什么？

人答：不知道。

再向下一个打听，还是不知道。

谕吉犯了迷糊：华盛顿是美国的开国元勋，首任总统，国父，逝世于一七九九年，距今才不过六十一年，这么一位伟大人物的后人，怎么就没人晓得了呢？

这也难怪谕吉迷糊，因为日本的规矩，天皇的后代世袭为天皇，贵族的后代世袭为贵族。

谕吉稍后了解到，美国人的规矩是人人平等，华盛顿的后人也就是个平常人，他们一共有哪几位，现在混得怎么样，统统不值得关注。

谕吉大受震撼。

他后来撰《劝学篇》，疾呼："天不生人上之人，也不生人下之人。"

他又有言："一个国家所以能够独立，那是由于国民具有独立之心。如果人人都想做官、举国上下都是老一套的十足官气，那么国家无论如何不能强盛。"

我不喜欢福泽谕吉，因为他鼓吹侵华。但是，我又不能排斥福泽谕吉，因为他代表日本面额最大的钞票。

正如我对日本心存芥蒂，但是看到他们的首相退休，一如常人（我已决定把它列入写作课题），看到他们墓地里的贵族庶民，一律平等（源于昨日在比睿山延历寺陵园为先师陈信德夫妇扫墓，涌起的杂感），对谕吉当年的震撼，又隐隐涌起几分共鸣。

这样的平等，有，总比没有的好。

我开始心猿意马，一下又跳到了村上春树。是因为前面提到了他的《挪威的森林》？不哩，是想到了在和歌山买下的他那本随笔《当我谈跑步时我谈些什么》。我买下时，心头曾泛起责疑，人跑步时腿部肌肉在紧张做功，大脑需相对放松，哪里还能从从容容地谈出一本书。约略翻了第一章，才知是围绕跑步展开的半生回忆。村上说："只要跑步，我便感到快乐。"这就是爱好的力量。我相信他同时是在说："只要写作，我便拥有无限的快乐。"所以他对跑步、写作之外的事，浑然不顾。村上说："想起来，正是跟别人多少有所不同，人才得以确立自我，一直作为独立的存在。"说得对，在这个世界上，每一粒砂石都和另一粒不一样，何况是人，和而不同，和光而不同尘，这才是上等境界，这才滋生出风格。村上说："人的心灵中不可能存在真正的空白。人类的精神还没有强大到足以坐拥真空的程度。"是的，是的，以我目前的实证论，明明面对石庭，渴望思维升华后的悟道，意识却畅流而不断，总也聚不到一点。

举起手机，随意拍几幅图片。白的砂，黑的岩，油土砌的矮墙，墙外的绿树，树梢上的蓝天，天上的白云——石庭，石庭，重点在于庭内的砂和石，有人把它的组合称为千古之谜。你看，光是其中十五块石头的摆法，就有五十五种推理，比八卦阵还八卦，如日本人喜爱的"七五三"说，如像汉字"心的笔画"说，如"钝角不等边三角形"说，如"乐谱"说，如"山水画中的平远法"说，如"旋涡理论"说……你要是有兴趣，尽可发挥你的奇思妙想，作第五十六、五十七种推理。

管它是什么推理，不想了，不想了。机会难得，且微闭双眼，收敛心意，返照自心，意守丹田。祈望，祈望不期而至的证悟。

片刻，听到隔座的同伴在窃窃私语，思绪一下子又飞开了。

想到今晨从大阪出发，老许咨询酒店前台，到京都龙安寺怎么走。店员随即打开电脑，查明最佳路线，告诉说："搭乘阪京特急，到京都祇园四条下，然后转乘巴士……"并把路线图打印出来，恭恭敬敬交到老许的手上。

途中，阪京特急的列车员一路巡视过来，他擅长"读空气"，眼睛一扫，就看出我们仨是外国人，而且正为某个问题忐忑。他走到我们身边，停下了步——我还以为是要查票——谁知他俯下身，亲切地问："有什么要帮助的吗？"

老许赶紧递过酒店前台打印的路线图，要求再确认一下。

列车员毕竟专业，他说："从祇园四条下，到龙安寺要转几次车，比较麻烦，你们到终点站出柳町再下，转五十九路巴士，直接就到了。"

到了出柳町站，行至十字路口，不知五十九路站该向哪边走。老许见拐角有家"交番"（派出所），上前打听。房间很小，里边只有一位工作人员，他弄清原委，快步走出门，指点我们过桥，再过一个路口，左边有一家花店，门口就是五十九路车站。说罢，旋即噔噔噔地跑回小屋——猜想，同事都出勤了，他在值班。

五十九路车站设有电子站牌，标明哪几路车经过这里。我们瞅来瞅去，闹不清下一趟来的究竟是哪一路。一位欧巴桑看出我们的疑惑，主动伸手指点，牌上有不同线路的指示灯，哪盏灯亮了，表明哪路车即将进站。

一路走来，这问路、买票的事，都是老许包揽。他曾从翻译干起，一直干到某部委的外事局局长、驻日使馆公使衔参赞，经验是心到手到、巨细靡遗、有疑必解、不耻下问。

……蒙眬中，仿佛左右的人都站了起来。

是要换一拨游客了吧，我想。

许桑、林桑也起身了吧，我又想。

龙安寺下一站去哪儿？是去吃荞麦面，还是汤豆腐？

京都御所的樱花还没谢尽吧？

真想再回头看看加茂川的水……

总归是凡心未尽，难以入定——索性睁开眼。

抬头，但见"白云重重，红日杲杲"，这是古人的成句，下面接的是"左顾无暇，右盼已老"。噫，这很适合我此刻的心境，也算是证悟吧。只忘了原作者是谁，权且当作我的身前身、身外身——你说呢。

2018 年 5 月 16 日

小确幸四帖

二年坂三年坂是怎么叫开的

去清水寺有几条通道，其中有一条，是依次通过一年坂、二年坂、三年坂。

所谓坂，就是坡道。而这儿的一年坂、二年坂、三年坂，是特指三段带斜坡的町屋商店街。

我们去清水寺的那天，是搭乘阪京线至祇园四条下车，然后，穿过花见小路，拐向二年坂——不记得是否经过一年坂。二年坂特别引起我的关注，是因为在高挂的木质指示牌之外，还有一段坡度相当大的台阶，人得低头、弯腰，使劲向上迈。

若问，坂就坂呗，怎么会跟"二年"连在一起的呢？

我查过资料，知道先有高处三年坂，而后才有这段二年坂，纯粹属于跟风。

也有附会，说明治和大正时期的著名画家竹久梦二在这儿住过，风流过，浪漫过，悲欢离合过，时间恰是二年。

是说，可以作为谈资，增加旅游的逸兴遄飞，而已而已。

走过二年坂，向左拐，就是坡度更大、台阶更多的三年坂了。

那么，三年坂又是因何得名的呢？

若干年前，曾随友人到过这里，当时我就这么问他。友人说，清水寺附近，有另外一家著名的寺院，同行是冤家，明争暗斗，互不相让，对方祭出一道魔咒："凡是在这坡道摔倒的，三年内必死！"——企图利用这种促狭的手段，阻挡朝拜清水寺的香客。三年坂的名字，就是从这"三年必死"的魔咒而来。

这魔咒灵验吗？我问。

友人干笑：天晓得。不过，据说葫芦可以破除魔咒，这条街头现在还开着一家卖葫芦的店呐。

这是商业的噱头了。

亦有另外一种解释——也是事后查资料得知——清水寺大门外曾经有过一座泰产寺，是保佑产妇平安分娩的，它前面的坡道，俗称产宁坂。后来，因为清水寺扩大，将泰产寺迁移到它现在所在的区域，产宁坂失去了与泰产寺的直接对应，就成了文不对题的符号；再又，因为日语"产宁"的读音，和"三年"相近，读来读去，后人就把发音怪怪而又莫知所指的"产宁坂"读成了通俗易记的"三年坂"。

我倾向于后一种解释，只是倾向。

前次随友人来到清水寺门前，因为要赶下一站银阁寺，过其门而未入，这回，终于一偿夙愿。礼拜过正殿和极富传说色彩的清水舞台（为迎接2020年东京奥运，舞台正值修缮中），来到它拐弯处的栏杆前，立定，借手机相机的镜头扫描远近左右的京都美景，忽然，在左侧绿树环抱的山腹中，瞥见泰产寺标志性的丹红色建筑"子安塔"。我赶紧揿下快门，一气拍摄了多幅，为"产宁坂"对应"泰产寺"之说的有根有据，也为"产宁坂"讹读成"三年坂"之解的合情合理。古人讲"踏破铁鞋无觅处，得来全不费功夫"，在我，长期悬而不决的疑案，就在这快门一揿之下迎刃而解。

哲学小道

京都有所大学，从前叫京都帝国大学，现在去了"帝国"，径称京都大学。

京都大学出过一批哲学家，世称京都学派，领军的，叫西田几多郎。西田教授经常在这条东山之麓、沟渠之旁的小路散步，久而久之，好事者便把它命名为哲学小道。

小道上铺着细砂——不是青砖，不是水泥——是那种踩上去嘎吱嘎吱响的"日本元素"，我曾被它迷惑，不解何以皇居、寺庙、神社、街巷、庭园，乃至墓地，到处都铺设这种损鞋耗力伤筋骨的碎石。今天，在这条哲学小道，我至少找到了部分答案：是提醒你放慢脚步，仔细领略沿途的风景。

风景确实是美。美在渠水，清冽潺湲，像从地心里流出；美在夹岸的樱花，将阑未阑，腾粉酣白，香雾霏霏，更何况落瓣委渠，顺流而去，载走多少游客的心绪；美在两侧的宅邸，绿树掩映，低昂疏簌，令人想起川端康成笔下的《古都》。

还美在这渠水的流向。京都的选址，遵循中国的风水学，即左青龙，右白虎，前朱雀，后玄武。你看，东、西、北三面是山，地势北高南低，水都是向南流。这沟渠的水，是近代从更东方位的琵琶湖引过来的，依据地形，从南流向北——可惜到访的游人都不知底细，不予注意，只有我看出设计者的匠心，它悄悄改变了城市这一角的风水。

小道很长，约有三华里。愈是优哉游哉地闲逛，愈觉着累。路旁有一条石凳，晨雨未干，拿纸巾拭去水渍，坐下，取出昨晚备下的面包，就着一瓶矿泉水，细嚼慢咽，补充体力。顶上，枝头，一瓣浅碧的樱花，款款地落在面包上。我不假思索，张口把它吞了下去。

走到终点，见一石碑，刻着西田几多郎作的和歌，"人是人，我是我；然而我有我要走的道路"（人は人　吾はわれ也　とにかくに　吾行く道を　吾は行くなり）。

这是画龙点睛了。

记得曾就读于京都大学的奈良本辰也有记："说起哲学之道，我穿过吉田山，沿着绵延不绝的渠水，常常在那条小径上看到西田几多郎，他头戴黑色软帽，身穿黑色尼绒大衣，给我留下了深刻的印象。"

这条缘渠而修的小径假设不命名为哲学小道，这条哲学小道假设不和西田几多郎的大名联系在一起，焉能吸引天下的游人到此寻幽探胜、低徊吟咏！

反之，这条哲学小道也大大提升了西田几多郎的名气，堪谓一石二鸟，一举两得。

落英缤纷下的明媚

游龙安寺，见梅林、樱林，梅花已谢，樱花高峰已过，残樱犹存，落瓣遍地，如茵如毯。

在樱林的一隅，一个着黑色套裙装的女孩子，席地而坐，不，而卧——她背倚着树，斜躺着，脸上，盖着一本摊开来的书。

她一定是看书看累了，在打一个盹。

难说，也许是看到动人处，在咀嚼回味。

那盖脸的书，是用来遮挡阳光的吧。

用来屏蔽游人的视线，也说不定。

无论如何，一个游园还不忘看书的女孩，是很可爱的。

游人都在赏花、惜花、叹花。其实，她才是这园中一朵独一无二的花。

我再次确信：上帝创造的最美的花朵是人；社会这本大书中最漂亮的插图是少女；少女风情最惹人怜爱的是和春风、樱花、知识拥抱——这是我临时凑泊的句子，你尽可比我说得更好。

我真想走上前去，看看她覆在面上的是本什么书。

又怕惊动她。

又怕落了鲁莽、冒失，不雅观。

终于克制住自己的冲动。

曹雪芹笔下的贾宝玉到此应却步而回，何况我辈充其量只是 N 分之一的摆茶摊的蒲松龄。

临走，还是忍不住回头望了一眼。忽然觉得，那本书的名字不重要，一个在春日的樱花树下，以落英为毯、珍爱的图书覆面作假寐的女孩，这本身就是上帝对我跨海采风的犒劳。

今日，真是凭空多了一份"小确幸"（村上春树独创的词，指小而确切的幸福）。其实快乐是无处不在的，只要你能把眼前的寻常景致看成造物主特为你匠心独运的杰作。

少妇的剪影

在告别京都返回大阪的列车上，又遇到第二个读书的女孩，不，少妇——日本人向以耽读闻名，我一九八一年初访东京，就为地铁里人手一份书报的"洋洋乎大观哉"惊异、惊叹——这曾经是东瀛普通之至的画面，今日看来，却是难得的稀有的风景，值得为之留下一则剪影。

缘于手机、电脑改变阅读，电子版的文字、图像代替了纸版的印刷物，这是世界性的趋势。我从和歌山一路走来，发现，酷爱文库本的日本人，如今也爱上了尺寸更小的手机。列车上，不说是全部，至少也是绝大多数，在低头刷屏。这几天在大阪京都间来回跑，车上，简直看不到几个读纸质书的，包括报纸和刊物。

科技的发展是淘汰性的，熟悉的退为陌生，陌生的跃为熟悉。

而我要记录的这位少妇，形象很奇特。她戴着口罩，显得内敛；怀里兜抱着婴儿，显得辛劳；选择站在车厢的一隅，显得自觉；双手捧着一本书，显得潇洒、庄重。

从始至终，那姿势就没改变过。说明列车运行很稳；说明她入神专注，心无旁骛；也搭帮那婴儿温顺安静，一声未啼。忽然想到，她这年纪，应该也是热衷于手机的一族，她是怕手机辐射伤了婴儿，又不愿浪费路途宝贵的光阴，又不肯接受别人的让座，这才仍保留了从前学生时代站着读书的习惯吧。

日本人崇尚"看着父母的背影长大"，少妇怀兜里的小孩，如果这时正大睁着眼睛，他（她）能看到的，只是母亲手里捧着的书的封面、封底或封皮，换句话说，他（她）是在妈妈奶香气中混杂着书卷气的摇篮里发育成长。

2018 年 5 月 19 日

京都樱语

京都别称洛阳，或京洛，它的地图上至今仍标着五大区域，分别是洛东、洛南、洛西、洛北、洛中。古代地方大名进京，就叫上洛。

这是它的胎记。

京都除了自身的京腔，即古代日本的普通话外，还有一种举国通用而此地尤为流行的语言，不妨称之为"樱语"。

酒店的房价一涨再涨，仍然供不应求——就是因为那些精通"樱语"的本邦客，以及渴望深造"樱语"的外国佬，把它炒成了"学区房"。

"南朝四百八十寺"，京都的寺庙比南朝更多，有一千五百余座，此外，还加上二百多座神社。

京都人的悠闲、内敛、傲慢，全在香篆袅袅、青烟氤氲中。

日谚，"从清水的舞台跳下去"，比喻破釜沉舟，不成功，便成仁。

眼见许多向死而生者，纷纷从挑高十三米的悬空舞台纵身跃下……

政府出面干涉：严禁有人再跳！

清水寺着手加高护栏，布置警戒。

其实，我觉得这句日谚还可活用，与其严防死守，不如强制推销降落伞。

针对人心对美好的渴望，清水寺在音羽山瀑布下方，接出三注"神水"，分别代表长寿、爱情、功名，宣称，凡是喝了某种"神水"的，就会心想事成。

针对人心的贪婪，清水寺又追加了一道"紧箍咒"：凡是一次喝了这三种"神水"的，三项美好的心愿都化为零。

那么，有没有过而不饮也心想事成的秘诀呢？

有的，我知道。只是，我不说。

——因为一出口，秘诀就失灵。

慢慢悠悠走完三里长的哲学小道，仔细捉摸，除了打出哲学家西田几多郎在此散过步的牌，再就是借了画家桥本关雪夫人赠送的五百多株"关雪樱"的景，再就是……没有了，恍然明白传统日本为什么没有哲学。

法然院墓园，葬着许多名人，如谷崎润一郎、内藤湖南、九鬼周造、河上肇等。

忽然想到，要是群鬼结义，该如何排座次？

若依出生年月，应该是：内藤湖南（1866），河上肇（1879），谷崎润一郎（1886），九鬼周造（1888）。

若依在阳世的寿命，则应该是：谷崎润一郎（七十九），内藤湖南（六十八），河上肇（六十七），九鬼周造（五十三）。

若依到阴间报到的年龄，则为：内藤湖南（1934），九鬼周造（1941），河上肇（1946），谷崎润一郎（1965）。

若依在历史长河的位置，以及生前身后的影响，那就更加复杂化了。

看来，阴间也得有阴间的民法。

嵯峨野，这三个字是汉字的绝配——就近举例，比起京都的稻荷山、爱宕山，大阪的箕面山、犬鸣山，奈良的生驹山、甘橿丘，高明何止百倍！

由此联想到嵯峨天皇，他的书法颇得嵯峨野味，与空海、橘逸势并称"平安三笔"；汉诗也写得钦奇磊落，如："云气湿衣知岫近，泉声惊寝觉溪临；天边孤月乘流疾，山里饥猿到晓啼。"

三十年前去岚山，曾在嵯峨野小停，探访松尾芭蕉留迹的落柿舍。落柿舍自然有故事，而且不止一种，无非就是柿子因自然成熟或一夜风雨从枝头落下，没有芭蕉在此用松尾一扫，落再多柿子也不值一提，落柿舍落的是芭蕉的松尾往事。

芭蕉最具雄阔气象的一首俳句是："海浪涌，星河高，横挂佐渡岛。"

芭蕉要是生在美利坚、英吉利、俄罗斯、德意志，更不用说生在大中华，只怕永远入不了流。

同样一个 coffee，中国人译为咖啡，日本人译为珈琲。

中国的咖啡，让人想到茶汤，尽可敞开口来喝；日本的珈琲，让人想到玉玩，一边啜饮一边目赏。

祇（qí）园，中国的网友，包括一些正规出版物，习惯写成祇（zhī）园。

祇是地神，祇是恭敬之意。

祇是有神论，祇是无神论。

一"点"之差，泄露了各自不同的信仰。

花见小路，一位花枝招展的艺伎凌波碎步而来，擦肩而过，旁若无人、无空气、无气味——这感觉是双向的，我也是。

她陪酒陪笑陪歌陪舞，但不卖身。

我则连酒也懒得陪。

"壹钱洋食"，最生动的是门口的招牌塑像：男孩提着一袋洋食（京味酱油铁板烧）离开，后面追上一条馋急了的狗，张口将他的短裤扯脱。

总有人——但不会是我——看了这场面，怀疑那狗是被店家饿了三天。

街角，木造的百年老屋，仿佛永不过时。

黑漆大门，门外一株我见犹怜的红叶树。

似乎在比喻什么。

东福寺方丈庭园的枯山水，分东南西北四个主题，其东庭为"北斗七星"，由七根顶部凿有深孔的圆形石柱，摆成北斗在天的图案。靠近道旁的几根石柱，成了某些游客测试运气的道具，方式是：拿硬币投向石柱，正好落进了顶部的孔洞，就意味着好运临门，乐不可支；扔歪了，落到了旁边，也拍拍手，莞尔一笑，无所谓。反正，旅游就是一场游戏。

枯山水八字酷评：烟霞痼疾，泉石膏肓。

鸭川，鸭子在水面反复练习自由泳。

乌鸦一边嘎嘎叫着一边掠着河面飞过，仿佛在对它的异姓同胞高喊：像我一样飞呀，你这傻瓜！

鸭子猛地栽进水，来了一个深不可测的潜泳。

国人爱屋及乌，因为爱这座房子，连带爱上房顶的乌鸦。

日人爱鸟及乌，因为爱护鸟类，理所当然地爱上鸟之一族的乌鸦。

今春天暖，"樱花前线"提前越过关西，杀奔关东、东北而去。

在鸭川南岸，隔着人家的矮篱，瞥见一株刚刚吐芳展艳的染井吉野樱，因被大部队甩开而显出满脸羞愧的样子。

我一向以为樱花是日本的象征，赏樱乃全民的狂欢。

近查《大辞泉》《广辞苑》，得知，樱花除马肉的别称，还是托儿、间谍、奸细、密探的隐语。

樱树要是能听懂人的比喻，一定发誓不再开花。

不给别人添麻烦，其实也是不给自己添麻烦。

樱花旋开旋落，不等人感叹红颜易老，也不等自己伤怀韶华易逝，啪地一下就整朵儿跟枝头再见。

本家尾张屋，五百多年的人气老店，每天食客盈门。

门外的小园，却显得寒素，空寂，物哀，也像是落满了五百多年的尘屑。

这是提前预习——待会你尝到渴盼的美食，方知它们是两位一体。

《源氏物语》的作者是女作家紫式部，不仅名载日本文学史，一九六四年（日本举办第十八届夏季奥运会的那一年），还被联合国教科文组织选为"世界五大伟人"之一。

趁着在本家尾张屋店外排队等候的间歇，我在附近街道转了转，在一户人家的院里，我发现了小紫式部，错不了，我相信自己的眼力——别误会哟，那不是人，而是一种结一嘟噜一嘟噜紫色浆果的灌木。

南禅寺境内的奥丹豆腐店，据说已有三百多年历史，网上好评如潮，兴冲冲冒雨赶去，却碰到人家"今日休业"。

心中暗喜——喜从何来？

你想，尝美食的最佳感觉是什么？

——下次再来！

最差感觉是什么？

——不过如此！

你看，我已肯定越过"不过如此"，现在只剩"下次再来"。

寺庙中，去过最多的是金阁寺，若问我的印象，仅记得那金碧辉煌的主体建筑，和它前面的湖泊，以及湖心的小岛，岛上一高一矮的两株虬松，松下的岩石，石上的青苔……

等等，人问：你怎么会记得岩石上的青苔？

答：那正是日式庭园的要素呀。你想，岩石在松下，松在小岛上，岛在湖中心，湖在京都，京都又在更大的岛上，这岛国，尤其从关西向南，一年到头都阴雨连绵，很少有干燥清爽的日子，那岩石，不长青苔才怪！

元和六年（1620），智仁亲王欲建桂离宫，选中建筑师小堀远州。

小堀远州提出三个"不"：不能下达任何有关设计的旨意，不能催促工程进度，不能限制建筑经费。

智仁亲王一一照办，小堀的天才设计因此横空出世。

后人纷纷赞扬小堀的特立独行，我却把敬仰的目光投向智仁亲王。前者，不过是出于天才的直觉；而后者，却是出于对皇室意志的背叛。

参观博物馆之类场所，常见"严禁拍照"的告示。

愤愤：拍照又怎么了？

进得三十三间堂，脱鞋，赤足行走在一百二十米的长殿，礼拜一千零一座佛尊。年深日久，殿堂、佛像、立柱、地板，色泽幽沉，兼之是日天阴，光线更加暗淡——这是道地的日本元素，神佛与灵魂，隐形于阴影之中——当然，也不准拍照。突然悟到，闪光灯会对千年佛雕以及神佛与灵魂产生影响。

——木雕、石刻、神佛、灵魂尚且如此，那些肉体凡胎的公众人物，长年在媒体频繁曝光，岂不是也要受到致命的伤害？

微信，友人寄来台湾某女士写京都的美文。

复信：超赞！难得她五官如此配合。

友人回：什么意思吗？

又复：她是用眉、眼、耳、鼻、口一起鉴赏京都的啊。

台湾文人舒国治先生撰文谈京都的水，有一节写道："在上贺茂小学附近人家胡走，发现小河一忽儿在巷道中走，一忽儿又窜入人家院子中，不久又窜出来。这要是在台湾，人们为了自家少沾因水而来的麻烦或许早就把它截掉或者压根就不令之进家院来。但日本人不会。这是何等讲理的地方啊。不禁忆起黑泽明的《椿三十郎》片中便有一溪穿过两家的画面，上一家的落花，下一家可在溪中见到。"

我觉得，这是最《清明上河图》的画面。不过，嘘——只宜藏在深闺，不宜广而告之。

京都最难读的地名：一口（いもあらい）。

难就难在它的读音，跟"一"，跟"口"，完全是风马牛，八竿子够不着。

这就叫不按规矩出牌。

这也是创新一诀。

另一个地名，大秦，也是读音跟字面完全脱离。

秦，秦始皇的秦，传说当地居民的先祖是秦始皇的后代弓月君。雄略天皇年间，因秦氏首领秦酒公进贡大批绢和绫，被赐姓"大秦"。

大，日文音读作だい（罗马注音为 dai），或たい（tai），秦，音读作しん（sin）。

但是这儿的秦，却读作はた（hata），类同于"畑、侧、旁、端、旗、机"，让人无法联想。

而大秦，又读作うづまさ（uzumasa），让精通日语的人也抓耳挠腮。

莫名其妙，就是一种妙。

这也是日本特色的醍醐。

满大街的汉字，从路牌到宅号到店名到海报到广告到报纸杂志，但是，你只能意会，不能发音，因为这是日文，要用日式读法才能张口念出。

启示：古代处于蛮荒时代的日本人，用他们固有的日式读法完成阅读和掌握汉字的伟大工程；如今，我们又该用怎样的中式读法，来阅读并掌握某些先进的日本元素？

拿来主义的惊艳之作是：

岛国女子无颜色，就说大唐玄宗的贵妃杨玉环没有死在马嵬坡，而是为人搭救逃到了他们那里。考据嘛，山口县的海边现存有杨贵妃墓，京都泉涌寺亦有杨贵妃殿，门外还有一株杨贵妃樱。

从此，岛国的女子就像得了贵妃真传，人人都长了副满月脸，你若不信，有浮世绘的美人图为证。

京都最不人道的景点：耳冢。

这里埋葬的是丰臣秀吉侵朝的战利品，十多万明朝和朝鲜联军死难者的鼻子和耳朵。

始于论功行赏的炫耀，止于不容抵赖的罪证。

"此附近本能寺址"。

附近的人应该搬家。附近的人谁也没有搬家。

一块孤零零的石碑，立在四条堀川北侧的一隅，见证了织田信长的千秋寂寞。

西芳寺，默对庭园内随形就势、如毡似毯的苍苔，无端想起后水尾上皇的一幅字，"忍"。

宁宁（丰臣秀吉的正妻）小道，那宽大整齐的石板，两侧高耸的石墙，墙内干云蔽日的大树，无不极具"丰臣家武断派精神领袖"的个性。

石塀小路，月色朦胧，灯昧如星，树影若藻。它在等一个人，一个过去年代的武士，脚踏草鞋，腰插双刀，从拐角一户人家的大门吱呀而出。

武士决斗，视死如归的一方往往取胜，是以才有"所谓武士道，就是看透死亡"之说。

世界大赛上，常听中国运动员在赢得金牌后谈感想，说胜利的关键在于保持一颗平常心。吾不信，绝对不信。"你知道人类最大的武器是什么吗？"伊坂幸太郎指出，"是豁出去的决心"。诚哉斯言！赛场上多的是胜者的绕场狂欢和败者的向隅而泣。平常心云云，不过是当事者掩饰内心万丈狂澜的一种遁词。

旅游的最佳心态，是有一双婴儿的眼，见到什么都放光。

最差心态，是恰好知根知底，洞悉美景背后的血腥。

例如，我散步在哲学小道，接儿子的微信："建议您就近看一看蹴上铁路小道，很有野味的哦。"

我嘛，我不去。因为我知道，"蹴上"这个地名，和幼名牛若丸的源义经有关。当年他十六岁，骑马经过那里，被迎面而来的仇家随从的马蹄溅起的水弄脏了衣服，他一怒之下，杀了对方十个随从。此地便因此得名"蹴上"。

我今天也蹴源义经一下，我就是不去，你这个充其量才一米三几的矮子（有人从他遗留下的甲胄推测，身高在一米三一左右），牛什么牛？！

公共场所，无论车站、超市，还是饭馆、厕所，事涉两人以上，自动排队。
规则，是潜移默化在血液里的。

"隐藏着的花才是真正的花"，能剧大师世阿弥如是说。
同理，深藏不露的实力，才是真正值得敬重的实力。

"山下歧路多，山顶同见月"，有一首歌这样唱道。它说的是"见月"之人的殊途同归。一个人，可以既是木匠，又是泥瓦匠；可以既捕鱼，又每日舞剑。总之，只要有一种技艺能够达到无人能及的精湛程度，就算是登上了人生顶峰。故此，不论是渔夫、泥瓦匠还是武士，大家都能够经历不同的道路抵达"见月"之境。

语出《京都流年》，作者是奈良本辰也。

写游记也是这样，不管你采用哪一种体裁，只要火候到了，都能达到你所希望的境界。

2018 年 4—5 月

新干线篇

金发在阳光下一闪一闪

离开大阪，乘新干线去东京，从地图上看，经由京都一路向北，过名古屋，折而向东，至滨松，沿海岸转向东北。

一九八一年第一次乘新干线，也是从大阪去东京。当时乘的是"光号"，直觉，车内出奇地平稳，窗外却是令人目眩的"霍闪霍闪霍闪"——从肉体到神经都还不习惯那突如其来的快。

如今，我已习惯了这速度，京沪高铁比它只有快，没有慢。我喜欢在高铁上读书写作，有一种御风而行的快意；当然也得力于平稳。

今天，我乘的是"希望号"，登车，不用安检，验罢票，直接就上。我是十四车厢四排，D座，靠左侧走道。比起高铁，间距相对宽松，里边的人要出来，外边的人不必起身避让，尽可自由通过。

随身携带的大号行李箱，往身后第一排与车门之间预留的空当一搁，就一切OK。高铁也有预留的空间，行李搁好了也一切OK，从来没听说有谁遭窃。但小心眼里总觉得不踏实，时常有意无意地拿眼角去扫描。不是哈日贬己，这踏实与不踏实，不在于现场现状如何如何，而在于长期生存环境磨炼出的潜意识。

且说今天早晨，在宾馆用膳，见一女子，将手机往空桌上一放（代替占位吧），然后，径直去取自助餐。我一愣，想起赴日前夕，去北京歌华大酒店看一位朋友，他正在房间待客，让我在大堂稍等。遂找了一张单人沙发，坐下，面前是茶几，茶几对过是一张双人沙发，坐着一位中年汉子，西服领带，衣冠楚楚，侍者快步走来，不是冲我，是冲对过的那位先生，善意提醒："注意您的手机！"抬头，原来对方把手机搁在离身体有一尺之遥的地方。中年汉子闻言，立刻把手机捡起，放进身边的公文包，末了，还不忘投给我一个老鹰般锐利的眼神——侍者的提醒，那位汉子的眼神，让我觉得简直是奇耻大辱！

车抵岐阜羽岛站，我起身去洗手间，返回座位前，顺便在车厢来回走了一趟。总共二十排，每排五座，我数了数，有十几个空位，其他嘛，一人在看杂志，五人在打电脑，多数在看手机，也有几个在闭目养神。除了干净，整洁清爽，一尘不染，就是安静，无人讲话，手机也都被调到静音——这样安静、这样干净令我感到了不自然。

我是自然人，怀着某种唐突了圣域的不洁感，悄悄回到座位。邻座为 E，靠窗。那是一位日本老先生，衣着朴素，容貌清癯，头发稀疏而花白，不，几乎全白了，但视力尚佳，配了眼镜，并不架在鼻梁，而是高推到额头上，从登车起，就一直在低头刷屏。我瞄了瞄，看的不像是微信，也不像是新闻，更像是一篇长文，或是一本电子书。偶尔停下来，喝几口自备的"微糖"饮料，然后继续阅读。显然经常乘这条线，对窗外的景色熟视无睹。对邻座这个我，也视若无物。他的目不转睛就是最高的冷淡，他的专心刷屏就是一道无形的隔阂。我几番想挑起话题，话到唇边又咽下，当然是因为"空气"，日本公共场合特有的"空气"，我得学会用静默来构建自尊。

手机改变阅读，手机也改变社交。既然邻座耽于刷屏，我便也以屏幕相对。点开图库，浏览这几天拍的照片，主要是京都，次之是——比睿山、琵琶湖。啊，前文忘了交代，到大阪的第二天，我，许同茂、林江东夫妇，还有老同窗，东京来的马成三，上海来的傅永康与夫人潘女士，以及先师陈信德的女公子昭宜，一行七人，曾去比睿山延历寺陵园，为陈信德先生扫墓。

这是事先就策划好了的。这事似乎和采风日本无关，其实在我的安排中是重点，仅次于最后一站采访聂耳的溺亡之地鹄沼。

陈信德先生是我们的大学老师，他出生于中国台湾，求学于日本，读研于中国大陆，中华人民共和国成立后，进入北京大学日语教研室工作，是我国日语教学事业的开拓人和奠基者。"文化大革命"中，因为莫须有的特务罪名系狱，终遭迫害致死。

这抔骨灰，是先生的日籍妻子捧回来的。这片异国山水，成了先生最后的归宿地。

是日，关于扫墓的情由和场面，我发出一组图片，并配有文字说明。临时写的，未作斟酌。大意是：戊戌年，清明后二日，有北大老学子五人，或跨海，或长途跋涉而来，存一日为师终身为父之念，感先师之精湛水准、高尚人格，以及在"文革"那种非常年代受到的非常之冤，各呈心香一瓣，祭拜灵前。在下不才，谨效古人谒墓挂剑而去之典，将迟来的一册拙作《日本人的"真面目"》，供奉在先师与先师母的墓前。天风浩浩，白云苍苍，松涛沸沸，碧水汤汤。呜呼哀哉，伏惟尚飨！

返程，巧与 A 女士同车。她是山东人，二十世纪九十年代后赴日深造、发展，现在从事中文教育。问她多年教学的感想，她说的是：日本的孩子，从小就被教导，不给别人添麻烦——小孩跌倒，大人不扶，让他自己爬起来——冬天再冷，也穿短裤短裙，不怕冻，善于忍——父母注重身教，以身作则，让孩子按着大人的样范做——特别看重成人节，年届二十岁（二〇一八年起下调到十八岁，这是一个动向，下调意味着可以早婚，早婚目的在于引导早生、多生，日本也开始为低生育率着急了——笔者），提前订制和服，庆礼很隆重，社会各界都要祝贺，表示他们已经成年，将肩负起社会的责任……说到这儿，她特别补充了一句，日本人不强调国家的责任，对于他们，最重要的是社会。

晚间与成三兄同室，他天分高，机遇也好，我曾戏称他是我们班命运的宠儿，在毕业分配全部不考虑专业对口的大背景下，他最早"归队"，从地方中学上调到外贸部国际贸易研究所，然后派驻到中国驻日大使馆工作，然后，相继任日本富士综合研究所主席研究员、静冈文化艺术大学教授（现为名誉教授）、福山大学教授，是地道的日本通。连床夜话，想起黄庭坚送王郎的诗："江山千里俱头白，骨肉十年终眼青。连床夜语鸡戒晓，书囊无底谈未了。"我和他同窗如手足，不是十年，是五十四年，他既为日本通，每一句话对我都有启发。

马兄还讲了一个小故事。一次，他去所在大学的饮料店买咖啡，前面顾客遗落下几枚硬币，他捡起，送给服务员，结果，他喝完一杯咖啡，服务员又端过来一杯，说是奖励。他说，我捡的那几枚硬币也不值一杯咖啡呀？服务员回答，这是规定，不管捡到多少，都赠送一杯咖啡。

奖励，实质上是尊重自律。

车过名古屋，窗外，远山近野，到处都是浓黛幽翠的一片，到处都是乌泱乌泱的神明。日本八百万之众的神祇，多半是生活在山川草木之中的，譬如那个森林的森（もり），在《万叶集》中，又写作神社、社，或杜，特指诸神居住的丛林。由是也诞生了山川草木信仰，试看日本人的姓，诸如山呀谷呀冈呀坂呀岩呀森呀松呀杉呀木呀田呀野呀海呀川呀池呀井呀什么的，与诸神的大名一对照，就明白那些字眼的神圣与庄严。我查阅过京都的名门，譬如大谷家、朽木家、岩仓家、古河家、中山家、柳原家、冷泉家，等等，莫不与原始的神道信仰有关。

日本的地心引力很强，强大到人都无法往高里长，比起邻国，普遍矮一头。人都被束缚在出生的那块土地上，又用种种乡规民约来捆绑。比如"村八分"，得罪了四邻八舍，你就被彻底孤立，无援无助，直到哀哀向死。村之上有藩，藩又有藩律，奈良本辰也在《京都流年》中写到江户时代的著名汉学家赖山阳时，叙述：

赖山阳生于广岛藩一儒官家庭。如果才智平庸，他或许会继承父位成为广岛藩一儒官，广岛藩自然也会给他这样的待遇。但是山阳对这种被规划好的道路并不感兴趣。作为自由的个人，他希望去京都或是大坂，想跟天下学者往来切磋。最后他决定逃离广岛藩。虽然逃离本身易如反掌，但是一旦逃离也就意味着死亡。

按照当时的藩律，长子如果离开本藩，就会遭到追捕；一旦被缉拿，就会被立地斩首。即便被召回，也要在牢狱中切腹。脱离本藩就是在与死亡博弈。

其实，脱藩罪并不限于长子，我从吉田松阴、坂本龙马的传记中得知，凡武士脱藩，都要被处以严刑。

现在地心的引力是减少了，地方的引力以及压力也大大减少，人自然就相应长高——尤其体现在城市，体现在远离深山老林、穷乡僻壤的地方。

我在大阪歇了四宿，近于擦肩而过，大阪对我依然是陌路。大阪是日本的商业中心，冲动，激情，诙谐，浪漫。据说大阪人的步速最快，二十世纪八十年代的统计，每秒一点六米，超过东京的每秒一点五六米，而最慢的鹿儿岛，只有一点三三米。我无缘体会大阪的速度，只是那天下午从琵琶湖回来，赶去道顿堀观光，偶尔见识从道顿堀桥上通过的游客，如潮水般浪赶浪，颇有点开闸泄洪的气势。大阪又是漫才的发源地，舌灿莲花，唇掀笑浪，善于以自谑自损自贬来制造笑料，取悦他人，让听者得到一种情感上的满足。那做派，有点儿像我国东北的二人转。所以你遇到大阪人的自谦，切莫以为他是自惭形秽、自愧弗如，他只是在逗你开心。无赖派作家织田作之助到东京，周旋于首都文坛，自称"二流"。东京的评论家就以二流视之，根据是，他自己说的。殊不知他是在暗喻东京没有一流，至多三流。

织田作之助写过一篇小说《夫妇善哉》，以大阪法善寺横丁专卖红豆年糕的"御福"老店为背景，后来小说出名，并被拍成电影，"御福"小吃店也跟着走红，索性更名为"夫妇善哉"。"夫妇善哉"的特色是：两碗一模一样的红豆年糕，盛在一个托盘，绝不会单独卖出一碗。有食客感到奇怪，请教老板娘："明明一碗就能装下，怎么要分作两个碗？"老板娘笑着回答："这是一对儿夫妇呢。"于是，"夫妇善哉"的红豆年糕就这样传开了。我到大阪，一心想去尝一尝。那日傍晚到了道顿堀，"夫妇善哉"就在左近，本打算把晚餐安排在那儿，想到老板娘"这是一对儿夫妇"的话，遂作罢，且待将来和太太一块儿去享受。

约莫是在挂川站，我没留神。上来一个少年，金发，戴耳环，休闲风的迷彩夹克，这种花哨打扮，印象中二十世纪八九十年代就流行，东京新宿一带尤为多见。此番从和歌山、大阪、京都一路行来，倒是很少看到。自打泡沫经济破灭，人的衣饰妆扮回归素朴，趋于低调。金发少年落座在我前排的空位。又是一个不看书的，竟然也不玩手机，半响没动静，那么他在干什么呢？我为自己的好奇感到好笑，神经病，你管人家干啥？一个少年，上车，也许在听音乐，也许在冥想未来，关你老汉屁事？

还是管自己吧。这回关西采风，重点是京都，来之前做足功课，来之后，每晚都辛勤加班，把白天所见所闻，与往日案头所得，融汇、穿插在一起，进入写作的构思，体裁锁定纪实。大阪的酒店，不敢恭维，三十七年前，我初次入住，大呼"兔子窝"，三十七年后，都已"人事有代谢，往来成古今"了，"兔子窝"的窘迫丝毫没见改善。前两宿，与成三兄同住，我睡眠不好，谈话既毕，不敢夜战，赶紧服安眠药，早早钻进被窝。第三天，成三兄回东京，由我一人独享斗室，得大自在，于是加班加点，往前赶。且说昨天晚上，从京都回来，相继在京都和大阪车站买了数册书。其中在京都站买的那本，作者是冢本稔，书名叫《在两任京都市长身边工作》，我连夜翻阅，而且现学现用。冢本先生写前任桝本市长，是名副其实的读书家，多读，乱读，不论什么种类的书，都取开卷有益的态度。桦本市长还有一个特殊的爱好，喜欢泡在浴缸里阅读，而且一读就是两三个小时。我大受启发，也照葫芦画瓢，权且把浴缸当作水床，拿了冢本先生的书，躺在那儿读到深夜一点。阿基米德的浮力原理是在澡盆里发现的，我的发现是，泡澡可以使人的思想变得无垢、无碍、空灵。

今日凌晨，四点，我准时醒，这是大半生养成的习惯，想不醒也不行。醒来后怎么办？一、赖床，想问题；二、开灯，垫高枕头，斜卧，看书；三、取同样的卧姿，写作；四、起床，漱洗，干活。今天采用的是第三种，写作的题目是《京都樱语》，自觉文思泉涌，闪烁灵动，四千来字，一气呵成，惬意得很。写好后重读，反复权衡，把以下三节删了，觉得前两节纪实有余，禅味不足，后一节事涉如厕，不登京都大雅之堂。那三节是：

　　细雨，街上行人纷纷撑起了伞。
　　从空中往下看，形如一地乱窜的花蘑菇。

　　雨越下越大，把三位衣衫尽湿的西洋小姐逼到路边屋檐底下——这是岛国神祇善意的提醒：入乡随俗，以后出门切莫忘了携带雨具哦。

　　厕所的手纸，薄如蝉翼，入水即溶，冲洗方便。
　　百密而有一疏，哪怕叠上两层、四层，触水则溃，给当值的手指带来进退两难的尴尬。

须臾再读，又删去最后一节，内容无碍，仅是从行文考虑，属于画蛇添足。如下：

想吃饭，找车站。想买书，也找车站。

吾国的车站只管卖饭，不管卖书。

你想说明什么？

什么也不想说明。我只是在告别京都，踏入返回大阪的车站之际，顺便走进一家书店，买了一本冢本稔写的《在两任京都市长身边工作》，以待他日回忆时参考。

到了六点，距早餐还有一个半小时，想到是否再睡一会儿觉。转念，算了，反正上午就是乘新干线，累了，可以在车上打盹——又是转念，不是在大阪，在斗室，而是此刻，在新干线的车上，哑然失笑，既然你自己预作准备，累了就在旅途中打盹，焉知前排那个金发少年，昨晚不是和我一样加班（内容当然各别），现在正好在打盹呢。

冢本先生的那本书没有读完，趁这闲暇继续往下翻。桝本市长倡导"观光立国，从京都做起"，力争每年到访京都的游客，达到五千万人次。这一目标，在他卸任前已即将完成。桝本市长退休后，拒绝所有想借他"余热"的单位邀请，远离公职，过上完全自我的生活。冢本先生为此感叹，不相干的我，也想为他鼓鼓掌。桝本市长的接班人是门川先生，他在前任的基础上，再接再厉，创立"未来城市规划百人委员会"，立志将京都打造成世界级的旅游观光城市，焕发出优雅而又强劲的"京都力"——说起来，这也不是秘密，是可见而又不可抗拒的趋势，可以预期借二○二○东京奥运的东风，京都的旅游产业将会更上一个台阶。

说话间，已经到了横滨。横滨，日文从前写作横濱，濱字简化为浜，而中文的濱字简化为滨，这么一来，就弄成浜滨是一家了，不知道这来源的中国人，常常要为这两字犯迷糊。回到正题，论人口，东京居日本第一，横滨第二；论综合实力，东京仍是第一，横滨第三。从前来过横滨，感觉东京与横滨这两个相距三十公里的城市，即将连为一体，现在不是"即将"，是"早已"。从横滨站到东京的品川站，沿线排满了鳞次栉比的高楼，几乎没有空隙。如果不注意标牌，你根本分不出何是横滨、何是东京。这是双方的接合部，建筑崭亮而齐整，与市中心看不出差别。色调一秉传统、简朴、素净，近于直白。对了，日本人的色彩突出黑与白，于枯山水可见其谛旨。在大街上邂逅公务员上下班，一式的黑西装、白衬衫。柔道，空手道，黑带代表较高的段位。白色尤被推崇，示纯洁，示恬淡，示亲善，示和平，示神圣。新娘礼服，取白，连红包也是用白色信封。相扑比赛，白星表示胜利。这是过了品川区了，渐渐进入市中心，传统与新潮的建筑并存，随处可见园林，一般都短、小、轻、薄，呈俳句的风格。虽系人工，宛若天然。偶见人家的小院，就植一株树，一株也是园林。"无即是有，一即是多"，西人称日本人的习性近于禅。曩昔大清首任驻日公使何如璋初登长崎，就观察到："室虽小，必留隙地栽花种竹，引水养鱼，间以山石点缀之，颇有幽趣。"那水那鱼我看不到，隔着车窗，我也对着那修剪有致的出墙绿树遥遥地禅了一下——唉，终归是不开窍，如果从此我家的阳台，只搁一盆卉木，净瓶，只插一朵花，我仍旧会觉得单调，沦于寒素。国人尚热闹，我不能免俗，觉得挨挨挤挤、满满当当，才是富贵相，才是瑞征。

东京站在望。大阪距东京，五百一十五公里，费时两小时三十分，时速，不足三百公里。新干线本来可以跑得更快，试验中，早已跑出每小时五六百公里，但他们不以高速论英雄，排首位的，是安全、舒适，其次，是经济效益，再其次，才是速度。你看，新干线一九六四年上马，迄今已跑了半个多世纪，正点误差在数秒之内，从未出过重大事故（截至二〇一八年四月）。有这，就够了。日本人祖祖辈辈年年月月与地震、飓风、海啸、火山、泥石流共存，活着的前提就是安全。因此，比起急功近利，把时间缩短个几分钟几十分钟，还不如安安全全舒舒适适地把乘客送到目的地为上策。

老同学傅永康发来微信。大阪分手，他夫妇去了福冈，应我之约，每天传递沿途见闻，今天大概是在往东京赶，因为后天在银座有数位同窗的聚会。傅兄今日提供的观感是：

地铁进口站不用安检。地铁入口是敞开式的，先相信你是诚实的人，如果不插卡，才关闭挡板。与先拦住你，不相信你，插了卡，才放行有很大的不同。人性善还是人性恶？人的尊严何在？

寥寥数语，傅兄的视角立现。他是北大那段"非北大时代"的边缘人，在这北大嚷嚷要成为世界一流大学的二十一世纪的今天，他在某些方面有资格当北大教授的教授——至少在我认知的范围内。

老同学汪金熙也发来微信，他偕夫人明天从杭州出发，落脚横滨，后天，准时和我在银座的酒店相会。

汪兄，从年龄讲，他是老弟，小我两岁，他年轻有为，在杭州从普通工人做起，一路做到市侨办主任、市海外交流协会创会会长，专业、仕途两不误。退休后，给从事中日商贸的夫人当导游、翻译，离职不离岗，他夫人的岗。

一路写来，行文的调子似乎摆脱不了某种程度的赞赏，对他人，也是曾经的敌国如今的对手的赞赏，这是犯大忌的，国族中的某些爱国同胞，可以允许你青睐这洋青睐那洋，就是不允许你青睐东洋，趁他们尚未拊膺切齿雷霆震怒之前，我这厢预先铺垫几句：高手出游（泛指，并非王婆卖瓜），盯的就是别人的高处，这样，你才有望站得更高。至于别人的低处（那是肯定有的啦），你就看在眼里，掖在心窝，少说为佳，除非你已入了"毫不利己，专门利人"的境界，大老远地跑去帮人家治病，巴望他们"涩然汗出，霍然病已"。

车抵东京站。

列车员站在车门口，向全体乘客鞠躬致谢。

我起身收拾行李，准备下车。一转眼，那个金发少年不见了。急寻，他已跨上月台，淹没在人流中。隐约瞥见背影，左手拎着吉他盒，右肩挎着棒球袋，右手还提着一个旅行包。奇怪，他上车时我怎么没看到这些？但见他昂首挺胸，大步流星，金发在阳光下一闪一闪——我是隔膜，隔着两代人和一个邻国的鸿沟，这少年，究竟是一个什么样的角色，担负着何等模样的未来，对我，还是一个待解的谜。

2018 年 4 月 9 日初稿，5 月 26 日完稿

东 京 篇

不遗憾，真遗憾

"你们来晚了，今年樱花花期提早了十天，现在只能看到嫩叶。"

出东京站，打的，甫上车，司机就一个劲儿地为我们抱憾。

司机是吃百家饭的，揣摩、体贴顾客心意是商业的金科玉律。人说大阪的司机善侃，个个是漫才高手，这我已经领教过了，浓郁的风味独特的"关西弁"，能说得你忍俊不禁，哑然失笑，但他却一本正经，道貌岸然。浮世绘的别称就叫笑绘，特色在于夸张。大阪人的优长在于欲笑不笑，不笑亦笑。笑是化陌生为亲近的黏合剂，东京的司机天赐一副京嗓，字正腔圆，沟通更具优势。老许落在副驾驶座，生性洒脱，长于交际，但见他与司机你来我往一唱一和形如对口相声。

平安时代没有出租车这一行，大纳言源隆国趁酷暑在屋内摆下凉茶，招呼路上的行人边歇息边聊天，如是聊出了一部天方夜谭式的《今昔物语》。我大清蒲松龄老先生的《聊斋志异》，传说也是走在村口老槐树下摆茶摊这条采访路线。

我坐在后排，边听边笑，间或拿笔记上两句。花开花落，我根本就没往心里去，此行的出发点原不在赏樱，何况关西已经跟残樱打过照面。嫩叶好，嫩叶代表绿色的希望，斯里兰卡的国旗就绘了菩提树叶；塞浦路斯，记不清了，好像国旗上绘有两枝交叉的橄榄枝。

次日，游罢上野公园，决定去神保町旧书店，查地铁路线图，断定就在神田一带，到该站，出得地面，四顾无神保町标识，向行人甲打听，说还有好远，至于怎么走，他也说不清。转问行人乙，挠头，想了片刻，说，向左走吧，到前面车站再打听。不敢造次，复问行人丙，他倒痛快，但指的是和乙相反的方向。这下傻了，方知这神田与神保町是两码事，其间还隔着一段恍兮惚兮的距离。没奈何，只好打的。奇葩的是，司机说他晓得神保町，但不晓得旧书店。这就等于北京的出租司机晓得琉璃厂但不晓得荣宝斋一样滑稽。吾国旅日作家刘柠有言："对日本社会来说，支撑东洋文化软实力的支柱，既不是东大、庆应、早稻田，也不是东映、松竹、宝冢，而是神保町。这块以东西向的靖国通和南北向的白山通为'龙骨'的'飞地'，麋集了约一百七八十家旧书店和三四十家新书店及众多的出版社、中盘商、制本屋、文具店，藏书量不下于一千万册，俨然一个印刷活字城。"而日本的出租司机居然如此懵懂，一般人又会怎样，想想实在匪夷所思。

又据说，"二战"末期，美军听了法籍、俄裔，精通日语、法语、英语、德语、俄语，并可阅读汉语古籍，曾担任美国哈佛燕京学社首任社长叶理绥的建议，才没有轰炸神保町。

掌握六国语言，涉及三个国家，是叶理绥的面子大，还是神保町的命大，还是……尽管与中国方面的学者无关（譬如京都曾传说是出于梁思成的建议），我还是为神保町庆幸，不管是谁建议，只要保存下来，就好。

大街小巷，随处见居酒屋。奇了怪了，日本有茶道、艺道、花道、歌道、香道、书道、剑道、棋道、柔道、空手道、武士道……唯独没有酒道。

酒能乱性，酒能让君子堕落为小人，雅士蜕化为暴徒，豪杰易容为流氓；更有甚者，明明是蓄意越轨出界，作奸犯科，却把责任一股脑儿推给酒精，然后逃之夭夭，溜之大吉。

酒还是肝癌、胃癌等疾病的诱因。

所以，酒才更需要有酒道。

说遗憾是我这种不嗜酒者的瞎操心，说不遗憾是人家酒徒酒豪酒仙酒圣的酒后真言。写下"难得糊涂"的郑板桥说过："酒能养性，仙家饮之。酒能乱性，佛家戒之。我则有酒学仙，无酒就学佛。"哈哈，正因为酒可乱性，它能把居酒屋变成精神的澡堂，上司，下属，同僚，共同其乐也融融其乐也泄泄地浸泡在酒精里，以与生俱来的赤裸裸面目相见，把一天高度压抑后的疲劳、焦躁、烦闷，统统释放个精大光。

真想不到东京街头还会贴出这样的电影海报：进口大片，《马克思与恩格斯——纪念马克思诞辰二百周年》。

当时我从书店街出来，坐在十字路口南侧的弧形长凳上，与数位"同是天涯沦落人"的陌生游客并肩，一边饮自带的矿泉水，一边低头翻书，翻刚刚购得的一册《近代日支文化论》，之所以买下它，除了内容，还因为：一、此书是一九四一年版，老古董了；二、作者是实藤惠秀，早稻田大学著名汉学家，我赴日前做的案头功课中，就关注过他；三、扉页有作者的题签，是赠给美术家安藤更生的。有此三条，我自然不会放过它。正翻得津津有味，猛抬头瞥见上述电影海报——兀地愣住了！

我想我必得看一看（这次计划中就有一场电影），而且就在东京看（我相信国内也会上演），这样才更有临场感、实在感。

遗憾！真是说不出的遗憾！仔细看下边一行小字，上映日期在两个星期之后，那时我早已归国。

火·木·水

　　抵达预订的银座首都酒店，恰好十二点，到前台，出示护照，服务员从电脑里调出合同，验明正身，然后，七分微笑三分遗憾地告知："对不起，按规定，三点以后才能入住。"

　　行李可以预存，那就好。等待的三个小时，可以用来逛街。

　　出门，选择向左。路旁挂着标牌，"筑地三丁目"。

　　筑地，就是填海造出来的地。

　　不远，又见"筑地驿"。

　　驿，车站的意思。

　　继续向前，见"筑地本愿寺"，居然是印度式的梵宇，在日本，十分罕见。

　　林桑介绍："本愿寺总部设在京都，分为东本愿寺、西本愿寺，筑地这一座，是西本愿寺的别院。既然京都错过了，这儿就补补课吧。"

　　补课？补就补啦！这辈子尽和补课打交道，填不平的坑，补不完的课。微信"十万+"的经典模式是"你肯定没有听过""所有的人都错了""百分之九十九的人不知道"。我今天终于知道，这筑地本愿寺，前身为"江户浅草御堂"，创建于一六一七年，地址在浅草横山町。一六五七年那场明历大火，把三分之二的江户烧成灰烬，浅草御堂在劫难逃。灾后，江户幕府重新规划市区，指定它在八丁堀一带填海重建，是以得名"筑地本愿寺"。我还闹明白，重建的本堂，在一九二三年关东大地震中再次遭焚毁。

我的神经被重重地刺了一下。

日本多山，山地多森林，这是得天独厚的资源。因此，就地取材，城郭、寺庙、殿堂、住宅、桥梁，乃至日常生活用品，莫不仰赖于木——久而久之，连人的个性，也近于木讷、刻板。

然而，不幸，木材也有致命的缺陷，怕火。

我一路走来，见和歌山城、大阪城、京都城，曾屡屡毁于火；京都的清水寺、金阁寺、龙安寺、南禅寺、高台寺、天龙寺，无一不曾遭受祝融之灾；仅天龙寺一院，我查了一下资料，就曾六次遭到烈火重创。而江户城，即东京的前身，在江户时代二百六十五年中，有记录的大规模火灾，就达五百次以上，平均每年就有两次。

那么怎么办呢？怎么办呢？

莫慌。天生万物，相生相克，火生于木，但火自有克星，那就是水。

水是生命的源泉、生活的保障。它能饮用、煮饭、熬汤、清洁、养花、种草、养鱼、灌溉、救火——这，人人知道。

因此，古人早就知道逐水而居。

日本自古流传"善治国者，必先治水""治水者治天下"的箴言（这都是从中国传过去的）。

治水与治国是息息相通的。

若大阪城的肇兴，内因，是湖水淡化，变得适宜饮用与耕作，外因，是濒临濑户内海，交通、贸易方便快捷。

又若京都繁荣，得力于拥有先进生产力的渡来人——朝鲜与中国的移民——帮助兴修水利、灌溉农田。

想当初，德川家康被丰臣秀吉从险要而富饶的甲府转封到偏僻而低湿的江户，他着手的第一件大事，就是削山填海，改道利根川，从而造就了富甲天下的关东平原，包括脚下的这片筑地。

是以岛国民众，在木性之外，又多了一重水性。

试听他们的国歌，翻来覆去，强调的就是"千秋万代，沙砾成岩，遍生青苔"。

这青苔的萌生，离不开水的滋润。

问题往往出在：回顾历史，每当岛国的统治者偏离水之虚水之柔与木之实木之朴，转向玩火、弄火、引火、吹火、点火、放火一途，那就是灾祸临头的凶兆。

古代征朝如是。现代侵华如是。

"夫兵，犹火也，弗戢，将自焚也。"这是吾国的《左传》说的。

"前车之鉴"，能不作"后车之师"乎！

夜凉如水中的书香

是晚，从东京塔回来，抓紧赶写这两日的游记，写到中途，思绪卡壳，索性掷笔，下楼，沿白天走过的街道散步。

散步，日本人常常写成"散策"，如永井荷风的随笔《日和下驮》，副题就叫《东京散策记》。查辞典，散步和散策通用，差别仅在毫厘之间，一般人分辨不出。我国台湾有些作家，大概受日文的濡染，喜欢用散策代替散步。特别是一些女性作家，动不动就散策散策。如果是写日语文章，亦无不可，写汉文，就让老汉感到别扭。须知策字，古代又作手杖解，容易让人联想到陶渊明笔下"策扶老以流憩"的迟缓蹒跚。

过筑地驿、本愿寺，继续向前，不远，是筑地场外市场。白天曾来过这里，方圆一大片，麇集着数百家小吃店与干鲜海货店。游客人挤人，各种肤色的都有，以亚裔为最；亚裔中，又以说华语和韩语的为最（其他的我也听不懂）。既曰场外市场，那就说还有场内市场，那是可排为世界之最的超级鱼市，重头戏是拍卖金枪鱼——我没有去过，只是在电视上反复多次看过，地点就在这儿向里走，靠近隅田川，紧挨东京湾。

白天参谒本愿寺，见院内耸立"陆上交通殉难者追悼之碑"，不由得想到，筑地还应该建一座"填海殉难者之碑"。想都不要想，一场明历大火，就夺去江户十万多人的生命，如此接踵跟进的沧海造田工程，又岂能没有任何牺牲。

我嗅了嗅鼻子，隐约闻到大海的气味。古代，筑地这一带，包括与巴黎香榭丽舍大街、纽约第五大道齐名的世界三大繁华中心之一的银座，也曾是一片汪洋。再嗅，依稀又闻到了血腥味。不过，这血腥与填海的牺牲者无关，与鱼市解剖金枪鱼的作业也无关。当年看电影《忠臣藏》，记住了赤穗藩主浅野长矩的宅邸，就坐落在这附近。那是元禄年间一段著名的公案。浅野长矩因为在公务中受到高家吉良义央的恶意挤对，一怒之下，拔刀刺伤了对方，被德川五代将军纲吉判决切腹谢罪。浅野的家臣不服，在家老大石良雄精心策划下，上演了一出四十七义士为主公报仇的大戏。

浅野长矩的绝命诗云："无奈风起，花落庭前，我纵惜春，韶华难留。"他只活了三十四岁。

曩昔，日本人临终多留下绝命词，这也是日本特色。

而亲手砍下吉良义央首级的义士，叫武林唯七，有史料证明，他是孟子在日本的后裔，汉名孟隆重。

孟子的后裔，与孔子的后裔同列，在吾邦，是享受特殊尊荣的。皆因战争或世乱，大明杭州武林郡有个叫孟治庵的，辗转漂流到东瀛广岛，入乡随俗，遂以乡梓为姓，更名武林治庵。他就是武林唯七的祖父。

武林唯七为浅野长矩的家臣，在四十七义士中属于核心人物，他的事迹至今还有人传颂。孟子言："富贵不能淫，贫贱不能移，威武不能屈，此之谓大丈夫。"武林唯七，当得上是顶天立地的大丈夫的了。他只活了三十一岁，其绝命诗云："三十年来一梦中，舍生取义几人同。家乡卧病双亲在，膝下承欢恨不终。"

他没有荒废汉学——绝对；也许是直接用汉语写的——八成。

想到这儿，我油然来了兴致，向路人打听浅野长矩宅邸的确切位置。反复问了几人，嘿，居然问到了。日本人就有这份可敬，看上去，行色匆匆，一副旁若无世界的冷脸相，当你向他问路，他会立刻停下脚步，和颜悦色地倾听，然后，如果他知道，而路又不太远，他会主动把你送到目的地。这不，今晚我就遇见了一位善体人意的欧吉桑，他让我跟着他走，沿原路返回，过本愿寺，到下一个十字路口，抬头就看到我下榻的银座首都酒店了，欧吉桑指着右边的巷子，对我说，往里走，没多远就是浅野内匠头（内匠头是官职）的宅邸遗址，作家芥川龙之介的出生地也在那里。他停了停，确信我是听明白了，确信我对这些陈迹是真感兴趣，又说，遗址前面就是圣路加看护大学，门口有福泽谕吉的纪念碑，庆应大学的前身庆应义塾，也就在那地方；再往前走，就是明石町，明治时期外国租界地，也有很多值得一看的遗迹。

这么说，就在这小小的巷子里，在离我下榻的酒店仅仅一箭之遥的地方，就保存着日本四项重要的"文化财"。这筑地，简直是文化的宝地啊。所谓文明，都是愚公移山精卫填海般筑填出来的吧。告别欧吉桑，我走进夜凉如水、空无一人的长巷，猛吸几口气，感觉空气中明显荡漾着书香味。

神保町跑马

到东京的第二日，逛了半天神保町旧书店。从镰仓回来的次日，又去逛了半天。

凡是去过神保町的熟人——在我之前——归来，都跟我介绍怎么怎么个好，归纳起来，不外乎：一、门类全，数量多；二、价格便宜；三、捡漏儿机会多，常常能购到有价值的文物。

如今轮到我身临其境，的确觉得好。你若问我究竟好在什么地方，这个，别人说了的，我不想重复，免得浪费大家的时间。别人没说过的，我试着说几条，万一词不达意，请你多包涵。

我们都打小学过来，小学时代最单纯，最天真活泼，年少无猜，整天在一起上课、游戏，度过了人生最无邪也最如幻似梦的葱茏时光。而后是考县城初中，同班五十几人，仅考上五个，不足十分之一。五人中，有三人上了大学。一男生，进入南大，与我交好，可惜英年早逝。一女生，进入北京外贸学院，能歌善舞，魅力四射，但疏于联络。如今，即使有人召集小学同窗会，一帮古稀老头老太聚在一起，怕是相见不相识，少年时期的绮梦，再也难以撷拾。而突然有一天，上苍帮忙，让大家穿越回小学时代，哈，还是那校舍，还是那帮扎小辫、剃光头、衣服补丁摞补丁的少年郎——这就是我那天走进神保町第一家旧书店时的直感，你能体会出我当场的喜悦和心跳吗？

初中时我曾暗恋一位女神，她的名字叫美术。因家贫，我初二停过一年学。头半年，我都用于画画。水彩不过瘾，玩油画。颜料贵，一管三角钱，那时是个大数目。偷出一包祖母收藏的大清铜板，卖了不到三块钱。三分之一买颜料，红，黄，蓝；三分之一买画笔；剩下的打算买画布，买布要布票，家里每年发的布票连对付四季衣服都不够，哪有多余的让我去买画布。只好将就，拿硬纸板代替，那时叫马粪纸，现在听着不顺耳，当时觉得无所谓。第一幅画的是孙中山，头像，得到上海来的舅舅的大力夸奖。镇上有家理发店，房子不咋样，裱糊顶棚和四壁的纸，却是小镇难得见到的西洋经典油画复制品，我每次剃头都到那儿去，就为了能看上几眼。后来，我实在想不起是用哪来的钱，买回了一本西洋画册，可惜没能保存下来——因此，当我跨进一家专卖美术作品的旧书店，见到那些常常在梦中闪现的往日画面，激动得几乎要流泪，恨不得把它们统统买回家。那当然是不可能的，唯一的可能，就是尽量拖延盘桓的时间，多待一刻，是一刻。

这一刻可是一寸光阴一寸金，且举一例：在一部介绍列奥纳多·达·芬奇的画册，发现他老人家的生日与我相同，只是大我四百九十二岁，大乐。难道这有什么特别意义？嘿，不需要有什么特别意义，我绝不会奢想因这巧合，自己便能分得达翁天才的一星半点，我只是觉得，因这番发现，从此能让那看上去平淡无奇的日月变得葱郁灵动，能让在和后辈侃大山聊闲篇时多一种穿越往古的说头，能在凝视、使用自家的身份证号码时多一抹莫名而有味的微笑，这本身，就是生活无上的馈赠。

你是否觉得我跑题了呢？

容许我再说一件，简单明了的。"文革"前夕，北大闹甲肝，我也查出转氨酶偏高，隔离在三十八楼，与一位外系病号同住一室，两人同病相怜，加上兴趣相投，特别谈得来。而后，病愈回班，再而后，就天各一方，音信杳无。二十一世纪初我去纽约，在华尔街摸人家的地标性铜牛，突然过来一人，当胸就给我一拳（轻轻地），我一怔，定睛一看，原来是他，跟着就还他一拳（重重地）——这就是我买下陈舜臣《太平天国》一书时的狂喜，意外之喜。

书前有作者的签名呐！在这之前，我已有它的中文译本，是译者卞立强先生送给我的，当然有卞先生的签名。而现在，我连做梦都想不到的作者本人的签名（作者已于三年前去世），也收入囊中，真个是三生有幸、不枉此行了。

说到那位昔日校友，我再稍微拉扯几句。相见免不了聊天，聊着聊着，我问他在美国的真实感受。他说，一般来讲，男生留恋国内，因为在人家这儿没有舞台，只是打打酱油，跑跑龙套，女生嘛，喜欢国外，女生不太考虑舞台，她们只要有吃有穿有车有房，还有大商场大世界逛，就心满意足——对此，我不作评论。我只告诉你，我现在逛神保町旧书店的心情，就有点像女人逛商场，看什么，都有一种充实、丰盈的快意。何况我并没有空手而归，两次加起来，也买了十八本，虽然不多，但都是自觉有用的。我的所谓有用，一是整本书对我有参考，二是部分章节适合我需要，三是其中有几个词引起我的兴趣，四是有特殊烙印的"旧情人""老相识"，如是而已，如是而已。当然，它们都是在新书店买不到的。你说，像我这种既爱写作又懂日文的老家伙，到了东京，还有什么比神保町旧书店更惬意的地方吗！

附 录

夜海歌声

在神保町旧书店，购得一本一九六二年版的《心向太阳》，山本有三著，新潮文库本。此书为十六卷的《日本少国民文库》丛书的第一卷，初版于一九三六年。二十世纪八十年代初，读研时，我从导师杉山市平先生处借得，并翻译了其中一个短篇《夜海歌声》，发表在一九八二年第三期《小溪流》杂志上。现在把译文附于此，我觉得，日本人在应对突发灾难时的坚毅、团结、冷静、豁达，有这篇短文中主人公的影子。

故事发生在英吉利海峡。

那是一九二〇年十月的事了。一天晚上，有艘叫"罗湾号"的小客轮，正在黑沉沉的雾海里行驶。这晚的雾特别浓，"罗湾号"不得不放慢速度，小心翼翼地探索着前进。唉呀，真倒霉！没想到还是和一艘行船碰上了。这是一艘巨型客轮，虽说也是在控速行驶，但是像"罗湾号"这样的小不点儿，是怎么也吃不起它的兜头一撞的。眼看着，"罗湾号"就沉没在波涛中了。

"罗湾号"上的船长和水手，立即行动起来抢救乘客。对方船上也火速投下所有的救生艇，协助搭救落水人员。夜海沉沉，救生艇划破黑黢黢的波涛，在海上穿梭往返。经过一番忙碌，总共救起了七十九人，还有十四名乘客和十一名船员，下落不明。

爱尔兰国营保险公司的监护人麦克纳，正是这伙失踪的人员之一。

此刻，麦克纳正随着一片黑乎乎的海浪浜游。他愈来愈感到腿酸、臂软，似乎就要支持不住了。

天知道已经浜了多长时间？

回想起来，一切好像发生在遥远而又遥远的过去，又好像发生在眨眼工夫的前一刻。事故来得太猝然了！时间的概念，早吓得无影无踪。

即便记得时间又顶什么用？眼下要考虑的应是如何才能得救。

他想到了救生艇。

要是有条救生艇多好。这是现时唯一可指望的了。见鬼，救生艇不知净在哪儿转悠，连个影儿也瞅不见。

看光景，自己多半已被大伙儿遗弃了。

正伤心着，劈头一个巨浪，打得他眼冒金花。麦克纳陷入了绝望，怨恨、悲伤、愤怒、后悔，一股脑儿地涌上心头。

天啊，难道就这样活活淹死吗？！

不，不能！求生的欲望，本能地在每一根神经上燃烧。可是，终究太疲乏了，他时而恍恍惚惚，陷入一种梦幻般的境界。

……有一刹那，眼前浮现出儿女的稚影。瞧，小淘气鬼正在挤眉弄眼呢。须臾，在儿女的幻象之上，又叠印出妻子的倩影。妻子也正在含情微笑……

可怜家里人做梦也不会想到：会有这次沉船。

一想起妻子儿女，进而想到公司的业务，他更是觉得，不能死！

"救命，救命啊——"麦克纳锐声呼救。

海上，没有任何回音。

迎面又一个急浪，哗地一下在头顶上摔个粉碎。麦克纳着实地呛了几口海水。

说不定从什么时候起，自己已经远离失事地点了吧？说不定眼下在左近泅水的，只有自己孤单单的一个了吧？

他抬起头来，竭力想看清周围的海面。可怕，除了雾，还是雾，一米以外，什么也看不见。

仅仅前不久，海上还充满了求救的呼喊，眼下却一声也没有，仿佛所有淹水的人都叫波浪给吞了似的。

时届深秋，加之一直浸在海里，身子冻得直打哆嗦。照此下去，甭说淹了，光冻，也要给冻死。他一边划水，一边默祷上帝保佑自己。

突然——完全是突然——从刚才沉静得令人战栗的雾海深处，飘来了轻柔和悦的歌声。

"咦——？"麦克纳顿时吃了一惊。深更半夜，又是在这荒凉可怕的海上，按说是不会有人唱歌的呀？按说归按说，可那分明是歌声。听得出是个女人的嗓音，婉转，悠扬，仿佛她不是面对波涛险恶的大海，而是面向热情的听众，在大厅里从容献歌似的。

麦克纳怀疑自己是在做梦。不，这不会是梦！这是真的，是真真实实的人的嗓音！

麦克纳凝神谛听。说实在的，以往不知出席过多少次音乐会了，可哪一次也没有像现时这样，更深切地体会到歌声的魅力。这是生命之歌，这是天使在歌唱！

听着，听着，他感到生命之泉又开始在血管里汩汩流动，心情豁然开朗，竟至于刹那间忘记了眼前的一切。他想：世人推崇备至的教堂赞美诗，也不会比这更神妙！就是那些音乐大师的独唱，也不会比这更动听！冷啊，累啊，早不知跑到哪儿去了。他沉醉于绝处逢生般的狂喜中。

这位歌手是谁呢？想必也是和自己一样的落难者吧。一般的人，轮船一失事，立刻吓得六神无主，结果呢，不是死就是伤，实在狼狈得不成样子。而这位歌手，却是多么处危不惊、镇定自如呵。比比真惭愧，自己只晓得挣扎着划水，哪里还谈得上张口唱歌？！

疲乏的身子，在歌声的刺激下，又重新集聚起新鲜的活力。他迎着歌声传来的方向，奋力划动着双手。

重雾迷海。前后左右，一片漆黑。不过，歌手的所在方位，是不会搞错的。他循着歌声划过去。在海里待久了，手脚泡得发麻，怎么也游不快，费了好半天劲，总算游到了。一看，果然是几位遇难的妇女，在扶着一根粗实的浮木——那也许是从沉没的"罗湾号"上漂出来的——唱歌的是年纪顶小的一位，还只是小姑娘呢。

麦克纳矜持而又不失礼貌地打了个招呼。

"女士们，请允许我也搭个伴。"

妇女们欣然答应了。

麦克纳伸手搭着浮木，身子有了凭靠，立时舒松多了。他转向那位小姑娘，感激地说："小姐，你的歌儿使我恢复了勇气。要不然，此刻恐怕早冻僵啦！"

"哪里，看您说的，我也不过是唱着玩儿，暖和暖和身子罢啦！"

"话是那么说。不过，在这种场合，还能够快快活活地唱歌，啊——着实了不起！像我这样的，发抖还来不及呐……"

"可不是，"对面一位中年妇女插话说，"小姐年纪不大，胆气倒蛮壮实。我原先想：也许是小姑娘家不晓得发愁吧？可再快活的角色，碰上这辰光，能舒心唱歌的又有几个？你说是吧，先生——天哪，救生艇怎么还不见来？"

"是呵，我也正奇怪呢！"麦克纳应声回答。

小姑娘不理睬他们的问答，继续唱她的歌去了。

麦克纳停下话头，转而听小姑娘唱歌。比起刚才从远处听来，歌声令人感到格外亲切。他一边听，一边禁不住想：一个人处在目前这种困境，他所能采取的应急措施，恐怕也包括唱歌吧？

想想看，远近都是海水，高低都是雾气，救生艇又不见踪影，溺水的人至此，难免要抱怨、咒骂。可是，抱怨、咒骂顶什么用？它又不能召来救生艇。关键的关键，是设法送出求救信号。大声歌唱，不正起着求救信号的作用吗！自己不正是听到了小姑娘的歌儿，才游到这边来的吗！麦克纳思忖：那些已疲于在黑暗中四处搜索的救生人员，一旦听到了歌声，肯定会赶来搭救的。

当然，人在危急关头，情不自禁地高喊"救命"，也是世之常情。但是，与其可怜巴巴地呼救，总不如放开嗓子唱歌来得好。放开喉咙歌唱，这正是一项崭新的呼救手段呢！

麦克纳趁小姑娘唱完一支歌的当儿，向大伙建议说："小姐的歌儿给我们带来了安慰。只是，总不能让小姐一个人唱下去吧？我虽说不会唱歌，童谣、民谣什么的，还能凑合几句。怎么样，大伙来个合唱好不好？只要唱起来，就不感到冷了，再说，声音也会传得更远的。"

"太好了！咱们一齐唱！"

小姑娘立即表示同意。大伙也没啥好犹豫的，于是就一齐唱了起来，最初唱的是首童谣。

那久已消逝了的童年时代的情景，又依稀浮现在每个人的心头。大伙忘情地歌唱着，节拍略微有点杂乱，一支歌唱完，都忍不住笑了。

接着轮到民谣。那是人人会唱的几首，翻来覆去，翻来覆去地在夜海里回荡着。时间又不知过了许久，救生艇还是不见踪影。有人已经停唱了。小姑娘依旧毫不动摇地婉转着歌喉，带动着大伙坚持下去。

"嘻，有动静！"一位妇女叫起来。

"嗯，我也听见了！"另一位证实说。

麦克纳立刻停止歌唱，支起耳朵来倾听——从雾海深处，隐隐约约地传出有节奏的划水声。

"救生艇，是救生艇！"麦克纳激动地大声呼喊，"喂，我们在这里！我们在这里！"

没多久，一条小艇冲破浓雾划近来了。

那位中年妇女高兴得哭了起来。

大伙儿都被救上了小艇。

在水里搏斗了半夜，一个个早累坏了，就那么往艇内一倒，谁也不想动弹。麦克纳勉强撑着身子，挪到小姑娘跟前，亲切地说："姑娘，亏得你的歌声给我们带来了新生……"

新大谷的"风邪"

东京的后三日，改住新大谷酒店，这是老许的朋友帮忙预订的。位置好，设施好，风景好，位列世界驰名的"御三家"之一（超五星级，另两家为帝国饭店、大仓饭店），而且与中国颇有渊源——二十世纪七十年代，中日恢复邦交化初期，中国驻日大使馆就设在酒店内。从那以来，中国访日的高层领导及政府代表团也多选择在新大谷下榻。

这次，我住的是花园塔楼，十二层，三二二六室。

室内有两张床，面积在东京来说绝对称得上宽敞。

开窗，迎面是赤坂一带林立的高楼，远方，是擎天一柱的东京塔。

私心大为满意，当晚奋笔疾书，一气写了四千来字。人是为欲望驱使的，而欲望又为环境所左右，今日得宽余，连灵感也深明此理，可着劲往外喷涌。

十一点半，搁笔，简单洗漱，上床。上床之前，特意服了一粒安眠药——明知这玩意儿不是什么好东西，平常能不服就不服，但今夜神经过于兴奋，不得不拿它压一压。

熄灯，闭目，松弛四肢百骸，等待睡神光临。未几，感到室内有异动，宛然老鼠踩在顶棚上的沙沙声，开灯，啥动静也没有，熄灯，继续睡。片刻，沙沙声又起，仔细辨别，响自中央空调的通风口。开灯，站在床上，拿手去探索，窗棂很坚牢，纹丝不动。那么，这响声是从哪儿发出的呢？静听，越来越响，越来越响，沙沙声变成了嘎吱嘎吱。我静等它五分钟，十分钟，指望它趋于平息。不行，越是指望，它越是调皮，时而还吹起怪腔怪调的口哨。

不得已，给老许电话，情知他已休息，还是请他出面和前台联系。他日语好。我已撂下三十年，久疏战阵，不顶事。

前台闻讯，立刻派来两位工友，还带着一架简易人字形梯子。想来这是老问题，在我之前也有客人反映过。但见他俩轻车熟路，把梯子架在房间入口，掀开一扇天花板，上去拨弄了一会儿，猜测是把什么装置关上，再听，通风口果然偃旗息鼓，悄然无声。

于是皆大欢喜，老许和工友撤退，我也安心休息。

以为就此平安无事，那是我太小瞧了对手（我也不知对手是谁，反正是有），未久，嘎吱嘎吱又复响起，而且更威武、更放肆。侧耳，窗外正刮大风，气象预报今夜有暴风雨，管道像是里应外合，唱起了双簧戏。如何？总不能再惊动老许，也不想再麻烦前台。唯一的对策，起床，加服一粒安眠药。

仍旧无效。你越想睡，那噪声就越折磨神经。说实话，窗子密封很好，外面的风雨并不影响室内，即使打开窗户，我也不在乎，那种自然的山呼海啸，我会觉得很正常，从而认了——犹如乘夜行列车听轮与轨的敲击一样。但这种大寂静中的小喧闹，让我觉得不正常，从而不接受——愈不接受，心情就愈烦躁，终至心跳加速，气血上涌，这是大失眠的前兆（这也是煮字疗饥疗出来的毛病，凡事都有代价）。索性开灯，打开手机，上网，查这两天写作中需要的资料。消磨到深夜一点半，觉得这样下去不行，再过两个多小时，我的生物钟就醒了，倘若一夜不合眼，明天的活动怎么办？况且明晚、后晚还得面对如此窘境。万般无奈，只得亲自联络前台。

似时刻在待命，前台马上来人，除了先前的两位工友，还来了一位管理员。那位管理员也像我先前一样，站上梯子，拿手探了探通风口，然后，对我说："外面在刮大风，震荡排气口，这管道的响声，无法消除。这样吧，我们给您调一个安静的房间。"

那敢情好。

他们仨撤出，没一会儿，那位管理员又回来，告诉我调好了，仍在本楼，十九层，三九二一室。

当即帮我搬运行李。到了十九层，开门一看，这是靠西南拐角的一个套间，外间办公兼会客，里间是三张床，面积比前面的大一倍还多。南窗，仍是遥对轮廓模糊的东京塔。西窗，下临酒店有四百年历史的日式庭园。

通风口果然安静，一声不吭。

同是一栋楼，为什么这儿的通风口无声无息，刚才的那间却要闹"风邪"（日文，伤风感冒）呢？

显然是管理的问题。

"这几天就住在这儿？"我问。

"是的。"

"这价钱……"我没有出口，毫无疑问，房价要比先前的高得多，但这是酒店的责任，不怪我，世界惯例，他们不会因此多收我的钱。

就这样，我在这套间生活了三天。我见识了日本人的服务，他们是小心翼翼，毕恭毕敬。在我，虽然因为空调的"风邪"而"因祸得福"，被调到更大更舒适的房间，但内心的歉意也因之与时俱增，我想要对新大谷的"款待"有所报答，我是一个匆匆的过客，我如何感谢他们？留言感谢，当然未尝不可，也是人之常情。但我是作家，作家应该有作家的处置方式。于是，在接下来的两天里，我在参观游览之余，更一鼓作气奋笔疾书了一万多字的访日速写，外加杂感随笔，也算是给新大谷一个间接的回报。

首相这活儿真不好干

酒店一般都提供当日报纸，主要是《读卖新闻》和《朝日新闻》，以及当地的新闻。

赴日以来，我发现，日本的报纸不吃素，比如说，这些天，各报的政治版都在揪住安倍首相夫人安倍昭惠的丑闻穷追猛打。究竟是什么丑闻？大致情形是，大阪有一家私立学校"森友学园"，以贱价买入一块高质的地皮，媒体发现，该园的名誉理事长竟然是安倍昭惠，并曾打出"安倍晋三纪念小学"的名义筹集捐款，这就涉嫌利益输送，从而引发轩然大波。

一波未平，一波又起，媒体又挖出安倍首相一件旧案：二〇一五年，安倍曾拨冗十五分钟，会见他的老朋友"加计学园"理事长加计孝太郎，特许该教育集团增设兽医学院，并给予巨额无偿土地资产及财政支持。

从报道看，安倍首相及政府相关人员，虽然嘴硬，能不承认就坚决不承认，但在媒体顺藤摸瓜、剥茧抽丝的层层敲打下，越来越显得疲于应付、捉襟见肘、节节败退。

已经有人在预测，安倍要与夫人离婚，以求断臂自保，甚至要谢罪下台了。

但安倍依然在怀疑、责难中忙忙碌碌，从前是这样，现在也是这样，将来……将来什么样的事情都可能发生，但要等到将来再说。

入住新大谷的当晚，我因通风口噪声干扰无法成寐，打开手机，上网查了查安倍首相的动静——我查他干什么呢？难道他的动静能治疗我的失眠？

安倍四月十二日的活动安排如下：

	9时	1分	官　邸
上午		17分	未来投资会议
	10时	53分	会见官房副长官助理中岛明彦、内阁情报官北村滋、外务省综合外交政策局长铃木哲、防卫省防卫政策局长前田哲、综合幕僚长河野克俊
		21分	经济合作与发展组织（OECD）事务总长表敬访问
	11时	51分	在佩戴"绿色羽毛"活动（环保募捐活动，参加者佩戴绿色羽毛于服装上）中，会见日本小姐绿色女神竹川智世、日本樱花女王辰己由贵
下午	12时	31分	接收超党派组织"为了尽早解救朝鲜日本人而行动议员联盟"古屋圭司会长的建议书。总务部长加藤胜信、官房副长官西村康稔同席
	13时	24分	会见跨太平洋经济合作协定（TPP）政府对策本部首席交涉官梅本和义，外务省两外务审议官森健良、山崎和之，北美局长铃木量博，经济局长山野内勘二，财务官浅川雅嗣，农林水产省综合审议官横山绅，经济产业审议官柳濑唯夫，国土交通审议官田端浩
		35分	会见经济再生担当部长茂木敏充，内阁府事务次官河内隆，内阁府审议官前川守，政策统括官新原浩朗、田和宏
	14时	48分	河内、前川、新原、田和离开官邸
		59分	茂木氏离开官邸
	15时	0分	会见世界经济论坛主席施瓦布、三得利控股公司社长新浪刚史
		58分	出迎瑞士总统贝尔塞、拍摄纪念照片
		59分	接受仪仗队荣誉礼、仪仗
	16时	8分	与贝尔塞总统进行首脑会谈
		55分	共同出席新闻发布会
	17时	18分	经济财政咨问会议
		1分	自民党对朝鲜综合对策探讨项目组主席岸田文雄建言
	18时	34分	出席东京纪尾井町新大谷饭店（New Otani）"鹤之间"宴会厅举办的自民党麻生派宴会并发言
		52分	在首相官邸主办欢迎贝尔塞总统的晚餐会
	20时	33分	送别贝尔塞总统

你看，安倍当天的工作安排，具体到每时每刻每分，都要向社会公布，藏不得，掖不得，难怪他那次会见"加计学园"理事长的区区十五分钟，会被人从历史的画面中截屏，纵然想瞒天过海，也是手腕有余而隐身无术。还是咱小人物自在，我不戴墨镜走在大街上也不会有人认出，遑论狗仔队跟踪。想到这儿，我不由得发自肺腑地为安倍叹息：首相这活儿真不好干！

鱼心与水心

"水能洗涤万物。"这是葡萄牙的俗语。

其实，不光是葡萄牙，全世界每个国家的人，都会赞同这朴素得如同空气的真理。

此刻，我站在弁庆桥上。它就在我入住的新大谷饭店的右侧，这几天，来来去去都打它上面过。我曾对同伴老许说："这是我们家的卞桥。"

当然是玩笑。弁卞同音，但属风马牛。弁庆乃平安时代末期的武僧，后来成为源义经的家臣，他行走江湖、纵横天下的传奇，经常在各种书本、影剧中出现。

桥下，应该就是弁庆堀。我说"应该"，因为并没有看到水名，只是凭模糊的印象推测，它是皇居的外堀，直通护城河。

近处，有人在木筏上垂钓。

远处，林霏绵蒙，想必就是天皇的居所了。

俯视，真让人——不，至少是让我——感慨，在城市的中心地段，水犹能保持得这么清、这么澈，着实不容易，大不容易。

日本地处大海和大洋的包围中，属于海洋性季风气候，雨量丰沛，河道众多。更因为狭长的国土中部为山，水从山脊向两旁分流，又带来一个鲜明的特征，即落差大，水流急，造成"急湍甚箭，猛浪若奔"的威势。明治时代曾有荷兰水利专家前来考察，他面对石川县常愿寺前的一道奔流，丢下一句掷地有声的形容："这根本不是河流，而是瀑布！"

此特征亦渗入日本人的个性。

我在网上查阅日本关于水的俗语，基本来自中国。如：君子之交淡如水、水至清则无鱼、水向低处流、流水不腐、君子如水随方就圆，等等。

唯有两条，似乎是日本自产。

其一为"水喧哗は雨で直る"，说的是干旱季节，农夫因争抢有限的灌溉用水而吵得不可开交，甚至拳脚相加，突然天降一场大雨，双方立刻冰释前嫌，和好如初。我请教了多位日语专家，有人译为：争水之仗雨和解；有人复：难！从"解决根本原因"的角度说，类似于"解铃还需系铃人"，但意思又不一样。干脆你自己编一个算了，如"抢水打架，下雨和好"之类。

其二为"鱼心あれば水心"，众人一致译为"投桃报李"。

我觉得还是直译为鱼心、水心，更具岛国风味。

自古以来，支撑日本发展的基础产业，就是陆地的水稻种植和海洋的鱼类捕捞。

这两种行业与日本人的关系，就是鱼心跟水心的关系。

发达的水系，还给日本人提供了另一种方便：日常的垃圾、排泄物，甚至尸体，都统统交给水——仗着流程短、水势急，瞬间都付之东流，一了百了。

出于对水的感恩和敬畏，日本又发展出另一种文化：被禊。

认真说来，一、这也是古代中国的民俗，每年于春季上巳日在水边举行祭礼，洗濯去垢，消除不祥；二、世界各种宗教，也都葆有对水的神圣信仰，如基督教的"洗礼"、佛教的"灌顶"、伊斯兰教内清外洁的卫生制度。

但是，被禊在日本，不仅成为神道"除恶去秽"的重要仪式，还渗入日常生活的各个层面，并概括升华为哲学观念，这在世界上，恐怕是少有的。

那观念就是，水に流す，直译，付之东流。

付之东流，汉语的意思是希望落空，前功尽弃，如唐人高适诗："生事应须南亩田，世情尽付东流水。"

而在日本，却引申出你意想不到的含义：既往不咎。

是的，日本人从对水的感恩和敬畏中，得出：过去的事，不管是功是过，是善是恶，过去了就过去了，就让它随流水冲入汪洋大海吧，不必纠缠，不必执着。

由是就出现了让外国人不可思议的举动。

如"二战"，面对美军对本土发动的作战，刚刚还在誓言"一亿玉碎"，宁愿全民战死，也绝不投降，转瞬听了天皇的终战诏书，立刻又欢天喜地欢迎美国大兵的到来。

又如一场毁灭性的灾难（地震、海啸、火山爆发、核泄漏等）后，民众平静、安详，该干什么，还是干什么，应对之从容，转变之快捷，仿佛啥事也没有发生过一样。

外国人看不明白的，他们自己可是驾轻就熟，习惯成自然。比方说，有谁做错了一件事，不管是多大的事，他只要向当事人道一个歉，说一句"济みません"，对不起，就万事大吉了。

因为他已经认了错，你也就没必要再揪住不放。

有日本人研究，说"济みません"的词源是"澄みません"，即浑浊、糊涂、蒙昧，归结到"水に流す"的处事原则，这句话的意思相当于：我已把过去的混沌、混账付之东流，请您也把它抛到汪洋大海，换上一副明朗的好心情吧。

"济みません"或"澄みません"，现在已成了日本人生活中的润滑剂。我旅行日本，倘若要向别人问路或问教，必以它作开场白。

然而，社会发展到今天，生活层面，早已发生天翻地覆的变化。就拿"水に流す"来说，古代是什么都可以往水里扔，后来渐渐认识到保护水资源的重要，江户时代，幕府就下令严禁往河里扔脏物、废物，甚至包括一张纸片。

几百年执行下来，所以才有了现在的清澈水道。

所以现在日本的自来水才可以捧起来就喝。

回过头再说日本自创的"水喧哗は雨で直る"，既然争吵的背景——缺水——已经消失，争吵自然也随着消失。那么，为什么今天在生活层面，已经不能再向水里扔脏物、废物了，而在精神层面，却还要把往事，包括错误、罪责，统统付之东流呢？

这也许就是日本当前在国际上常常不能为他国理解的原因之一。

在他人看来，这是拒绝反省，回避、抵赖、推卸责任。

联系日本自创的关于水的第二句熟语"鱼心あれば水心"，只要你捧出"鱼心"，我就会报之"水心"，一好换一好。不，以好换更好。正如中国的《诗经》咏叹的："投我以木桃，报之以琼瑶。"

千万不要把它理解为赤裸裸的交易，还是《诗经》说得好："匪报也，永以为好也。"

2018 年 6 月 3—15 日

东京塔

一九八五年

它是一座橙黄与乳白相间的棱锥体，耸立在夜空，昂首眺望世界；我也昂首眺望着它。

它建成于一九五八年，以当时世界第一高塔巴黎艾菲尔铁塔为范本，高三百三十三米，超过前者十三米，荣登世界榜首。

通体用钢铁架构，其材料的三分之一，来自朝战时美军报废的坦克，不知这是化干戈为玉帛的象征，还是暗含着某种程度的示威？

大楼一层入口处右侧，矗立着一组南极桦太犬群像雕塑。

一九五六年，日本南极观测队首次出征，征用了二十三只桦太犬拉雪橇。一九五八年二月撤离，出于人类自身安全方便的自私，遗弃了其中的十五只犬。

毕竟它们是兽，谈不上人道不人道。

一年后的一九五九年一月十四，观测队再次前往南极基地，发现有两只狗仍然活着。

大惊讶，大震动。

谁能想象它俩这一年是怎么过来的？谁能读得懂它俩目光中的狂喜与悲叹？

队员们热泪盈眶，命名两只幸存犬为太郎和次郎。

就是我们中国人口中的老大与老二。

它俩是踩着十三只同伴的绝望生存下来的——我只能如是表述。

而后，我上了最高层的瞭望台。

东京在脚下，用毛泽东的诗来形容，"火树银花不夜天"。街道，如五彩斑斓的河流，车辆远去，尾灯流泻的是金水，车辆迎面而来，前灯射出的是银波。两侧林立的大厦，也是灯火通明，难道这时候还都在加班？有，但不全是。陪同的木场先生说，政府有要求，临街的建筑，人下班了，灯也得开着，这叫亮化工程，显示城市的实力、魅力。二十世纪八十年代，正是日本经济发展的巅峰，传言用东京都的房价，可以买下整个美利坚。日本人的心花也像灯花一样怒放。

我默然不语。我承认，与东京相比，北京的夜晚只是乡村。照明仅以照清道路为目的，我们的口号中包括"节约每一度电"。

陪同的木场先生说："欢迎您经常来，东京每一年都有大的变化。"

我想的却是，我将告别日本事务，国内正在搞改革开放，我对国内的兴趣大于国际。

二〇一八年

三十三年后，我重来东京塔。

门口，那组南极桦太犬群像雕塑被移走了，给出的说法是，为了铁塔周围的绿化。

我不觉得这是充足的理由。它的存在，其冲击力，其震撼力，远远大于绿化。

只是，十三只死亡，两只存活，那岂不是把所谓的人道碾碎了给人看！

或者说，十三只都死了，而两只居然存活，那又岂不是将所谓的狗道撕破了给人看！

有些人的自卫，最好不要给狗看。

有些狗的自卫，也最好不要给人看。

经济泡沫破灭之后的国民，与其说已失去当年的大气与豪气，不如说更加成熟、通达、理智。

这一次，也是晚上，我登上中腰的瞭望台。

"火树银花"仍在，只是不复当年的煊赫。街道，车辆仍然如流，明显时断时续。两侧的大厦倒是又冒出不少，东京都的建设没有止步，"亮化"似乎不再提倡，阴影多于光明。

东北方向，耸起了更高的"东京晴空塔"，高六百三十四米，取替跌出世界前十的东京塔，又再次跃居世界第一。

人类是一种好攀高的动物，这种竞争恐怕永无止境。

高就是好？

那为什么又说"高处不胜寒"？

为什么又说"爬得高，跌得重"？

我看了东侧、北侧、西侧，那些明暗相间的地段，往往是庭园，日式美学讲究阴翳，还是低调一点好。

成熟的标志之一就是低调，城市的装饰如此，国家何尝不如此。

南侧，即朝向东京湾的那一面，完全被遮挡。为了迎接二〇二〇东京奥运会，东京塔开始进入局部大修。

遗憾，今晚不能看到彩虹大桥和自由女神像。

彩虹大桥，看不到也就算了，国内的不比它差。自由女神像，版权属于法国。美国的那一座，就是法国赠送的，落脚在纽约自由岛。东京湾，这是第三座。

二十世纪末，日本迎来"法国年"。以示友好，特意向人家借来了自由女神像。展览结束，原物奉还。谁知日本民众爱上了自由女神，让政府和法国协商，照原样复制一座，搁在了东京湾的台场。

这一座自由女神像，在我眼里，胜过一切炫高炫富的地标。

我想象夏目漱石拒绝文部大臣颁发文学博士学位时的那份傲然。

我想象大江健三郎拒领天皇授予的文化勋章时的那种伟岸。

我想象，有朝一日，我会再次登临东京塔，为的就是从这角度，眺望人工岛上的自由女神像，以及她手中高擎的那支火炬。

东京的最后一晚

去赤坂三丁目会见冲绳来的西铭先生。

返回饭店，忙着整理笔记。

眨眼到了十一点半，是休息的时候了，想到这是东京的最后一晚，明天就要离开，又有点依依不舍。

拉开窗帘，遥望远方夜空中的东京塔。

它的光芒是橙色的——这也有讲究，夏季尚白，因为天热，白色看上去凉爽；其余三季尚橙，因为天凉，橙色给人贴心的温暖。

这是不起眼的细节，细枝末节。把每一个不起眼的细节都做到极致，整体自然就不同凡响——这就是"日本酷"。

而如何把这"日本酷"光大发扬，推向世界，蔚为"酷日本"，则是当政者的文化战略——是谓之大节。

想起今日上午，老许的朋友李先生来，陪我们逛东京。

随便转，没有明确目标，对我来说，处处都是风景，都长见识。

转到一处街道，前面通向我驻日使馆，遥见一帮右翼分子集会，据说今天有我国政府代表团到访，他们在这儿举行例行的抗议。为什么说"例行"，李先生解释，他们这是上班，他们的工作就是干这个。

我们掉头回避，七转八转，转到皇居东御苑。

这是皇居内苑的一部分，对外开放。排队，每人在门口领一个牌子，免费参观。出来时，再将牌子交回。

东御苑很大，比我见过的所有日本庭园都大。它分为本丸、二之丸和三之丸，也就是三道防御阵线。经过一处细砂铺成的广场，然后是凸显皇家气派的阔大草坪，周围有一些树，无花，花已谢。草坪尽头有一处石头砌成的高台，据说原来是天守阁，五层，高达六十米，被江户初期的明历大火烧毁了，鉴于国家统一、社会稳定，天守阁已失去了它在军事上、居住上的重大意义，仅仅修复了楼基，再也没有往上建。如今，楼基成了观景台。我走得腿软（踩在草坪上很不得劲），索性一屁股坐在草地上，请老许帮忙拍照，也算是到此一游。

中午，去银座找饭店。嘿，这地方还真不好找，今天是周日，游客多，家家门口排长队。

所谓银座，就是从前铸造银币的地方。这附近也有金座，就是铸造金币的地方。银座现在成了繁华大街的代名词，据统计日本各地共有四百五十座××银座。金座呢，只剩下一块纪念碑，立在日本银行总部大楼的门前。金子比银子贵重，那是，但金少银多，质量败给了数量。

总算在一家地下餐厅找到了空位。

餐后继续转，又经过上午堵塞的那条街，这时通畅了，抗议的人群，已经星散。李先生说，他们下班，回去吃饭了。

这也是谋生一术。

傍晚回到新大谷饭店，见门外有警察站岗，用绳索拉起了防线，估计也是有示威的人群来过。

李先生说，今天咱们没去国会，下次有时间你到那儿看看，这种抗议性的集会，几乎每天都有。

回到房间，查手机新闻，查到一条国内多家媒体发出的快讯，报道的是昨天的活动：约三万名日本民众在位于东京的国会前举行大规模集会，对近期日本政府被曝光的多项丑闻提出抗议，要求首相安倍晋三及其内阁集体辞职。

突然，东京塔，那在暗夜中输送温暖光波的发射台（千真万确承担着若干电视台、电台的无线电波发送），倏地收敛光芒，变成一柱若有若无的淡影。

看表，正值零点。

与时俱进，日本已不再提倡彻夜的"亮化"，零点，是它熄灯的时间。

除去经济的低迷，二〇一一年三月十一日福岛核电站泄漏事故，也给予日本电力系统一个猝不及防的打击。

影响仍在继续。

那日游京都，在鸭川岸边，我们遇到几位高举反核大旗的市民，问他们反对什么核，答说反对重启核电机组运行。

原来，福岛核事故后，全日本所有的核电机组停运，接受安全检查。近年，已有几台核电机组陆续被重启，他们今天的活动，就是对此表示抗议。

一朝被蛇咬，十年怕井绳——民众对核电站是不放心的。

这不仅是日本，也是一个世界性的课题。

…………

我打了一个呵欠，既然东京塔已进入休眠状态，我也没必要再对着她的背影发呆——她？你问，她是谁？当然是东京塔啦。从前看杉本秀太郎的随笔，他把清水寺的三重塔比作女性，大为诧异。后来琢磨出，既然日本的富士山神是女性，连太阳神都是女性（这一点和德国相同），宝塔为何不能用她！——这也是日本特色啦。再见，亭亭玉立、国色天香的东京塔，祝你今晚也能有一个香甜的好梦！

2018 年 6 月 12 日

东京夜话

上帝的韬略

天使给中国人送上一座宇宙时钟，被拒，因为"送钟"谐音"送终"，不吉利。

天使给日本人送上九架飞碟，同样被拒，因为按日文发音，"送九"相当于"送苦"。

上帝吩咐：倒过来，给日本人送钟，钟在日本叫时计，与登庆、登惠谐音，他们受用；给中国人送九架飞碟，九在中文是大数，他们向往九鼎大吕、九天揽月、九五之尊。

天使想，不愧是上帝，精通语言的糊弄。

直指人心

东京有若干摩天大楼，上面都有个大大的 M 形标志。

同伴告诉我，那是森大厦株式会社的作品，森读もり，罗马音写作 mo ri，取它的第一个字母 m。

在日本的神道信仰中，森林是神祇居住的地方——这样一来，住在"森之大楼"里的人，也自觉日日与神祇为伴。

难怪已故的森大厦株式会社董事长森稔先生说："商业和小说本质上是一样的，都需要想象力，而且直指人心。"

底气

二〇〇一年，日本推出第二个科学技术基本计划，明确提出：二十一世纪前五十年，要获得三十个诺贝尔奖。

从提出之日起，到刚刚过去的二〇一七年，撇开已经加入英籍的石黑一雄不算，日本平均每年有一人获得诺贝尔奖，距离当初的宏伟规划，已经实现过半。

我到神保町的三省堂书店寻找诺贝尔自然科学奖得主的资料，有是有，主要是获奖者本门专业的著述，而我所需要的自传、他传、奇闻逸事之类，近乎无。

日本的媒体也真是淡定得很。

广告关乎导向

翻开日本各大报的头版，其下方的广告版面，清一色登的都是书刊。

我不关心广告费的价码（应该比药品之类便宜吧），以及最后由谁买单，作者，抑或出版社。

我只想知道，对于作者，这意味着什么？

对于读者，这意味着什么？

对于国家，这又意味着什么？

向谁致歉

凌晨四点，因为设备检查，网络中断一分钟。

酒店随即贴出告示，为对客人造成的不便郑重致歉。

凌晨四点，不正是睡觉的时段嘛，估计那时候不会有人上网。

相信更不会有人投诉。

那么，酒店是在向谁致歉？

现代化的反讽

日本人视富士山为神山，咸以在当地能观测到她为荣。

以东京为例，冠以"富士见×"的地名就有七十一处，其中，冠以"富士见坂"的为十八处。

而在这十八处坂（坡道）中，友人告诉我，由于高楼大厦的崛起，遮蔽了远望的视线，现在真正能看到富士山的富士见坂，只有一处，在日暮里。

是日，我迫不及待地跑去日暮里富士见坂，纵目，向富士山的方向远眺——唉，除了钢筋水泥的高楼，还是钢筋水泥的高楼！正是：日暮富士何处见，高楼障目使人愁。

至此，东京所有的富士见坂，都成了实实在在的反讽。

只有日本人才干得出

"东京都武藏野市有个成蹊学园，从一九六三年开始，有专门人员每天观

察富士山。他们得出的结论是：到二〇〇八年为止，东京都年平均有七十一天能看到富士山。"（引自姜建强专栏）

在长达四十五年的时间里，每天就干一件事，看能不能看到富士山。

这恐怕只有日本人才干得出。

名不副实

无缘坂，一边是上野公园的不忍池，一边是东京大学。

本身就是有缘之确证，何况到这儿来的又都是有缘之人——孰谓名不副实，莫此为甚。

有惊无险的另一面

一、规则就是铁律，桃田贤斗违纪，被处以"无限期禁赛"，挥泪也得斩马谡——为日本羽协赞！

二、"无限期禁赛"就是炼狱，桃田贤斗能从炼狱里一层一级爬出来，而且更加冷静沉勇、飘逸凌厉，正应了"大难不死，必有后福"——由不得也要为浪子回头涅槃重生的桃田贤斗一赞！

三、成语"有惊无险"，央视体育解说员常把它和"失而复得""劫后余生""涉险过关"等混用，谬矣！殊不知，有失就有险，有劫就有险，有险当然就不是虚惊。而且，在竞技体育中，铤而走险，履险犯难，出夷入险，乘高居险，不是贬义。雨果说得贴切："所谓活着的人，就是不断挑战的人，不断攀登命运险峰的人。"

言归正传。若问：桃田贤斗的"奇迹"能在吾国复制吗？答曰：难又不难。关键在于有没有执法如山的上者以及顿悟前非跌倒爬起化险为夷的勇者。

两"本"都重要

张本智和是中国培育的良种，落在了日本的土壤。

中国乒乓球队要想吃透张本智和的技战术并战而胜之，就得研究他赖以生与长的那两块土壤。

张本，日本，这两个"本"，一"本"都不能忽视。

无赖

"生而为人，我很抱歉！"

太宰治并没有抱歉，他是拍着胸脯说这话的。

所以他领军的文学流派，被称作无赖。

读"爆购日本"的微信有感

水往低处流，这是自然规律。

你不让它往低处流，有两种办法。

一、筑坝，拦住它。但坝再大，再高，蓄积到一定程度，也得开闸放水，否则，会溃堤。

二、提高你这边的水位，让己方变成上游。

前者，是治标；后者，才是治本。

当时只道是寻常

酒店双床间，床头灯各亮靠己的一侧，以免影响他人。房间物品，没有价目赔偿表，但有日文、英文、中文、韩文的说明，中文还分繁简两体。早餐，把倒扣在桌上的碗杯正过来，表示有人。桌旁置一金属网筐，供搁随身携带的提包之类物品。退房，没有查房这一说。地铁，也无须安检。买书，店员主动给包封皮，末了，双手紧握胸前，鞠躬如仪。雨天，商场门口为顾客提供一次性雨伞套。随处的自来水，捧起来就可以喝。用手机扫描食品外包装上的 QR 码，有关食品生产者、农药与肥料使用以及烹调方法等信息，一目了然。易拉罐盖上刻有盲文。购物赠送的塑料袋，洁白，细腻，用完舍不得扔。东京市政府食堂，向民众开放。学校散学，一位小学生走出校门，回头，向校园深深鞠了一躬。

向厕所致敬

往事重提：二〇一一年九月二十九日，琦玉县坂户市一位匿名人士在公共厕所留下一千万日元现金，捐给福岛等县地震受害者。

同年十月二十八日，青森县八户市又有一位匿名人士在政府大楼公厕内留下四千万日元现金，捐给福岛等县地震受害者。

国人感慨的是：巨额现金捐赠，而且匿名。

我感慨的是厕所。

厕所，乃排污泄秽之地，在这儿竟摇身一变为圣坛，除了清洁得令人目眩，甚至令人自惭形秽之外，还兼具两大特殊功能：一、确保捐款安全送达被救济者的手里（绝不会遭如厕者或清洁工贪污）；二、确保捐赠者的信息不被泄露（绝无偷偷安装摄像头之类糗事）。

正是这两大"确保"，让我对彼邦不登"大雅之堂"的厕所油然而生敬意。

日本人的有神论

日本有八百万神，造成神无处不在。在家，宅有宅神，床有床神，厨有厨神，厕有厕神，食有食神；出门，门有门神，庭有庭神，园有园神，花有花神，树有树神，水有水神，田有田神，町有町神；远望，森林有林神，山脉有山神；仰头，天有天神；俯视，地有地神；四顾，他人是神；内视，神在心中；张口说话，连语言也附有神灵。

中国人讲"举头三尺有神明"，倡导"人在做，天在看"的敬畏之心。而日本人一举手、一投足似乎都有神明附体——可悲的是，做好事时是这样，做坏事时也是这样。

神，其实是人性的投影。

村上春树还欠一个"不爱"

村上春树说过三个"不爱"：

一、不爱看三岛由纪夫。不喜欢他的小说，作为读者没有完整读过一本。不喜欢他的世界观和政治思想！

二、不爱拿日本文化说事儿。我的语言无所谓日语多么美，因为它只是小说家的一个工具，非常纯粹，而且非常有效，所以我只想用它写我的故事而已，别无他求！我离开过日本很多年，因为觉得没必要逗留，不跟别人搞社交，也不属于日本文学当中的任何一个流派。

三、不爱到公共场合露面。我很直率，想过安静的生活，唯独写小说的时候觉得自己是个特别的存在，但不写小说的时候，只是一个普通人，所以我不上媒体，包括电视和电台在内。不过，到了国外，我毕竟是个日本作家，所以觉得有义务发言，最低程度地代表国家，而且不同文化之间的交流很重要。（引自毛丹青博客）

村上春树还欠大声说出一个"不爱"：不爱诺贝尔文学奖。万一哪天落到我的头上，那也只是诺贝尔文学奖爱我。

某种人物的宿命

金枪鱼是日本人的酷爱。

每当见到金枪鱼，就会想起某种英雄人物的宿命，一辈子都在高速进击、搏斗、旋转，一旦停止，就意味着生命落幕。

教育的最高境界

渡边："想起高中打棒球的日子……甲子园那场比赛对我来说，完全是对青春的棒喝，不仅仅对我，对我们球队所有的队员都一样，大家以为自己有多强大，结果一上场竟然被对方打得落花流水，满地找牙。最后，我们都哭了，一边哭，一边用装球鞋的袋子装满了甲子园的土，各自带回了家。"

毛丹青："甲子园的土一直存在你德岛的老家吗？"

渡边："是的。我当时就想过有朝一日回老家时再用它。"

毛丹青："用土？"

"对。"

"怎么用呢？"

"我家是种稻米的，所以在播种时，我把甲子园的土分出均等的分量，虽然只是一点点，但每块田，我都会放进去。"

"这是为什么呢？"

"入魂。"

我是宫崎骏的粉丝

"内心强大，才能道歉，但必须更强大，才能原谅。"

我不是宫崎骏动画的粉丝。

但我是他这句话的粉丝。

北野武没有指出的

"打败对手最妙的法宝，就是毫无意义地一个劲儿地猛夸他。"北野武说。

那么，打败自己呢？

弘兼宪史有所不知

漫画家弘兼宪史说："日本人是'饭团志向'，就像一个结实的饭团一样，有很强的黏着性，属于集团主义；中国人是'炒饭志向'，如同一盘炒饭一样，一粒一粒地决不黏在一起，粒粒'炒饭'都强调自己的个性，属于个人主义。"

此说，在日本公务员中大有市场。

弘兼宪史有所不知，饭团，取决于捏者的意志，炒饭，取决于炒者的意志。能把每一粒都个性十足的米粒炒成一盘上佳的"扬州炒饭"，那是远比捏饭团更高级的行为艺术。

商人性格不是贬义

"日本人是匠人气质，中国人是商人性格。"这是已故旅日华人邱永汉老先生提出的。

有人据此撰文，称赞日本人的匠人气质，如祖祖辈辈就生产一碗拉面、把一颗螺丝钉做到极致等。

这种认真精神确实是好，也是一种成功之道。

紧接着，把中国人的商人性格概括为：以最低的成本，获得最大的利益，并且把它与投机取巧、钻空子挂钩。

原则上讲，也是对的。只是仅仅讲投机取巧、钻空子的负面例子，就失之偏颇。须知，商人性格本身既包括匠人气质，又包括更高层面的全局观念和创新思维。

真实的力量

"日本失去的二十年！"没有哪个二十年是白白失去的，破灭有破灭的补偿，转型有转型的积累，升级有升级的内功。

"沉默的日本，强大到令人害怕！"日本何曾沉默？强大与否，在于一个民族的整体素质。令人害怕，令谁害怕？若是从人类命运共同体的角度，莫如说强大到令人尊重，尊重他人即是尊重自己。若是从"落后就要挨打"的角度，莫如说强大到令人枕戈待旦，唾弃自吹自擂，夜郎自大。

品牌的心理暗示

松下电器远征欧美，打出的品牌是 National，英文的含义是国家。

National 出师不利，迟迟打不开局面。

调研得知，欧美人当然爱他们的国家，但他们不能接受把"国家"符号变成随意使用的商品，更不赞成让"国家"意志破门而入，侵占私人空间。

拒绝，是为了尊重，也是为了与庄严、神圣保持距离。

松下于是改派 Panasonic（完美的音乐）出征。

这下，攻城拔寨，势如破竹。

——谁能拒绝音乐的魅力，不，魔力呢？

气兮气兮奈若何

推陈出新，推的是传统，出的是新潮。这中间始于勃郁骚动达于喷薄激射的是主体者的气。气分高下、正邪、清浊、强弱、雅俗、馨秽，于艺术——譬如书法——暴露得最为彻底，纤毫毕现。

不可离根

日本的书法，是从中国的书法分出去的。你若着迷，无妨，尽可领略它节外生枝、枝上添叶之美、之魅。但不可离根，一离根，你就既不是节，也不是枝了。

隐忧

朋友的儿子的儿子，旅日第三代，还在上幼稚园。假期，父母带他归国。回来两次，第三次，他死命也不肯再回。

他说："野蛮！脏！"

孩子，你还太小，你说的，相信是实情，是你亲眼所见、亲身所历，但是，你还不懂什么是历史、什么是文化。我就只告诉你一点，野蛮是分层次、阶段的，脏也是分层次、阶段的。我希望你有一天能明白什么是真正的野蛮，什么是真正的脏。

不搭界——搭界

亲戚的孩子准备报考公务员，在微信上征求我的意见。

我：公务员一词，是日本人发明的，我现在告诉你这个事实，你还考不考呢？

他：不搭界的呀，当然考。

我：既然你知道了公务员一词是日本人发明的，还要坚持报考公务员，那么，这算是爱国还是不爱国呢？

他：爷爷，您怎么啦？讲的都是莫名其妙的话？

我：你不是征求我的意见嘛。有你这份清醒就行。我支持你报考公务员。

有待定义

中美关系像什么？

有人说"夫妻"。

但愿如此。未必如此。

中日关系像什么？

有人说"兄弟"。

但愿如此。未必如此。

在人类命运共同体和单纯国家、民族本位的巨大落差下，我认为，最靠谱的说法是：有待定义的风格鲜明而个性各异的同类。

谩骂的病根

打开网络，在中日民间层面，有一股浊流，就是互相谩骂。

中国人的谩骂，泄的是旧恨，骂日本鬼子至今死不认罪，禽兽不如；骂中国游客赴日观光、购物，是仇将恩报、不折不扣的汉奸。

日本人的谩骂，摆出的是极右的不共戴天的姿态，一边藐视中国，一边又戒惧崛起的中国的威胁。

谩骂是一种顽症，病根在于眼睛长错了位置。

不圆

美丽与暧昧相左——美丽是川端康成的定义，暧昧是大江健三郎的论断。定义美丽的选择自杀，终究谈不上美；论断暧昧的走向博爱，毕竟不含糊。国土玲珑而又清爽，美的因子无处不在。官员自律而又出轨，要说不暧昧还真不容易。民风淳朴而又多疑，礼貌周全而又烦琐，格物较真而又拘谨，待人殷勤而又冷淡。心胸嘛，不好说——就差这一点点，故而始终画不成圆。

过犹不及

日人喜禅，茶道、花道、剑道、俳句、枯山水，乃至武士道，无不由微入胜、因小及大，在日常的极致中见道。

过度的极致犹如一叶障目，使他们每每陷在螺丝壳里出不来。于是，我们看到的日本人是这样的：当他们埋头干活，个个都是顶呱呱；当他们抬头看路，却常常歧路亡羊，眼花落井。

过度的严谨、精细也是一种癖，过犹不及地拒绝了恢弘壮丽、雍容厚重、洒脱浪漫、大气磅礴、大开大阖。

小巫大巫

日谚云："不登一次富士山，是傻瓜；登两次富士山，也是傻瓜。"

移到西邻则为："不登一次珠峰谈不上遗憾，登两次珠峰是顶天立地的大英雄。"

差别在于：一者为小巫，一者为大巫。

螺丝钉和螺丝帽

我曾在青岛贝壳博物馆看到两只螺壳标本，一只产于日本海，一只产于南洋，一只像螺丝钉，一只像螺丝帽，两者组合在一起，严丝合缝，亲密无间，正好。

从综合素质的角度看，中国和日本，正如螺丝钉和螺丝帽（倒过来说也一样），倘若能紧密地组合在一起，小而言之，对东亚，大而言之，对世界，未尝不是一种超稳定的支撑。

长富会

北京有一个研究日本问题的长富会，长富会有一个策划，就是中日各自组织一个团队，涵括记者、作家、研究员、摄影师等等，然后互访，你看我的优点，我看你的优点，以取长补短，比学赶超，择善而从——此策划甚妙，大妙！

推进必然有难度。我满怀热望期待，期待双方政府和民间的共识。

没有除非

这是一个不同的种族，你不能要求她长得和你一样，她也不能要求你长得和她一样。

正如这儿的风，即使从别处刮来，到了这儿，也只能是当地的风。

正如这儿的太阳，纵然高高在上一视同仁地普照各地，但此时此刻，只能是这儿头顶上的太阳。

除非……

没有除非。

2018 年 4 月 15 日起草，6 月 22 日定稿

我想借他俩的眼睛看世界

一篇博文，叙说日本前首相村山富市的桑榆晚景，在吾邦网络掀起轩然的大波。那是二〇一二年八月，作者是旅日媒体人徐静波：

电话打过去，是村山先生亲自接的，一听说我去看他，很是高兴，约好第二天上午在他家见面。

村山富市是一九九四年当选为日本第八十一代内阁总理大臣（首相）的，随后发表了著名的"村山谈话"，首次代表政府承认日本对中国的侵略战争（应该是继细川护熙首相之后——笔者）。村山先生卸任日本首相后，不久就回到了自己的家乡——大分县大分市，日本九州地区一个滨海的城市，过起了退休生活。

第二天一早，我开车从九重町出发，车开到村山先生的家门口，没有想到，刚好遇到老先生骑了自行车从家里出来。还是我手脚麻利，掏出相机连拍数张，记录了一位日本前首相骑自行车外出的罕见镜头。

老先生见我们到来，忙下车。我问他骑车去哪里，他说："家内（妻子）一直腰疼，我去超市买点菜。"

喔，您是日本前首相啊，况且已经八十八岁了，还亲自骑着自行车跑超市啊！

　　老先生请我们进屋。屋子与两年前我第一次来看望他时的情景没有什么变化。门口依然整洁,屋内依然狭小。村山先生说,这房子是明治时代的建筑,已经有一百三十年了。一九四五年时,美军轰炸大分市,这一带的房子都被毁了,就剩下这一栋房子还在,"这是一栋幸运的房子,于是就把它买下来了",村山先生说。进了屋,村山夫人在家,曾经的"日本第一夫人",是一个很典型很慈善的老太太,又是端茶,又是拿出豆馅饼,躬着背,腰显然很疼,看了直想流眼泪。

　　前首相的家,没有一般人想象的前呼后拥。村山先生的家里,居然没有警卫,没有秘书,也没有佣人,只有这对年近九十岁的老夫妻,平静得和一般的城市平民没有什么两样。

　　老先生早上五时起床,一个人健步快走到附近的一处公园,和一些市民老伙伴做体操,聊天。每天坚持两小时,以此成为他健康的源泉。

　　我突然想起一个问题:"日本首相退休后,都享受什么待遇?"

　　村山先生听了直摇头:"什么都没有!"

　　美国总统退休后,政府还拨一笔钱给建个图书馆。日本首相退休后,政府既没有特别的补助金,也没有什么安家费,连书报费和交通费都没有。生病就是一般的国民健康保险,自己承担三分之一,当然没有前国家领导人的"高干待遇"。所有的生活,就靠几十万日元的议员养老金。

　　我到访之前,村山先生因为白内障,去医院动手术。医生问他"是要选择看远的,还是看近的?"村山先生想想,平时还要骑车上超市买菜,就选择看远的吧。医生又告诉他一句话:"还有一种手术,既可以看近,又可以看远,但是需要一百万日元,而且不在医疗保险范围。"村山先生听了直摇头,他不舍得那一百万日元。

临近中午时分，村山夫人张罗着要做饭，我是一定要请他们去外面吃饭。最后村山先生自己打电话到一家经常去的寿司店，订好了座位，还叫了出租车。

出租车到家门口时，我问司机："认不认识这位老先生？"司机说：大分县的人都认识他，他是大分县的宝贝。

走进寿司店，最里面的一间，是村山前首相最常坐的地方。很小的空间，坐下我们四个人，就已经很挤。老板娘说，村山先生从当议员时代开始，就来店里吃饭。他不用说，我们都知道他想吃什么。怪不得村山先生外出不需要保镖，与市民与邻居之间的鱼水之情，就是对他最好的保护。

分别时，村山先生跟我说了一句话："还让你付了寿司钱，家内说我了。真是对不住！"说得我眼泪直打滚。老先生，多保重！

徐静波一九九二年赴扶桑留学，二〇〇〇年创中文网站"日本新闻网"，任亚洲通讯社社长，是新一代的东瀛通。新闻应时代之节拍而律动，徐氏博文撩拨的是吾国人的心弦，从网上连篇累牍"看了直想流眼泪""眼泪直打滚"的跟帖看，端的是"一石激起千层浪"。

徐氏之后，二〇一四年，旅日作家唐辛子（女）也把笔触伸向了前首相。

唐辛子剖析，日本首相下野，大体分两拨。一、卸任不卸政，继续在宦海里扑腾。举其典型，若现任首相安倍晋三。二〇〇六年九月至二〇〇七年九月，安倍当过第九十任首相，而后因病辞职，时隔五载东山再起，于二〇一二年岁尾，当选第九十六任首相。二、彻底离开官场，不问政事。举其代表，若细川护熙：

细川护熙在一九九三年八月九日至一九九四年四月二十八日担任过二百六十三天首相。在六十岁那年退出政界之后，隐居于神奈川县汤河原的山居"不东庵"之中，与自然为伍，同寂寞做伴。白天去田野里锄草种地，晚上则阅读写作——过着晴耕雨读的田园生活。日常生活中，除了读书之外，细川不看报纸，也不看电视，甚至连国外元首到访日本，邀请前首相们参加欢迎宴会时，细川也从不出席，而是独自在家自己给自己烧饭。

八年前，细川偶然去参观了好友办的陶艺个人展，由此对陶艺产生了兴趣，于是在汤河原的山居之中，开辟了一间制陶专用的陶艺工房，从此埋头陶艺制作。为提高技艺，细川还特意拜奈良的陶艺家辻村史朗为师，成为辻村史朗的得意弟子。如今，细川除已有《晴耕雨读》《胸中山水》《不东庵日常》等一系列随笔集出版外，还成为"大器晚成"的陶艺家，不仅拥有自己的陶艺粉丝团，甚至还受到比自己小十来岁的陶艺导师辻村史朗的夸奖："这大爷，脑子还蛮灵的！"

唐辛子吸的也是中国人的"火眼金睛"。读者追求新鲜、猎奇，惊喜都是出于意外，上述两位主人公的淡泊、寡欲，在惊讶的瞳仁下一格又一格地放大。可以用来攻错的"他山之石"，本身就是无瑕的美玉，至少是云纹斑驳的大理石。

徐、唐二位的大作，俱已风行于世，我这是炒冷饭。但我不想就此撂下"炒勺"，我想做的是：借用他俩——不是作者，是两位主人公——的眼睛看世界。

村山富市（1924年出生）乃渔民之子，崛起于老家大分县，跻身于社会党，在官僚世家、名门望族一统天下的东洋政坛，是少有的异端。

村山富市坚持"杖莫如信"（杖通仗，仗恃，依赖）的信念，一路行来，踏踏实实而又磕磕绊绊，坚守原则而又屡屡沦为"风见鸡"（墙头草——笔者）。哈，就这样，这样就好，政坛刀光剑影，兵不厌诈，老实乃无用的别名。事实是，雄辩是，一九九四年六月，他终于坐上了首相的宝座。

村山富市接过的是自民党羽田孜的权杖，羽田内阁仅仅维系了六十四天，可见这是高风险高难度的绝活，现在轮到他来品尝"高处不胜寒"了。

一九九五年一月十七日，凌晨五点，阪神大地震掀天揭地而来。这是岛国一九二三年关东大地震以降，最为嚣张惨烈的一劫。媒体报道，震区与外界的通信联络全部切断，信息在途中蹉跎了两个小时，才辗转到达村山首相的官邸。也有报道说，六点，村山首相从 NHK 新闻获悉神户地震，只是一个简讯，未涉具体灾情，他麻痹了，他大意了，以为只是司空见惯的摇摇晃晃——日本处于环太平洋地震带，地壳哪天不例行功课地打打哈欠、伸伸懒腰——看罢新闻，又返回寝室补觉（政治家总是睡眠不足的）。直到七点，秘书处送来紧急报告，具体灾情呢，破坏烈度呢，依然语焉不详。日本人没有数字就没有感觉，村山富市的神经始终没有绷紧。

十点，内阁举行例会，村山富市轻描淡写地提到了神户地震，并指派国土厅长前往察看——焉知此时此刻，神户部分地段已葬入熊熊火海！

更要命的是，规章制度不给力，三天之后，养兵千日、用兵一时的自卫队，以及急待支援的大型赈灾设备，才通过曲里拐弯的层层审批，投入救灾现场。

面对铺天盖地的责难，村山首相表现出一脸无辜："怎么着也算初次应对这种（突发）状况吧。"

荒腔走板，一误再误。

正应了一句日本谚语：月亮上的黑斑比月光更醒目。

甭管以往做了多少好事，一个救灾不力，顿使前功尽弃。

村山内阁就此沦为风雨飘摇。

"屋漏偏逢连夜雨，船破又遇顶头风。"是年三月二十日，东京地铁发生震惊世界的沙林毒气事件，直觉阪神的噩梦卷土重来。五月和七月，村山掌舵的社会党，又在地方选举与参议院选举中双双败北。

人说"沧海横流，方显英雄本色"，渔家子弟出身的村山"船长"，对此当体悟深刻。他处危不乱，引领内阁"水手"，绕过一处处险滩，穿越一道道激流。是年八月十五，值中国抗日战争和世界反法西斯战争胜利五十周年，他顶着日本右翼如山的压力，于访华途中，发表了著名的"村山谈话"。

村山首相说：

值上次大战结束五十年之际，回顾在战争中遇难的国内外人民，不禁百感交集。

战败后，日本从被焚为废墟的困境起步，克服千艰万苦，缔造起今天的和平与繁荣。这是我们的自豪。对此，我谨向在复苏大业中倾注了个人才智，并作出持久努力的每一位国民，表示由衷的敬意。对于美国及其他国家，迄今为止给予的援助与协力，再次表示深深的感谢。另外，我国同亚太近邻各国，美国，以及欧洲诸国，缔结起像今日这般友好的关系，我为此感到发自内心的喜悦。

今天，当日本一跃为和平、富裕之国，人们常常会忘却这和平之珍贵与来之不易。我们必须把战争的残酷告诉年轻一代，以免重蹈过去的覆辙。有一点是需要特别强调的，为巩固亚太地区乃至世界和平，我们尤其要同近邻各国人民携起手来，加深相互理解与信赖。日本政府基于上述友好精神，正以下列两项工作为核心，即加强同亚洲邻国近现代史相关问题的研究，以及加速扩大同该地区各国间的交流。同时，我在此诚恳地表示，将继续致力于我国政府正在着手解决的战后处理问题，以进一步加强我国和相关国家之间的信赖。

值此战后五十周年，我们应该认真回顾既往，牢记历史教训，放眼未来，切莫贻误人类社会走向和平繁荣的道路。

我国在不久之前，错误制定国策，走上战争的道路，陷国民于生死存亡的危机，鉴于殖民统治和侵略战争，给许多国家，尤其是亚洲各国人民带来了巨大的损害和灾难。为了牢记前车之鉴，对这段确凿无疑的历史，我坦然承担，并再次表示深刻的反省和真心诚意的道歉。同时向在这段历史中所有的国内外遇难者，表示沉痛的哀悼。

战败后五十周年的今天，我国应立足于深刻的反省，排除以自我为中心的国家主义，以作为负责任的国际社会的一员，致力于促进国际协调，努力推广和平的理念和民主主义。与此同时，作为唯一遭原子弹袭击的受害国，我国要把彻底销毁核武器、强化核不扩散体制、积极推进国际裁军等，作为今后的头等大事。我相信只有这样，才能抵偿过去的失误，也才能安慰各方的亡灵。

有句话叫"杖莫如信"。在这值得纪念的时刻，我谨向国内外表明我的誓言：信义，乃是我施政的根本。

稍后，答《人民日报》记者问，村山富市诚恳表示："我国既往的殖民侵略，给中国人民造成了巨大损害和痛苦，在此谨表深刻的反省和真心诚意的道歉！"

在村山首相之前，仅新党的细川护熙首相，向世界明确表示过"深切的反省与歉意"。

村山富市的谈话精神，为而后的日本历届政府所沿袭。

一九九六年一月，村山富市卸任，满打满算，他在首相位置上干了五百六十一天。

为什么要特别指出五百六十一天？

这与他的退休待遇有关。日本《特别公务员工资法》规定：首相在任上，享受种种特殊待遇，当其卸任，特权一笔勾销，还原为普通国民。至于退休待遇，和在职时间长短挂钩。有资料说，在任不足半年，无退休金；在任五年以内，享受在职薪俸的百分之六十；超过五年，享受在职薪俸的百分之七十五。

村山富市在职五百六十一天，归入半年以上、五年以下这一档。规则面前，人人平等，应该是多少，就是多少。加之，村山离开首相岗位之后，又辞去了国会议员的职务，完完全全成了一介平民。他的退休金，应该也包括议员的一部分吧。村山老爷子告老还乡，退居林下，与民众一起晨练，骑自行车上街购物，夫人亲自下厨，待客上小饭馆，治疗白内障选择便宜的晶体……很草莽，很布衣，很接地气，其乐也融融，其情也泄泄，谈不上委屈，更无落魄潦倒。你的同情是因为你自觉站在高地，实际呢，你是身处低洼向高里望，我真想借村山老爷子的眼睛一窥他的内心世界。写到此处，恰好友人发来一帧照片：英国前首相卡梅伦在海边度假，光腿，赤脚，坐在人群中大嚼炸鱼和薯条，无人关注他，他也不用关注别人，悠然自得如羲皇上人。

细川护熙（1938年生出），论年龄，比村山富市小十四岁，论资历，却是早他两任的前辈。为什么出道这么早？要素之一，在于政治资源雄厚。往远里说，他是战国名将细川藤孝的后代、熊本藩肥后细川家直系第十八代传人；往近里讲，他的外祖父近卫文麿，任过三届日本首相。

一九九三年八月，细川护熙登上政治的金字塔尖。纵观他的历史功绩：一、打破自民党三十八年的独霸天下；二、开向国际社会，包括中国，道歉的先河。

细川护熙曾著有一部《掌权勿超十年》，此公深知权乃公器，不可久据。盖政坛光怪陆离，玄妙莫测。玩了，耍了，笑了，也哭了，遂成苦笑——他这位向以"堂堂正正"为座右铭的明白人，执政仅二百六十三天，一九九四年四月，便轮到上演最后一幕：辞职。

首相这担子确实不是好挑的。

交班后，细川护熙又恋了五年众议员的栈。花甲之年，大彻大悟，毅然斩去三千烦恼丝，挂冠而去。

细川护熙把家安在神奈川汤河原，那里有他外祖父留下的一栋别墅，重新收拾、改造一番，命名为"不东庵"，自取艺号为"不东"。何谓不东？字面的意思就是不再向东走，语出唐玄奘西天取经，不达目的绝不回头，为日本人的明志用语（心头闪过平安、镰仓时代的歌圣西行法师，不东，西行，或为同义语哉）。

且说这"不东庵"主，挂出一块招牌：晴耕雨读。这是效仿陶渊明了。门前辟一块空地，晴日自耕自种，自收自割。有清风拂面，有热汗洗尘，不亦乐乎。雨天，则闭户读书，写作。缘于世家子弟的书香熏陶，他对汉诗汉文情有独钟，著书立说也得心应手，迄今已有数种随笔出版。由读书、写作又扩展到书法，网上有他手书的我国唐代僧人寒山的诗："茅栋野人居，门前车马疏。林幽偏聚鸟，溪阔本藏鱼。山果携儿摘，皋田共妇锄。家中何所有，唯有一床书。"俊朗洒脱，清雄雅健，颇具大家风范。由书法又延伸到制陶，那是偶然的邂逅，爱上日本陶艺的古雅质朴，从此心心念念，一度变晴耕雨读为晴陶雨陶夜陶梦也陶，陶来陶去，积十余年"一日生涯"（细川语，谓把一天当一辈子过，或谓一生的切入点正在于一日），如今已登堂入室，俨然陶艺大家了。

这是一种生活趋向，也是一种生命姿态。非庵堂无以见性，非不东无以明志。这见性和明志，是以庞大的"根系"为后援的。出身渔民、家境清寒、才华单一而又年华老去的村山富市，即使想学，也学不来哦。

终归凡心未泯，二〇一四年，在卸任首相二十年之后，细川护熙为好友，也是前首相的小泉纯一郎说服，弃"不东"之志，重上"东山"，出马竞选"东京都知事"——媒体称之为"还俗"。结果出师不利，败给了前厚生劳动大臣舛添要一。没关系的啦，胜败乃政客的常事，面对媒体镜头，丢下几句支撑颜面的大话，然后，拍拍衣襟，抖落红尘中的灰土，重回他的"不东庵"，继续从前"园日涉以成趣，门虽设而常关"的清寂散淡。

这园门一关，忽忽又是四年。如今，细川老爷子已年交八十，用日本话说，是进入"伞寿"之期——支一把八十根骨架的花伞，读读书，写写随笔，玩玩陶艺。真的，从任何角度看过去，都挺美。

行笔至此，忽见媒体报道，二〇一八年六月二十六日，细川护熙向中国国家图书馆无偿捐赠三十六种四千一百七十五册珍贵汉籍。其中，包括中国失传已久的唐代政治文献选集《群书治要五十卷》。

这些汉籍均出自日本永青文库，由日本细川家族数代人收藏和传承。

本家散佚，东邻犹存。

失而复得，喜何如之。

幸亏有一衣带水。

幸亏仅仅是一衣带水。

2018 年 7 月 2 日

镰仓、鹄沼篇

菩萨是不用睡觉的

到镰仓，看的就是大佛。佛突兀而起，耸立半空，作跏趺坐，背景衬蓝天白云、青山绿水——青山，依偎于佛的身后，绿水，认真讲来，除了佛周围的溪流、池塘，还应包括佛面对的大海。从佛的高度，绝对可以目尽浩渺。海上舟子，更可遥瞻巨佛摩空。天海一色，四大皆空。佛相庄严，是尘世的坐标，心海的灯塔。韩国学者李御宁著《日本人的缩小意识》，把日本文化打包归纳为"微型化"，但他不得不承认，也有例外，如巨佛。首推奈良东大寺卢舍那佛青铜坐像，高达十六米，次为镰仓阿弥陀如来青铜坐像，高为十三米三五。大佛，是日本文化的极致，我想，拿到世界各国也属于极致——唯一例外的，就是不要同西邻中国比，李御宁说过，中国文化是扩大型的。地广，人多，心眼儿大，飞流可以直下三千尺，白发居然长达三千丈，雪花轻飘飘的就大如席。就佛像来说，无锡灵山大佛是站着的，通高八十八米。嘿，咱不同西邻比高，咱比谁资格老，行吧。镰仓大佛建造于一二五二年，而灵山大佛一九九七年才落成，两者相距七百多个春秋，这就是日本酷，这就是酷日本。

游客出了镰仓车站，脚步自动往这儿走，净土宗派的高德院，这是专业名词，也是历史名词，因为游客眼里并没有大殿，大殿被一次海啸冲毁了，唯有我佛岿然不动。不瞻仰大佛，你到镰仓来干什么？没瞻仰过大佛，你就等于没到过镰仓！游览指南上这么说，游客心里也这么说，空气里飘的也是这气氛。大佛微倾端坐，你合掌，瞑目，默祷。你不一定是佛教徒，但你心里必定有事，拿不定吃不准而又寤寐求之的事，乞求菩萨保佑。

这么高大的佛，起初是木雕，忽略了镰仓靠海，海上多台风。风是另一种神力，今人给台风命名，多取文雅、平和之意，如艾云尼、玛莉亚、云雀、珊珊、飞燕、蝴蝶、百合、天鹅等，实在是挂羊头卖狗肉，几近恶作剧。台风一来，摧枯拉朽，木造的镰仓大佛也被推倒了。于是改为铜铸，这是科技的进步，坚如磐石，稳若泰山。但大殿仍是木结构，前文说过，仍是逃不过飓风海啸的夹击。怎么办？不怎么办，咱干脆不要殿堂，让你摧无可摧。

大佛由是直面尘寰，与善男信女和光同尘。游客到此，莫不顶礼膜拜，嘴里念念有词，然后摄像，往大佛前一站，摆好姿势，摄菩萨的光。相信从今往后，大佛的光芒就一直笼罩着自己。

铜铸佛像，是中空的。后侧开一小门，收费入内参观。那费用是很低的，就算是捐作佛像的维修吧。只是，钻进大佛的肚子，总觉得有点不恭。好在我佛大肚能容，小子匆匆一入，旋即告退。

离开高德院，去寻作家文学馆。也是在小山前，也是面对大海。镰仓有很多作家的故居。换句话说，很多作家都选择在镰仓写作，如芥川龙之介、大佛次郎、小林秀雄、川端康成、三岛由纪夫。包括哲学家西田几多郎，他亦曾躲到镰仓来沉思。他经常散步的那条小路，也像京都一样，被称作"哲学之道"。想来，此地既有佛光普照，又有海波的涤荡，澡雪的不仅是肌肤，更有五脏六腑，人的思路一清纯，笔下自然也变得空灵。

想起大佛次郎，他出生在横滨，本名野尻清彦，别名安里礼次郎，又号八木春秋，只因后来移居镰仓，住所紧挨大佛，遂认佛为祖，取笔名大佛次郎。百度、搜狗俱认笔名为本名，大谬也。

大佛次郎当年的住所，听说已改为茶廊，倒是品茗的好去处。

午后两点半，到达预订的镰仓大船 Mets 酒店。前台说，要晚上八点才能入住，如果现在进房间，得补交一千日元。我想跟他们理论，因为在携程网下的订单，清清楚楚标着下午三点入住。转念一想，算了，权当是对酒店的布施吧。阿弥陀佛！我心即佛。

酒店照例要上网，这儿比较麻烦，按酒店提供的密码，在大堂上了，到房间又断了。召来服务员，告知另一个密码，结果，上是上去了，但聋子的耳朵，不顶用。让我联想起一种高明的策略，名义上承认，实际上不承认。怎么办？下楼，再找前台？得了，我提醒自己，从和歌山一路走来，这么多天，马不停蹄，人早累了，今天从早晨起，又是一刻没停地观光，脚酸腿软，头昏脑涨，我佛慈悲，他这是眷顾我，让我斩断尘念，抓紧休息。

沉沉一觉，一睡就是两个多小时，对我，实在难得。起床，下楼，再找前台，这回技师出面，终于解决问题。如此现代化的酒店，上一个网还要请教技师吗？大船啊大船，站在你的角度看不到大佛吗？呵呵。

出得宾馆，右侧是公交站，左侧是围墙，墙外是铁路，这是个喧闹的所在，但我刚才在房间，什么噪声也没听到，说明隔音效果还是很好的，感谢大船。

沿左侧的围墙往前走，不敢走远。铁路对面，半山腰，不，接近山顶的地方，坐落着观音大士像，呈纯白色，仰见，高出天表，叫斜阳一照，十分醒目。

拾级登上一处高台，遇一流浪汉，席地而坐，旁边搁着铺盖卷。我朝他笑笑，说："您这地方很好，抬头就看到观音菩萨。"

他说："菩萨比我辛苦，整天得坐着。我累了，倒头就睡。"

也是。也不是。菩萨是不用睡觉的哦。

2018 年 4 月 12 日速记，6 月 23 日修改

聂耳传奇的传奇

一

聂耳只活了二十三个春秋，比英年早逝的莫扎特还早逝十二年，比彗星一现的舒伯特还小八岁，天妒英才，韶华不为少年留。但是呢，如果让他在音乐和长寿中抉择，我想，他宁要这生如夏花之绚烂的短暂音乐年华，也不要那死如秋叶之静美的平庸长寿。

聂耳二十三岁孟春的仰天一啸，谱成后来成为中华人民共和国国歌的《义勇军进行曲》。

这是一奇。

聂耳将生命的句号，也是惊叹号，放在了大海，异域的海，弁才天女神（音乐艺术之神）守护的海，直通太平洋、黄海、东海、南海的海，波拥波浪撵浪地拍打着生他养他的那片热土的海——年华不与水俱逝，纵死犹闻鱼龙吟。

这是二奇。

一九五四年，在聂耳溺水身亡的神奈川县藤泽市，在有了那样一场侵略与反侵略激烈交锋的"二战"之后，在法理上还属于敌国的日本市民，却出于敬仰，付诸博爱，突破意识形态的壁垒，为聂耳在湘南海岸竖起一座凛凛的丰碑。

这是三奇。

二

二〇一八年四月十三日，我们一行三人，来到聂耳的殒命之地，藤泽市的湘南海岸。

是齐藤孝治先生的大著把我引来的。

事情可以追溯到一九九七年五月，在云南省玉溪市的聂耳老家，我与齐藤先生不期而遇。

齐藤先生正在写聂耳传，为搜罗素材，他和我同步跨进聂氏祖上的一所旧宅。

一个日本人，主动为我国的音乐家聂耳作传，主动为"起来！不愿做奴隶的人们！把我们的血肉筑成我们新的长城！"作文学领域的正声，这件事，令我怦然心动。

叩问之下，原来，齐藤先生一九三六年生于中国长春，日本战败前夕返归母国，一九五五年进入早稻田大学历史专业。是年岁尾，中国科学院院长郭沫若率团访日，在早稻田大学演讲《日中文化交流》。齐藤先生因为从小使用中文交流，攻读的又是历史，遂兴起关注郭氏早期旅日年间的作品之念，他向主讲中国文学的实藤惠秀教授讨教，后者给了他一册《聂耳纪念集》，内中收有郭氏当年的诗作《悼聂耳》。诗云：

> 雪莱昔溺死于南欧，
>
> 聂耳今溺死于东岛；
>
> 同一是民众的天才，
>
> 让我辈在天涯同悼！

大众都爱你的新声，

大众正赖你去唤醒；

问海神你如何不淑，

为我辈夺去了斯人！

聂耳啊，我们的乐手，

你永在大众中高奏；

我们在战取着明天，

作为你音乐的报酬！

实藤教授还给了齐藤一帧相片，为聂耳初到东京之际拍摄。画面中，四男一女，男士皆中国人，倚栏伫立于后，女士乃日本人，屈膝蹲于众前。右下角以毛笔斜书"一九三五、四、二八东京隅田公园"。边框外用中文标明"聂耳（左）在日本与张鹤（天虚）等人的合影"。

就是这帧相片，让齐藤先生把"聂耳传"一梦数十年。

三

一九九九年七月十七日，值聂耳逝世六十四周年，齐藤先生的大作《聂耳——闪光的生涯》在日本隆重推出，后援团体为"聂耳刊行会"。

稍后，我收到齐藤先生的赠书。

齐藤先生的聂耳传，就是以那帧日久泛黄的相片破题。他是在得到相片四十一年后，即一九九六年一月，才历经曲折，终于找到合影中唯一的日本女士渡部玳（音译）。

渡部女士是聂耳房东尾原先生的妻妹，小学老师，当时负责教聂耳日语。

"二战"末期，聂耳在东京暂居的那栋三层小楼，毁于美军地毯式的轰炸，片瓦寸木无存。房东尾原先生夫妇，在大轰炸前就搬回福岛县老家，且早已故去。渡部女士呢，在聂耳日记中被称作"渡边妙子"，不知是有意还是无意，反正是差之毫厘谬以千里，纵然警察厅出面恐怕也帮不上多少忙。但齐藤先生就有那份执拗、那份耐心，简直像从大海捞针一样，围绕着尾原家族的直系旁系亲属，亡故的和健在的，层层挖掘，步步跟进，硬是从茫茫人海，把高龄八十有四的渡部女士"捞"了出来；不是奇缘，胜似奇缘。

渡部女士告知：聂耳想在短期内掌握日语，我发现他的确有非凡的语言天赋，入耳不忘，一听就会。学了不久，我就给他朗读夏目漱石的作品，他也经常给我拉小提琴。

旁证：聂耳原定留日一年，并将它分成四个阶段的"三月计划"，第一阶段是闯过日语口语难关。据齐藤先生访录，仅仅一个月后，聂耳与照明师大坪重贵相识，后者回忆初次见面，说：你想知道聂耳当时的日语表达能力？我告诉你，他讲得很流利。

又据吴宝璋的《人民音乐家——聂耳》一书披露：六月，某次中国留学生聚会，聂耳出席演讲。因为有日本人士参加，所以配备了日语翻译。然而，聂耳说到一处，翻译竟翻不出来，倒是来东京仅仅两个月的聂耳，主动把它译成日语，听众无不拊掌称奇。

难怪中日两国的朋友都喜欢叫他"耳朵先生"，一是他姓聂名耳，按繁体汉字，是四只耳；二是他对音调和语言有超乎常人的特殊敏感。

音乐天才就是音乐天才。

聂耳日记显示，聂耳和渡部玳，两位异国青年男女，在接触中渐渐萌发了微妙的情愫。

是以，渡部女士不无感伤地说："我们应该极为珍视这种转瞬即逝的旷古友情，可惜，现在说什么也来不及了……"

那帧相片是翻拍的。齐藤先生后来到了昆明，在聂耳三哥聂叙伦家里发现了原版，确认合影上的毛笔字，是渡部女士的手迹。

齐藤先生写道："我着实为人与人之间这种奇妙的缘分而感到不可思议。"

四

相片上的另外三位男士，分别是聂耳的云南同乡张天虚、杨式谷，以及同是借宿在尾原家的台湾青年郭君。

齐藤先生由那帧相片，以及聂耳的日记、日本媒体的零星报道，顺藤摸瓜，一路往前搜索追踪。譬如，当时的留日文化人陶也先、吴天、刘汝礼、杜宣、郑振铎、林林、雷石榆、吴琼英、张建冬、李仲平；譬如，由陶也先介绍结识的舞台照明师、后来一道去湘南海滨度假的朝鲜青年李相南，以及度假地的房东、李相南的好友滨田实弘与其家人，还有聂耳逝世后率先在《朝日新闻》撰文悼念的戏剧家秋田雨雀，等等。

尔后，线路延伸到中国境内，素材越来越翔实丰富。

齐藤先生先后八次访华，都是由聂耳的侄女聂丽华、聂蕙华陪同。

因为从早稻田大学毕业，进入媒体，具历史与新闻这两方面的功底，齐藤先生采访中特别注重细节。譬如，一九三五年四月十五日，聂耳从上海公平路汇山码头登上日本邮船"长崎号"，郑君里、袁牧之、赵丹等好友赶去相送，齐藤先生写道：

"赵丹后来回忆：'离别的那一天来到了，牧之、君里与我，还有其他几人一起去送行。我们看着聂子登上轮船，然后，船只缓缓拔锚离岸，连接船和岸边的五彩带顷刻被扯断。我举起望远镜，看到他在拭泪……这是我第一次，也是最后一次，看到聂子动情流泪。'"

齐藤先生又写道：

"一九六一年五月，司徒慧敏率领中国电影代表团访日，赵丹随行。他无法忘怀挚友；加之两年前，在郑君里导演的影片《聂耳》中，他扮演的正是聂子。因此，访日期间，赵丹特意抽出空隙，请担任译员的影评家森川和代引路，驱车来到好友的归天之地。

"肃立在被海风天雨损毁的纪念碑前，赵丹满含热泪，百感交集。转而，他低首垂目，默默祷告，献上心香一炷。良久，良久，才重新启开眼帘。归途，他恍若魂留海岸，面色苍白，一声不响。赵丹'文革'中系狱，引发癌症，卒至恶化，一九八〇年十月十日不幸逝世。赵丹殁后，才传出，就在那次悼念归途，他作出决定：死后要将一半的骨灰葬在聂子碑旁，以陪挚友歌吟咏啸，魂魄相俦。

"遗憾，实在是遗憾！当时担任藤泽市市长的叶山峻透露：'赵丹去世后，他的夫人（黄宗英）访日，向我提出了丈夫的遗愿。我很为难，因为那里属于县立湘南海岸公园，不是墓地，不能随便埋葬骨灰。因此，我不得不狠心地婉拒了赵夫人的请求。'"

又比如，最早把聂耳介绍给日本、而后又为聂耳纪念碑撰文的戏剧家秋田雨雀，当年究竟有没有和聂耳见过面？许多人认为，肯定见过，板上钉钉，确凿无疑。大坪重贵还提供"聂耳跟秋田雨雀学习民谣"的佐证。齐藤先生查了秋田雨雀一九三五年的全部日记，确认：仅为神交，没有面晤。

这都是披沙拣金的珍贵史料。

也有遗珠之憾。聂耳的朝鲜友人李相南，据说当年回到了汉城——汉城虽远，犹是须臾可至；又据说，后来去了"三八线"之北——虽说和扶桑也是隔水相望，但那是隔膜、隔阂、隔绝，可望而不可即。

再又，聂耳青梅竹马的女友袁春晖，听说如今生活在个旧。个旧离昆明，也就四小时车程，齐藤先生数次到访昆明，却没有往前再走一步，公开的说法是"限于日程紧迫"——除此而外呢，或许，还考虑到当事者阴阳悬隔，魂断蓝波，他不忍再去拨动劫灰。

五

是日上午，我们是从镰仓乘电车出发，至藤泽，转车往鹄沼——出得车站，穿小巷，越隧道，老远就闻到了海腥气；然后，登上一段斜坡，豁然开朗，湘南海岸到了。

此处宕开一笔。

怎么会是湘南？——是的，它就叫湘南，而且和你脑际掠过的湖南之南有斩不断的渊源。传说是因为信奉中国湘南一带的禅宗（沩仰宗），或说是这里的地貌宛若中国湘江流域的衡阳盆地。

对岸是江之岛——奇怪，眼前明明是相模海湾，为什么不叫海之岛？这个，大概也是呼应湘江吧。没有权威解释，我大概是第一个这么想的。曩昔中华是上国，上国的山水在在引人神往，肉眼望不见的浩浩湘江，无疑存在于大和民族情感的深处，深深处。

江之岛是从海底渐渐拱出，起先是落潮才现的沙洲，为陆地不屑一顾。后来愈拱愈高，有了岛屿的雏形，引起陆地的好奇，伸出一只胳膊去试探。再后来，因为海水上涨，彻底成了孤岛，陆地也就撒手。直至地壳的冲天一怒（关东大地震），它八成有点慌了神，又主动和陆地拉起手。

现在拉手处，修建了大桥。

桥名弁天。岛上供的是弁才天（辩才天），是日本神话中的七福神之一，专司音乐和娱乐，近似于希腊神话中的缪斯。

言归正传。一九五〇年，藤泽市有个叫福本和夫的，是资深的马克思主义者，一天，他从英文版《人民中国》杂志，读到中华人民共和国的国歌以及作曲者聂耳的生平介绍，他为《义勇军进行曲》的雷霆万钧之势裹挟，为聂耳在当地的不幸溺亡扼腕，遂转请曾任藤泽市议员、也是反侵略同道的词作家叶山冬子，将《义勇军进行曲》的歌词译成日文，在市民中广为传播。

同年，朝鲜战争爆发，中国人民志愿军赴朝抗美，而日本正摇身一变为美军的马前卒——在这样的大背景下，宣扬诞生于抗日烽烟中的中华人民共和国国歌，是需要有逆潮流的大勇的。

岂但如此，福本和叶山还挺身而出，公开募捐，呼吁为聂耳在溺亡的海滨竖立纪念碑——不啻是要在真理的公海耸起一座闪烁明灭的灯塔。

光天化日，大张旗鼓。

民众热烈响应。

他们，自然爱日本。他们，自然也爱聂耳。爱聂耳就等于爱……我知道你接下去将如何类推，这是幼稚的，形而下的，直白说，就是尚停留在幼儿思维的推理；爱，或者不爱，或者半爱半不爱，或者又爱又不爱，这种粗略的判断存在风险，很多风险都是由简单类比带来的。在此，我们只要认定，这就是藤泽市民众的拳拳盛意，这就是驳杂而又纯粹的人性剪影。

一九五四年，即朝战结束次年，纪念碑顺利落成，地址选在鹄沼海滨公园，就在离聂耳溺亡处不远的引地川河口西侧。鉴于当时中日还未恢复邦交，我国派出红十字会会长李德全女士前往主持揭幕仪式。

碑文作者是秋田雨雀，书写者为丰道春海：

记念聂耳

这里是中华人民共和国的作曲家聂耳的终焉之地。

他于一九三五年七月十七日来此避暑游泳，突然消逝于茫茫波涛，成了不归之客。

聂耳一九一二年生于中国云南，师事欧阳予倩。在短短的二十几年的生涯里，留下了歌颂中国劳动民众的《大路歌》《码头工人歌》等大作。现在成为中华人民共和国国歌的《义勇军进行曲》，也正是他的力作。

附耳过来，至今犹可听到聂耳的亚洲解放之声。

这里是聂耳的终焉之地。

一九五四年十月　秋田雨雀撰　丰道春海书

一九五八年，一场鲁莽的飓风袭击鹄沼海岸，冒失的海潮冲坏了纪念碑。

"问海神你如何不淑？"一九六一年，赵丹来此，他的脑海想必也会情不自禁地浮起郭沫若当年的怒责吧。

一九六三年，藤泽市成立"聂耳纪念碑保存会"。

一九六五年，藤泽市议会决定重为聂耳立碑。保存会出面募集捐款，数月间，募得日币四百余万元（当时日本大学毕业生初薪为每月两万一千六百日元，此款相当于一百八十五个新毕业大学生的月薪——笔者），遂于当年九月再度立石分土。廖承志东京办事处首席代表孙平化，见证了这一幕。

新碑坐落在引地川河口东侧的湘南海岸公园，置于更加宽阔坚固的台座。两边各添一块碑石，一块立着的，刻着叶山冬子的儿子、时任藤泽市市长叶山峻书写的"聂耳纪念碑的由来"，一块卧着的，刻着郭沫若的题字"聂耳终焉之地"。

一九八一年，中国步入改革开放，藤泽与聂耳的家乡昆明结为友好城市。

一九八五年，适逢聂耳遇难五十周年，湘南海岸公园的这一隅扩建为聂耳纪念广场。

二〇一一年，昆明市人民政府在广场西侧立碑勒铭，上书"一曲报国惊四海，两地架桥惠万民"。

我们看到，广场中央有一块白石，平放，高不足一米，前端稍稍上扬，从后边看过去，宛然一册摊开的乐谱。碑的正中凸出三道横石，四周凹下数条浅槽，凹凸相间，组成一个令风云驻足、星河倾身的大大的"耳"。

广场南面，是一堵两米见方的纪念墙，由不规则的粉红色石板拼成。左上方，嵌入圆形的铜制聂耳胸像，右下方，嵌入方形的铜制聂耳亲笔签名。

如今，每年的七月十七日，藤泽市民众都会来此举行公祭，纪念中华人民共和国伟大的音乐家聂耳。

音乐无国界。

天才无国界。

正义之声无国界。

纪念碑再建以来，跨越半个世纪，从未遭受一次自然的和人为的破坏，也是奇迹中的奇迹！

向"聂耳纪念碑保存会"的会员致敬！

向藤泽市的公务员和民众致敬！

向这片土地上所有热爱聂耳、维护日中友好的国民致敬！

我此番日本之行，最重要的一站，就是这聂耳纪念广场。

是日，骤雨初霁，天高日晶，我们仨，就地采了一束野花，以献祭聂耳的在天巨灵。

音符是桥，人心是路。有这一座纪念广场，有这一尊铜制胸像，聂耳就成了与这片土地沟通的使者。

《义勇军进行曲》曾经是战歌，当然。《义勇军进行曲》又不仅仅是战歌，也是当然。音符的意志突破语言的樊篱、民族的樊篱、国家的樊篱，自由翩飞在大山大海之上，九霄九天之上——难怪人类最初向外星人发送的问候，就包括一张收录了地球上各种最具民族特色的音乐唱片。

回到本书序言的设问：一衣带水是多远？如果你恰恰读到这里，如果你对该设问还没有明确的答案，那么，请放下思考，不妨换个思路，换个角度——有一个直截了当的法子在——请问一问那长眠在湘南海滨的聂耳，问一问那日夜拍击日中两岸的大海的波涛，以及，问一问那在一场骤雨后横挂天宇的七彩长虹……

2018 年 4 月 13 日记，6 月 26 日改

下辑 ○○ 林江东

林江东

1968 年毕业于北京大学东方语言文学系，1981 年获北京大学硕士学位。

毕业后三十余年，在国家经济委员会、国家信息中心等单位工作，历任处长、副局长、总经济师等职务。

2000 年至 2002 年，先后在中央美术学院、北京画院进修。2004 年至今，陆续在北京、香港、东京等地九次举办个人画展和双人展，并多次参加北京、日本、韩国等国内外大型国际展览。

曾在《人民日报》《青年文摘》等报纸杂志发表散文。编著有《季羡林散文集》《泼墨写人生》《中日文化架桥人》等。

穿越篇

超然的微光

古都奈良，唐招提寺"御影堂"安放着鉴真大师的干漆造像。虽经历了千年风霜，但彩像依旧栩栩如生，看上去，宛然如鉴真大师禅定瞬间，面露微笑，闭目凝思，端然趺坐。

关于这座干漆造像，有一段如今中日两国家喻户晓的传奇，据《唐大和尚东征记》叙述：

"鉴真七十六岁（763）那年，身体日渐衰弱。某夜，弟子忍基梦见讲堂之栋梁突然折毁，遂预感大师可能近日圆寂，乃集合诸弟子及工匠，以干漆加纻方式制成了这尊大师坐像。"

此像类比本人坐姿，高八十点一厘米。制造时，鉴真已近失明，因此，我看到，从他微眇的双目中透射出一线纤细的光，这纤细的光线中蕴含着一股坚韧不拔之力，一凛之下，我不禁热泪盈眶，脱口吟出"新叶滴翠，摘来拂拭尊师泪"，这是诗人芭蕉当年瞻仰时留下的勾魂摄魄的俳句。

目光从干漆坐像转向大幅障壁画，那是日本著名画家东山魁夷的作品《山云》和《涛声》。画面呈现出无边无际的雷奔海立，绿涛与白浪排天沃日，沸沸汤汤。画面正中巨石突兀，岩顶挺立着一株苍松，如同大海的守护神。面对这巨幅画面，似乎穿越到千年前，目睹鉴真为弘扬佛法与惊涛骇浪所作的那场跨越十年的搏斗。

公元七四二年，鉴真五十五岁，时为扬州大明寺一位持戒严谨的高僧。

史载：一日，日本僧人荣叡、普照来到大明寺，恳请鉴真赴日弘法，他俩说道："佛法东流至日本国，虽有其法，而无传法人。日本国昔有圣德太子曰：二百年后，圣教兴于日本。今钟此运，愿大和尚东游兴化。"

鉴真怦然心动，转问殿前众僧："今我同法众中，谁有应此远请，向日本国传法者乎！"

沉寂，无人回答。

当时赴日传法，要冒两种风险：一是朝廷明令严禁，成行只有偷渡；二是波涛险恶，九死一生。因此，众弟子犹豫不决。

许久，弟子祥彦婉转回复："彼国太远，性命难存，沧海浩漫，百无一至……"

大师慨然曰："为传法戒，虽沧海远隔，亦当不惜生命。诸人不去，余一人行矣。"

众僧见鉴真心意已决，即刻有三十余人表态，愿随大师同行。

鉴真从公元七四三年开始东渡，鉴于地方官员的阻挠和海上风涛的滞碍，一连四次都半途夭折。

第五次在公元七四八年。鉴真一行从苏州出航，海上遭遇台风，船只被刮到海南岛。

返程，荣叡不幸身染重疾去世。

继而，鉴真因不堪劳累疲惫，加之南方湿热，突然双目失明。

随后，普照辞别，弟子祥彦去世。

一个又一个的沉重打击接踵而至。当此危难，鉴真仍不改初心，执意东渡。

第六次，为公元七五三年十一月。恰值日本遣唐使船返国，鉴真与二十四名弟子搭船随行，携带法器、经卷，王羲之、王献之书法真迹等中华文物。历经一个多月颠簸，中途亦有船只遇难，鉴真万幸无恙，顺利抵达九州萨摩国（今鹿儿岛），并于翌年进入日本古都奈良。

此时，鉴真已是六十六岁高龄，为东渡整整奋斗了十年。从第一次出航至第六次登岸，中途退却者凡二百余人，且有三十六人葬身鱼腹。呜呼！鉴真一行东渡的代价何其之大！大师弘法的意志又是何其坚定！

鉴真上岸，沿途受到日本民众的夹道欢迎，其热烈程度，可用万人空巷来形容。

鉴真到达奈良，亲为天皇、皇后、太子主持受戒，并为各寺的僧侣重新受戒。

天皇赐予鉴真"传灯法师"封号，并赐地建寺。

鉴真亲自监督建造大唐式样的唐招提寺，使之成为"律宗"的创始地。

此外，他还把中国的建筑、工艺、医药等传播到东瀛，为日本天平时期的宗教、文化发展作出了跨越式的贡献。

因此，鉴真被尊为"盲圣""日本律宗太祖""日本医学之祖"。

画家东山魁夷赞道："日本人之所以敬仰鉴真，除了感激他在文化上带来的恩惠以外，更为他一诺千金、不屈不挠的精神所感动。崇高的人格是没有国界的。"

为了以绘画语言再现鉴真的精神世界，东山魁夷付出了十年的艰辛和努力。

一九七一年六月，东山魁夷应唐招提寺森本长老之邀，为唐招提寺创作障壁画。在着手这项巨大的事业前，他亲临鉴真坐像前顶礼膜拜。

东山魁夷推想："历尽磨难终于踏上日本土地的大和尚虽然双目失明，但他脑海里一定会首先浮现出日本的风景。"

于是，东山魁夷决定第一期画日本风土的代表性景色——山和海。之后，他在京都、奈良画了大量的速写，在此基础上，一九七五年创作出障壁画《山云》和《涛声》。画面用亮丽的群青和石绿等日本特色岩彩，表现出扶桑列岛的壮丽景观。

第二期创作开始前，东山魁夷再次来到鉴真坐像前。他悟道："大和尚微闭的双眼深处一定在怀念他生活了半辈子的故国和故土。"

于是，从一九七六年至一九七八年，东山魁夷三次踏上中国的大地，从古都北京、西安到鉴真故乡扬州，从风景秀美的黄山、山水甲天下的桂林，再到古代东西方文明交汇的要道——丝绸之路，足迹踏遍大半个中国，画了近百张速写。

在中国之旅的行走中，中华民族审美传统深深地浸润了东山魁夷的心灵，他决定不再使用色彩，而用中国传统的水墨进行第二期创作。

东山魁夷花了两年时间，创作了水墨风格的《扬州薰风》《黄山晓云》《桂林晓月》等数十面障壁画。

一九八〇年四月十九日，鉴真干漆坐像乘飞机回归故里扬州进行巡展。此年此时，也正是东山魁夷完成唐招提寺第二期障壁画之际。从此，环绕在鉴真干漆坐像周围的这些障壁画，似乎使鉴真能透过半闭的双目看到家乡的婀娜杨柳、故国的朦胧晓月，更能听到穿柳而过的清风、苍茫云海的惊涛。

东山魁夷说："没有对人的感动，也就不会有对自然的感动。"

又说："我是为人的灵魂而作画。"

鉴真和尚，一位中国的佛教大师，用十年完成了东渡日本传法的夙愿。

东山魁夷，一位日本的绘画大师，用十年完成了唐招提寺六十八面障壁画。

中日两位大师都用十年的时间完成了永垂青史的奇迹。

脑海里再次浮现出那座鉴真干漆坐像，顿时感慨万千。

低垂微闭的双目中，透射出一丝丝微光，

澹澹而徐徐，浩渺而悠长，

带着坚韧无比的意志，怀着崇高宏大的信仰；

它是一线超然之光，超越深邃时空，跨越地域国疆；

它是一线大爱之光，洒向茫茫九州，留在东瀛扶桑；

千年普照，万年流芳。

2018 年 7 月

隔空话白诗

伊水河浩浩荡荡，由南向北穿山而过，一桥飞架东西，宛若一道瑰丽的彩虹。新年伊始，观览过气势宏大的洛阳龙门石窟后，沿石桥过伊水河，不意走进了依山而建的"白园"。园中山石耸立，翠竹夹道，飞瀑悬冰，曲径通幽。漫步石阶而上，至琵琶山峰顶，见一芳草萋萋的圆冢，墓前竖宋代石碑，虬劲的刀锋刻着：唐少傅白公墓。

周围翠柏掩映，竖着十几块日本、韩国、新加坡等国友人所立石碑，其中一块是日本人一九八八年所立，刻着："伟大的诗人白居易先生，您是日本文化的恩人，是日本举国敬仰的文学家，对日本之贡献，恩重如山，万古流芳，吾辈永志不忘。"对白居易评价如此之高使我惊叹不已。

巍峨的丽景门高耸于洛阳的西关，见证了十三朝古都的岁月沧桑、兴衰变迁。在其附近，择了一所古色古香的客栈下榻。入夜，古城的飞檐、塔顶皆淹没在浓浓的雾霭之中，喧嚣的城市陷入一片沉寂。躺在床上，脑海里浮现出一个疑问：唐代大诗人灿若繁星，李白、杜甫诗名均在白居易之上，为何白居易独得日本人青睐？此问盘旋于脑中，竟至辗转反侧，夜不能寐。

蒙眬之中，忽见床前月光淡淡、云雾缭绕，隐约现出一白衣老者。他头顶银发，美髯飘飘，手拄拐杖，立于院中。我起身穿衣，走出屋外，老者神采奕奕，面孔似有点熟悉。那不是敬慕已久的白公吗？我顿然醒悟，拱手拜见老者："久仰！久仰！乐天先生，今夜光临，令蓬荜生辉。"

即请白公落座，敬上清茶一杯，口直心快地问："原只知您名满神州，不想在东瀛评价甚高，不知何故？"

白公品一口茶，手抬银须，大笑曰："不敢妄言，其实，老叟亦迷惑不解，恰逢东瀛才女造访吾国，请她言明吧。"

月亮在浓雾中穿行，忽而被迷雾封锁，忽而穿云破雾露出皎洁的银光。在淡淡雾霭之中，一位紫衣女子飘然而至。她肌肤如玉，明眸皓齿，头披乌黑长发，身着宽袖长裙，手捧一卷诗集，散发着一股似唐代才女般的典雅风情。见到老者，她毕恭毕敬地弯腰叩拜："紫式部拜见诗圣老前辈！正在拜读您大作，不料今日亲见尊容，荣幸之至。"

"紫式部？"我不禁惊呼。这位紫衣女子竟然是日本文学巅峰之作《源氏物语》的作者，亦是我崇拜的偶像啊！《源氏物语》是日本亦是世界首部长篇小说，以主人公源氏为核心，描写了他与十几名女子凄婉的爱情故事，深刻揭示了日本上层权力争斗及骄奢淫逸的宫廷贵族生活。

于是，我面向紫衣女子拱手道："久仰大名！拜读过您的大作，堪与吾国的《红楼梦》相媲美。"白公道："精诚所至，金石为开。"话音刚落便瞬间隐去，身后划出一道白光。

紫衣女子拜别老者，转向我曰："过奖，过奖！"我奉上一杯清香的绿茶，道："唐代大诗人辈出，李诗豪放，杜诗深沉，为何贵国独宠白诗呢？"紫衣女子微笑："对此，鄙人倒是略知一二。据《日本文德天皇实录》记载，白诗于公元八三八年传入日本。在日流传的白诗均收录至《白氏文集》中。白诗一经传入，上自天皇，下至百姓，掀起了白诗吟咏狂潮，且经久不衰。白诗亦是我案头之最。

"嵯峨天皇在位期间，大力推行'唐化'，尤其钟爱《白氏文集》，尚留下一段天皇以白诗考对臣子的佳话。《白氏文集》对日本平安文学的影响之大恐你们难以想象。

"我幼年从父学习汉学，深受汉文化熏陶，白诗更熟背于心。三十六岁应召入宫，任后宫女官，曾给藤原彰子皇后讲授《白氏文集》，皇后甚是爱听我讲解白诗呢。"她白皙的脸上露出几分得意的神情。

"在宫中，我目睹了皇宫内外之钩心斗角、贵族生活之骄奢淫逸、女性命运之悲惨凄凉。于是，借乐天先生之叙事手法及诗意将所见所闻记录下来，故《源氏物语》的创作离不开白诗的熏陶。"

我不禁赞叹道："您开篇描写的桐壶更衣似是杨贵妃的化身，有着闭月羞花之貌，受桐壶天皇的专宠，但命运凄惨万分。

"您运用了一种高超的隐喻手法，把花与人物的命运联系在一起，并用敏锐的眼光和透彻的分析力道出表面繁华下的阴影。您的《源氏物语》开创了日本文学的'物哀'时代，奠定了扶桑文学的细微、阴柔、转瞬即逝的基调。

"书中还穿插着近百首白诗，似随手拈来，运用贴切，不露痕迹。真佩服您对白诗理解得那么深透！"

我步出厅堂，抬头仰望天空，穹庐浩瀚，繁星满天，其中有几颗尤为明亮耀眼。似乎悟到了什么，返回厅堂，朗声说："在世界古典文学的浩瀚夜空中，《源氏物语》和《红楼梦》就像两颗璀璨的明星，对世界文学都产生了深远影响。"

紫衣女子略显羞涩："承蒙夸奖！愧不敢当。只是鄙人不才，只知乐天先生的《长恨歌》，不知什么《红楼梦》啊。"

我哈哈大笑：《红楼梦》是在您身后七百余年才成书的，不知不为怪！"接着，话锋一转，"请继续解秘白诗吧。"

紫衣女子嫣然一笑，曰："白诗数量丰富，取材广泛，便于学习和借鉴。乐天先生一生共写三千多首诗作，且保存完好。

"平安时代文坛极其崇尚汉诗，文人聚会以吟诵汉诗为荣。著名诗人大江维时编辑了《白氏文集》，后又编辑《千载佳句》。其中《千载佳句》收录一千余首汉诗，分为季节、天象、地理、人事、官事、草木、禽兽、宴喜、别离等十五部分，以便文人雅士写汉诗时寻找可参考的诗句。其中，白诗五百余首，占一半之多。"

"诚然，乐天诗作题材广泛、数量浩多，是唐代其他诗人无可比拟的。"我点头称是，"如此看来，东瀛人善于模仿，连作诗亦模仿白诗啊！然，一般的诗人模仿皮毛，伟大的诗人则窃取灵魂。"

紫衣女子莞尔一笑，道："其二呢，白诗通俗易懂，妇孺皆可吟咏。其诗歌大量吸收民间俚语，号称'老妪能解'。乐天先生作诗力求通俗，不避俚语。故，吾国上自王公贵族，下至野老村妪，莫不玩诵之。"

我补充道："'老妪能解'出自南宋初期释惠洪的《冷斋夜话》：'白乐天每作诗，令一老妪解之，问解之否？曰解，则录之；不解，则不复集。'岂不知'老妪能解'则是民众对白诗的最高评价也。"

紫衣女子接着言："曲高则和寡，李白的诗飘逸豪放，天马行空，如阳春白雪难以模仿。杜甫的诗沉郁悲怅，多感慨民生之作，吾国人未必感兴趣。白居易的诗通俗晓畅，似下里巴人，故众口传唱。"

"其三呢，"她思索有顷，说，"白诗体现出的'闲适''感伤'情趣和佛道思想，符合平安时代的文化背景，易引起吾国文人心灵共鸣。"

我沉思片刻道："乐天先生把自己的诗分为讽谕、闲适、感伤、杂律四类，他自叙：'夫美刺者，谓之讽谕；咏性情者，谓之闲适；触事而发，谓之感伤；其他为杂律。'"

"乐天先生最为看重、最为人称道的是前期所作的那些讽谕诗，尤以《秦中吟》和《新乐府》闻名。刚步入仕途的白居易，对政治抱有极高的热情，才能写出如此深刻的讽谕社会、反映民生疾苦的诗。"

我吟道："……樽罍溢九酝，水陆罗八珍。果擘洞庭橘，脍切天池鳞。食饱心自若，酒酣气益振。是岁江南旱，衢州人食人。"

吟罢，我接着说："元和六年，白公母亲去世，爱女夭折，因丁忧居渭村三年，贫病交加，不得不靠好友元稹分俸度日。元和九年冬，受太子左赞善大夫，因上疏请急捕刺武元衡者，为宰相所恶，又被贬为州刺史；再被中书舍人王涯进谗，贬为江州司马。数年内经受了至亲离丧、仕途失意等一连串打击，其政治热情，随着中年屡遭挫折而渐渐消退。在几十年的党争中，他始终饱受排挤倾轧，早年大志逐渐被消磨。为避祸远嫌，他以诗、酒、禅、游自娱，有感而发，创作了平易悠闲的闲适诗。其晚期诗歌中流露出退避政治、知足长乐及归隐田园的思想。

"他开始转而求禅问佛，企图从佛教中求得解脱。正如他在《晏生闲吟》所言：'赖学禅门非想定，千愁万念一时空。'晚年他更加厌苦尘世烦恼，力求加以解脱，转而信奉净土宗，声称'度脱生死轮''永洗烦恼尘'。"

院内，月光朦胧，树影婆娑，花影迷离，梅香幽幽。紫衣女子缓缓步入庭院，放声长吟："'玉容寂寞泪阑干，梨花一枝春带雨……在天愿作比翼鸟，在地愿为连理枝。天长地久有时尽，此恨绵绵无绝期。'"吟罢，她返回厅堂，道："此诗字里行间，弥漫着浓浓的感伤情绪，经铺排描写及气氛烘托，形成全诗凄美浪漫的氛围。吾国人最欣赏的则是《长恨歌》《琵琶行》等伤感、凄美之诗。"

我略有感悟："诚然，乐天先生最善用笔，该简处则轻轻点过，该抒情和渲染气氛时则泼墨如雨，使诗句产生了激荡人心之魅力。《琵琶行》波澜起伏，最具此特色。"

我转而吟道："别有幽愁暗恨生，此时无声胜有声。银瓶乍破水浆迸，铁骑突出刀枪鸣。曲终收拨当心画，四弦一声如裂帛……"

紫衣女子面露崇敬，坦言："平安时代文人尤喜忧郁伤感、烟霞风流之情调。乐天先生的闲适诗恰与吾国人的心性及'物哀''风雅'的审美情趣十分契合。"

忽然，像变魔术似的，我换了一件立领素白内裙，上有淡墨色斑竹图案，外罩一件淡紫色鸡心领襦裙，俨然一个清丽淡雅的婀娜少女。对话场景也由洛阳移至帝都北京，翠竹掩映的潇湘馆。天空中，阴云密布，月亮亦藏匿其中。紫式部张望了片刻，吃惊地问："如此幽雅之处，是何人居所？"

"潇湘妃子林黛玉。"我答曰，"她与您笔下的桐壶更衣有几分相似，有倾国倾城之貌，兼具才情横溢的诗人气质，但孤傲清高，多愁善感，最终一抔净土掩风流，随落花、诗稿同逝了。此处只留下她的倩影——沾满泪痕的斑竹。吾乃林家后人，观此处格外静谧，暂且借住几日读书。"

紫衣女子环视书房，笔墨纸砚齐备，洋洋数千本书，中、日、英文俱全，其中，不仅有几十本乐天诗集，还有两套《源氏物语》，惊讶地问："吾国书，你也能读懂？"

"诚然。虽颜值和文采远不及黛玉的千分之一，没能考中梦里的北大中文系，反而撞进东方语言文学系，学了贵国语言。现正在此幽静处修炼中文呢。"我答道。

"嗯，难怪沟通如此畅快！"紫衣女子恍然大悟，又问："鄙人之书为何国文字？"

"中日文皆有，中文版由丰子恺先生译。"我继续道，"《红楼梦》作者曹雪芹老前辈，亦是林家世交。虽未曾识面，然而，我怀疑他亦读过您的《源氏物语》。"我神秘地眨眨眼睛。

紫衣女子面似桃花，双目放光："承蒙指教，在贵国亦有鄙人粉丝，令人激动不已啊。真是不枉此行！"

忽然，她直面我吟道："绿蚁新醅酒，红泥小火炉。晚来天欲雪，能饮一杯无。"

我心有灵犀地一笑，命紫鹃即去烫酒。片刻之后，紫鹃捧来一壶黄酒，为二人各斟一杯。忽然，外面飘起鹅毛大雪，纷纷扬扬，飘飘洒洒。顷刻，翠竹与梅花都覆盖上银白的雪花，显得竹更绿、梅更红。两人望雪对饮，滔滔话语落入杯中，喝下去，酒香四溢，沁人肺腑。

忽然，白衣老者似仙人般驾雪而来，面向二人道："两位美女雪中畅饮，美哉！快哉！老叟来迟一步。"

我命紫鹃速为白公斟酒，言："两个小女子皆是白诗的'铁粉'，正在切磋您的大作。白公之诗可谓是超越千年时空、跨越万里疆界的不朽之作。"

紫式部赞言："吾国文学受白诗滋养而蕴育、升华，乐天先生不愧为吾国文化之大恩人。"

白衣老者手捋美髯曰："承蒙抬爱，惭愧，惭愧。老夫吟诗之初仅抒发情怀而已，'文章合为时而著，歌诗合为事而作。'不曾料想老朽之诗能传至千里之外的扶桑，更未料到能受东瀛人如此看重。罢，罢，吃酒！吃酒！"

转瞬之间，白衣老者和紫衣女子都随雪花飘失在一片白紫相融的浓雾之中，桌上，只剩下两只尚有余温的酒杯。似隐约听闻空中盘旋着白公的吟咏声："小酌酒巡销永夜，大开口笑送残年……"

片刻，天露微明，雾雪朦胧，只有点点梅花在雪中清晰可见。正是："花非花，雾非雾。夜半来，天明去。来如春梦不多时，去似朝云无觅处。"我亦从梦中醒来。隔千年时空，与东瀛才女对谈白诗，宛如南柯一梦。

2018 年 7 月

空海叩开青龙寺山门

冒着凛冽的寒风，踏着银白的积雪，我来到位于西安东南角的青龙寺。寺内，建筑古朴庄重、巍峨恢宏，高耸的屋顶飞檐翘起，令人倍感唐代建筑的辉煌。在一座庄严的殿堂大门上悬挂着"惠果空海纪念堂"的横匾。

纪念堂内中央，安置着密宗第七代法师惠果和第八代法师空海的木雕像。玻璃柜内还陈列着空海携往日本的各种法器、经书，墙上展示着空海亲书的《风信帖》，字迹得二王精髓，外加唐人风范，仿佛把人们带到了一千三百多年前，讲述着两代密教大师感人肺腑的故事……

日本赞岐国多度郡，有一位聪慧过人的青年，幼名真鱼，俗称佐伯直。十五岁赴京城，随舅父阿刀大直读书习文，学习《论语》《孝经》及中国史传。他聪颖好学，从小就显露出过人的才智。十八岁入大学明经科，广览《毛诗》《左传》《尚书》等经史著作，打下雄厚的汉学基础。二十岁剃度出家，法名空海。

出家后，他遍游四国各地灵山大川，访佛求法。途中，遇到一位沙门，向他传授了密教经典《虚空藏求闻持法》。可惜，其文字艰深而晦涩。为了寻求密宗真谛，空海立志入唐求法。

公元八〇四年五月，空海奉旨入唐，六月，与遣唐使藤原同船从难波（今大阪）出发。海上遭遇飓风，随波漂流了三十四天，直至登陆，才晓得那是福州霞浦。此时，空海已精疲力竭，奄奄一息，幸亏当地民众热心相救，才使他起死回生。空海随遣唐使一行又历尽千辛万苦，途经杭州、苏州、洛阳等地，十二月，到达心中的圣地长安。

公元八〇五年二月，遣唐使藤原离开长安回国，空海移住西明寺。他周游长安诸寺，遍访密教名师，寻找可拜师的密教高僧。

长安城中有一处皇家园林，名乐游原，李白诗"乐游原上清秋节，咸阳古道音尘绝"，描写的就是这里。乐游原最高处，建有一座青龙寺，其前身即为隋文帝时所建的灵感寺。密教高僧惠果和尚就在此弘传密法，青龙寺成为密宗的主要道场。

惠果（746—805）为密教第七代法祖。九岁时，随不空的弟子昙真研习诸经，后来受到不空赏识器重，成为其传法弟子。大历元年（766），惠果满二十岁，在慈恩寺受具足戒后，依止不空受金刚界密法，之后又从善无畏的弟子玄超受胎藏密法，并融会二法，创立"金胎不二"的思想。惠果常被请入宫中，为帝、后宫妃嫔、文武百官等修法，并继不空法席，成为青龙寺东塔院灌顶国师，故又称青龙和尚。历任代宗、德宗、顺宗三朝国师，备受崇敬。

空海到达长安时，京城里最为流行的是"开元三大士"——印度僧人善无畏、金刚智、不空——带来的密教。密教进入唐王朝的宫廷，受到盛大欢迎。新奇的密教咒术、修法、曼荼罗，及其所宣称的神奇验力，使唐王朝为之倾倒。此时，长安城里最著名的密教高僧就是不空的弟子惠果。惠果将金刚界法体系与胎藏界法体系相结合，首创了两体系融合的密教及两界曼荼罗。

在长安寻访名师期间，空海偶然听闻了惠果的大名，决心拜之为师。六月的一天，空海终于叩开青龙寺山门，拜见惠果大师，两人的会见颇具传奇色彩。空海在《御请来目录》中记得明白：

惠果大师一见到空海，便迎上去拉着他的手，微笑说："我先知汝来，相待久矣。今日相见，大好大好。报命欲尽，付法无人。今欲向汝传真言。"

此时，惠果大师已届花甲暮年，正在寻找付法弟子。对于空海这位立志密教而入唐求法的异邦人的名字似已有耳闻。与空海见面的瞬间，他凭直觉，便断定空海是他的传人。这，或许就是大师的异于常人之处吧。

空海在青龙寺的学习过程更具传奇色彩。据《空海僧都传》记载：

"进入惠果门下后，六月，空海受胎藏法灌顶，投华中于中台大日如来身上，阿阇梨（高僧）深为赞叹。

"七月，空海受金刚界法灌顶，投华又中于大日如来，阿阇梨更为惊叹。

"八月，空海再次受传法灌顶，得普照金刚名号。

"惠果将从金刚智、不空传下来的两界白描图像、佛龛和八十粒佛舍利都传给空海，并赠他'第八祖遍照金刚'的法号，从而使空海获得了密宗正宗嫡传的最高荣誉。"

投华是灌顶仪式中的一项，华即花，受戒僧人蒙上眼把花投向坛城，其内有若干本尊，空海三次盲投，均投中大日如来，这是空前的、令阿阇梨也不敢想象的。莫非，空海注定是如来在东土的传人乎！

空海的才华和秉赋得到惠果的高度赏识和器重，正如千里马遇到了伯乐。当时，惠果的弟子超过千人，但同时传授两部大法的只有空海和义明二人。空海从入门到毕业仅用了三个月，如此神速，可谓是前所未有的奇迹。这既缘于他超人的天才，也缘于他的刻苦向学。

如他在西明寺居住期间，向印度僧人般若三藏学习梵文。他仅用四个月，便学会了天书似的梵文。他也是掌握梵文的日本第一人。梵文是解析密教真髓的津梁，为他日后深造密宗铺平了道路。

公元八〇五年十二月十五日，惠果大师圆寂。他弥留之际，嘱咐空海早日归国，把密教尽快传到东瀛。

公元八〇六年八月，空海遵师嘱，随遣唐使返国，他随身带回经文五百六十一卷，并有佛菩萨、金刚天像、曼荼罗等许多经疏法物。这些，对佛教在日本的传播和平安时期的佛教艺术，产生了不可估量的影响。

而后，空海在高野山建立金刚峰寺，奠定了日本真言宗的基础。

迄今，日本真言宗一直尊奉空海为高祖。

此外，无论是汉字书法还是梵文书法，空海都堪称登峰造极，被誉为日本书法的开山之祖。

总之，空海在中国所获得的学识和殊荣是其他任何日本僧人无法比拟的，他归国后在佛教及文化方面所作的贡献，在日本历史上也是空前的。司马辽太郎探讨了空海成功的要素，说："出身于赞岐的空海能够成功是因为他到了长安，天才的种子遇到了适合他的水和阳光，因而能够茁壮成长。唐朝就像一个没有隔阂的人类的大坩埚，给空海与生俱来的才能注入了充足的养分。"

唐韩愈曰："世有伯乐，然后有千里马。千里马常有，而伯乐不常有。"惠果大师具有超越国界的识人慧眼，可谓发现空海才能的伯乐。作为培养了一代密宗大师空海的青龙寺也成为日本人心目中的圣寺，被称为日本佛教真言宗的祖庭。这也正是中日两国在千年之后合力重建青龙寺的心曲。

离开"惠果空海纪念堂"，我漫步走到青龙寺的后院。一场鹅毛大雪刚刚飘过，地面尚积存着一层皑皑白雪，金灿灿的蜡梅在雪中散发出阵阵幽香。正是"墙角数枝梅，凌寒独自开。遥知不是雪，为有暗香来"。随着梅花的香气，我寻到了空海纪念碑。它立于蓝天白雪之中，显得格外古朴、肃穆。

突然想起空海离别时写给同门师兄义操的一首诗：

同法同门喜遇深，

游空白雾忽归岑；

一生一别难再见，

非梦思中数数寻。

似梦似雾，情意绵绵，真真切切。可以推想：归去后的空海会在梦中屡番追寻与师兄弟的深情厚谊，更会追寻惠果大师的谆谆教诲，追寻与青龙寺结下的不解之缘……

2018 年 7 月

贵妃东渡之谜

她，头戴透雕宝冠，饰以红色珊瑚，佩晶莹宝石，尽显华贵之气；

她，面庞略长，低眉敛目，挺鼻小口，略含微笑，庄严的法相中透着绝世之美；

她，手持莲花，胸佩璎珞、腹前结带，结跏趺坐于双层台座之上，身后有双层镂空火焰纹背光，映衬得愈发端庄、高雅；

她，带着磁石般摄人心魂的魅力，刹时间就紧紧地吸引住我的目光。

这是京都泉涌寺供奉的白檀木观音像，旁边立有木牌，揭示了此像不同寻常的来历。传说是唐玄宗为杨贵妃祈愿冥福，命雕刻师依照杨贵妃生前姿容而雕成，故该像被称为"杨贵妃观音像"。

经专家考证，此像实际的雕刻时间应为南宋时期。一二三〇年由日本月轮大师的弟子湛海自南宋携回日本，安置于泉涌寺观音堂佛龛内。七百年来，泉涌寺一直把"她"作为密佛而供奉，直到一九五五年才对外开放供普通民众参拜。

第一次看到如此妩媚又如此端庄的观音像，我不禁反复欣赏，细细品味，同时种种疑团也从心中油然而生。

杨贵妃是中国家喻户晓的绝代美女，安史之乱中，她不是自尽于西安附近的马嵬坡了吗？为什么会供奉在日本？于是我带着疑惑开始了一番破解贵妃东渡之谜的探寻。

历史的尘沙掩盖了无数美女的芳踪，但唐代杨贵妃的大名却流芳千载，被称为中国古代四大美人之一。

公元七三四年，她被纳为唐玄宗第十八子寿王李瑁的王妃。七三七年，唐玄宗宠爱的武惠妃死后，后宫数千宫娥后妃无一能使玄宗满意。宠臣高力士为讨玄宗欢心，向他推荐了寿王妃杨玉环。

从此，杨玉环来到玄宗身旁，她回眸一笑百媚生，六宫粉黛无颜色。玄宗专宠她一人，册封为贵妃，于是，"后宫佳丽三千人，三千宠爱在一身"。玄宗对她如醉如痴，终日沉湎于酒色与歌舞之中，不再上早朝。而杨家姊妹兄弟皆封官加爵，权倾一时。

七五五年十一月，爆发了安史之乱。次年六月初，唐玄宗带杨贵妃及卫队仓皇逃出长安。六月中旬，队伍途经马嵬坡，军队哗变，逼玄宗诛杀杨国忠和杨玉环，以谢天下。玄宗万般无奈，只好赐杨贵妃自尽，时年杨贵妃三十八岁。

此后，杨贵妃是香消玉殒于马嵬坡？还是漂泊他乡或东渡日本？从古至今，中日两国正史和民间众说纷纭，沸沸扬扬。

一说是杨贵妃自尽于马嵬驿，这是《资治通鉴》《国史补》等正史的记载。唐人李肇在其《国史补》中说："玄宗幸蜀，至马嵬驿，命高力士缢贵妃于佛堂前梨花树下……"

二说是杨贵妃没有自杀，而是被人用调包计放脱，混迹民间，当了女道士。白居易在《长恨歌》写道："天旋地转回龙驭，到此踌躇不能去。马嵬坡下泥土中，不见玉颜空死处。"此处便留下杨贵妃未死的悬念。

三说是被使者所救。著名红学家俞平伯先生在《论诗词曲杂著》中说："杨贵妃并未死于马嵬驿。当时六军哗变，贵妃被劫，钗钿委地，诗中明言唐玄宗'救不得'，所以正史所载的赐死之诏旨，当时决不会有。陈鸿的《长恨歌传》所言'使人牵之而去'，是说杨贵妃被使者牵至远地藏匿。"

至于"远地"是何处？这便成了杨贵妃东渡的伏笔。

四说是东渡去了日本。十一世纪，随着白居易《长恨歌》在东瀛的流传，杨贵妃在扶桑列岛已家喻户晓。关于杨贵妃的获救及其下落，在彼邦也有几种说法。

第一种说法，军中主帅陈玄礼爱怜贵妃貌美，不忍杀之，于是与高力士密谋，以侍女代替。而杨贵妃本人则由陈玄礼的亲信护送南逃，大约在今上海附近扬帆出海，抵达了日本山口县油谷町的久津。

第二种说法见于南宫博的《杨贵妃外传》和渡边龙策的《杨贵妃复活秘史》：杨贵妃得到遣唐使藤原制雄的帮助，公元七五七年乘船在日本久津登陆，受到孝谦天皇的热情接待。杨贵妃不仅带来养蚕织布的技艺，而且以她的智谋帮助孝谦天皇挫败了宫廷政变，从此在日本声名大震，获得日本民众的美誉。甚至还传说杨贵妃把杨氏后人接到日本，隐居在民间繁衍后代。

还有第三种说法，即唐玄宗派人到日本找到杨贵妃，方士将玄宗所赠的二尊佛像交给了她，杨贵妃则赠玉簪作为答礼。这二尊佛像现供奉在日本久津二尊院内，杨贵妃墓也立于久津。

久津是日本西海岸山口县的一个海边小村。二尊院内，有一片零散的墓葬群，据介绍，这是古代从朝鲜半岛和中国漂流至山口县的"渡来人"的墓地。其中，有三个被称为"五轮塔"的花岗岩墓石，两旁小的，分属侍女，中间大的，标明为杨贵妃。墓石立有木牌，上书"充满谜和浪漫色彩的杨贵妃之墓"。

五轮塔是"世界由地、水、火、风、空组成"的佛教思想的体现，日本从平安时代中期以后（8世纪末—12世纪末），开始用五轮塔作为供养塔和墓石，一般都朝南置放。但杨贵妃墓的五轮塔却朝西置放，因为那是中国的方向，让杨贵妃能远眺故乡。

二尊院中还珍藏着两百年前由第五十五代住持惠学和尚编撰的两本古书。一本名为《二尊院由来书》，另一本为《杨贵妃传》。书中介绍：杨贵妃漂流到山口县后不久病死，后埋于此地。

安史之乱平息后，唐明皇派遣陈安带着阿弥陀如来、释迦如来两尊佛像到日本探寻杨贵妃的下落，但是陈安未寻到，只好将佛像寄放在京都清凉寺。后清凉寺得知杨贵妃被安葬于山口县，准备将这两尊佛像送至山口。但京都民众对这两尊佛像爱不释手，故仿造了一模一样的两尊佛像，然后以"新旧佛像各一尊"的方式，让清凉寺和杨贵妃墓地都藏有两尊佛像。贵妃墓地因此改名为"二尊院"。

每年十月，二尊院都要举行"炎之祭"，以礼拜杨贵妃的在天之灵。

星移斗转，沧海桑田，而今，杨贵妃在日本人心目中化作"美丽、送子"的女菩萨形象。山口县的习俗是，参拜杨贵妃的墓地可"安产、子宝、缘结"，即保佑母子平安、生个健康的孩子，或遇到一份美好的姻缘。

山口县与杨贵妃结下了不解之缘。二〇〇二年，日本著名影星山口百惠在媒体前展示了一份家谱，称自己是杨贵妃的后裔，刹时间引起轩然大波。山口百惠清纯美丽，俨然不是雍容华贵的贵妃之美。但究竟是否有血缘关系，还请历史学家慢慢考证吧。

总之，横跨在中日之间，尚飘荡着许多关于杨贵妃的浪漫而凄美的传说及重重迷雾，唤起无数人去猜想、考证、破解……

为解杨贵妃之谜，二〇一八年春节一场大雪后，我特地来到西安附近的马嵬驿，参观了整修井然的杨贵妃墓。墓园依山而建，气势雄伟。青砖冢上覆盖着银白的积雪，但墓里既无杨贵妃的尸骸，也无任何遗物。只是在院内，亭亭玉立着汉白玉雕成的杨贵妃像，含情脉脉，侧首西望。在墓冢周围的回廊里，立着许多碑石，刻着历代诗人过马嵬驿所写诗句，歌咏、褒贬之词历历在目。

后院高处有一座仿唐建筑"太真阁"，陈列着有关杨贵妃的历史资料。关于杨贵妃的最终结局，如此写道："正史这些闪烁其词的记载，似乎印证着贵妃没有死的传说。所以，杨贵妃出逃当女道士或东渡日本的说法，也似言之有理，不能轻易否定。"由此看来，马嵬驿的杨贵妃墓无疑是空穴，贵妃东渡日本的说法也不是空穴来风。

不过，我既不是考古学者，更不是历史学家，浅薄地以为：杨贵妃究竟是自缢身亡，还是流亡海外，其实都不那么重要。"在天愿做比翼鸟，在地愿为连理枝"，唐玄宗与杨贵妃的千古之恋，才是最有生命力的一笔。尤其在被白居易的《长恨歌》诗化之后，不管是中国人还是日本人，不管是古代还是现代，都会为他们真挚的爱情深深打动——这才是杨贵妃的故事世代流传的缘故。

然而，杨贵妃的形象在中国与在日本毕竟是迥然不同的。在中国，被专宠的杨贵妃既是绝代美女的化身，也是误国殃民的祸水，曾被多少诗人歌咏、赞美，也被多少政客斥责、唾骂。

而在日本，唐玄宗与杨贵妃曲折、凄美的爱情故事更符合日本"物哀"的审美情趣，落魄的杨贵妃变成了手持莲花的观音菩萨，变成了象征"美丽、生子"的女神，被许许多多普通民众供奉。

"美"是人们孜孜以求的目标之一，"外表的美只能取悦于人的眼睛，而内在的美却能感染人的灵魂（伏尔泰）"；过度的外在美容易遭人嫉恨，是所谓红颜祸水，而一旦化作内在美，则将为世人由衷接纳，口口相传。

写到此处，蓦然回首，在一片凄美的迷雾中，依稀看到那座伫立于东瀛久津的杨贵妃墓石，正面朝波光粼粼的大海，痴情地遥望着大陆长安的方向……

2018 年 7 月

七福神与八仙过海

一幅描绘八仙过海的画赫然挂于东京一家中餐馆的墙上，成为人们饭后茶余的话题。

新年前夕，曾与日本朋友在这里聚餐。酒足饭饱之后，大家不约而同地把目光都投向墙上的挂画。

八仙究竟有哪几位呢？几位日本朋友在画面上饶有兴味地寻找着。一位日本朋友走到画前，指着说："这位白胡子老头当然是张果老，这位帅哥该是韩湘子了，这位手拄铁拐的肯定是铁拐李，这位美女理所当然是何仙姑。可是，其他四位不太好区分啊！"

一位中国朋友站起来说："其实也很简单，手持玉板的是曹国舅，手挽花篮的是蓝采和，背长剑的是吕洞宾，手握芭蕉扇的是汉钟离。八仙都有自己的宝物，方能各显神通啊！"大家点头称是。

有一位日本朋友实属典型的较真儿类型，他反复看着墙上的画，突然发出了疑问："八仙过海，怎么到了日本只剩下七位了。日本人只知七福神啊。莫非是过海时一位掉进了大海，没能到达日本？"

问题提得太刁钻了，在座的中国人和日本人面面相觑，谁也回答不出。饭局就此结束，却给我留下一份作业——探寻七福神与八仙过海之谜。

饭后，我查阅了关于八仙的书籍。八仙的传说在中国源远流长，若隐若现，迨至明代吴元泰《东游记》一书问世，才广为流传，脍炙人口。该书说的是：

一天，八仙聚齐蓬莱阁饮酒。酒酣兴起，铁拐李对众仙道："都说蓬莱、方丈、瀛洲三神山景致秀丽，我等何不去游玩一番？"众仙齐声附和。

于是，八位仙人来到海边，各各亮出了自家的法器。

头梳鬓髻（发髻梳在头顶两旁）、髯过于腹的汉钟离，把手中的芭蕉扇往海里一抛，其扇瞬间大如蒲席，但见他醉眼惺忪地跳到扇子上，优哉游哉地向大海深处驰去。

长袖飘飘的何仙姑紧随其后，将手擎的荷花往海里一扔，水面顿时红光激射，犹如托盘，仙姑玉立其中，随波疾驶而去。

众仙谁也不甘落后，吕洞宾抛下宝剑，张果老抛下"纸驴"，曹国舅抛下玉板，蓝采和抛下花篮，韩湘子抛下箫管，铁拐李抛下拐杖——真正是法器如宝，能小能大，能骑能坐，其快如马，其稳如舟，一行各显神通，乘风破浪，海上欢声笑语，语笑喧阗。

八仙渡海，搅动的波涛冲击了东海龙王的宫殿。东海龙王震怒，率虾兵蟹将出来干涉。八仙仗势据理力争，与之发生冲突。东海龙王令将兵劫走蓝采和，众仙见状，随即大开杀戒，连斩两个龙子。

东海龙王率众败退，这口气无论如何也咽不下去，遂急请南海、北海、西海龙王助阵。四海龙王鼓动三江五湖四海之水，掀起滔天陷日之浪，杀气腾腾地直奔众仙而来。恰巧南海观音（另一说是如来佛）值此经过（或说专来调停），遂喝停双方，制止了一场恶斗。

八仙拜别观音，继续自己的逍遥之旅。

八仙过海的故事流传至今，画家多有以此为题材，创作了数量可观的优秀作品，估计墙上的这幅画就是其中之一。

八仙过海的故事也流传到日本，但一般日本人是说不清到底有哪八位仙人的，因为他们信奉的是七福神。

七福神是在日本室町时代，即十四世纪中叶形成的，据说是受到中国竹林七贤的影响。

竹林七贤何许人也？他们是三国时期的七位才子，即嵇康、阮籍、山涛、向秀、刘伶、王戎及阮咸。由于他们继承了建安文学的精神，是当时玄学的代表人物，所以被称为七贤。又因他们常在当时的山阳县（今修武）竹林下喝酒、纵歌，放任不羁，"目送归鸿，手挥五弦。俯仰自得，游心太玄"，故与地名合称为"竹林七贤"。他们都是文艺高手，创作的诗词、书画，部分流入日本，受到知识阶层的追捧。

实际上，七福神只是借用了竹林七贤的一个"七"，和那帮任性使气、牢骚满腹的文化大咖并没有任何内在联系。

又一说，七福神源于佛教的七难即灭、七福即生之观念。

姑妄言之，姑妄听之。我觉得，这里借用的还是一个"七"。众所周知，日本人喜欢奇数，如三、五、七。而在各种奇数之中，对七尤为青睐，认为它最神秘，能带来吉祥、好运。

室町时代，京都的贵族、武士和商人，常把"七贤"和"七神"的书画挂于书院或茶室的墙上，显示自己的学识和修养。后来，"竹林七贤"渐渐被岁月遗忘，但七福神却日益深入民间，受到普遍的喜爱。

其实，七福神各有其不同的来历。

惠比寿被尊为商业之神。据说为日本土生土长，他教给人们用鱼和农作物进行物物交换。那日，在和歌山的黑潮市场，我就看到了笑眯眯的惠比寿，身着猎衣，右手持钓竿，左手抱着象征吉祥的大头鱼（鲷鱼）。

大黑天源于密教，既是战神、厨神，又兼冢神、福神。传说他"慈眼视众生，福寿海无量"，能驱除五种邪气，佑人平安健壮。造型为头戴黑巾，左肩背布袋，右手持木槌，脚踩米袋。

毗沙门天是无量智慧神。传说是弘法大师入唐由灵感而悟出的一个神，是从佛教的天王形象转化而来。其形象为身披戎装，一手捧宝塔，一手持宝棍。

布袋和尚原是中国唐代的禅僧。他笑口常开，袒胸露腹，背一条布袋四方化缘。一般认为布袋和尚是弥勒佛的化身。自从禅宗传到日本，人们普遍认为将出现"弥勒之世"，所以，日本的十八罗汉和七福神里都有布袋和尚。

辩才天被称为福德自在神，是七福神中唯一的女神。她的身世比较复杂。有认为她诞生于日本，专司戏剧。有认为她来自印度，精通音乐，善于雄辩，身边总有琵琶相伴。

福禄寿和寿老人的原型都是中国传说中的南极仙翁。传到日本，却一身而兼二任，渐渐演变成两个神。寿老人主长生不老，其形象为瘦脸长须，手持宝杖，身边常跟着一只可爱的麋鹿。福禄寿主幸福、高禄、长寿，其形象为连鬓美须，手持拐杖，常与一羽白鹤为侣。

可见，七福神是佛教、道教、神道教的"三结合"，是印度、中国、日本神话人物的"联队"。

七福神形成于室町时代末期，多年的兵燹导致了民生的凋敝，苦难中的人们只好把希望寄托于冥冥中的神明，以寻求精神的慰藉。

回到我前文提到的明代吴元泰的《东游记》，该书创作于明代末期，而日本七福神的形成，相当于中国明代的早期，就是说，七福神是七福神，八仙是八仙，两者风马牛，根本扯不到一块——更谈不上有哪位仙人过海时不慎掉落海里了。

而把七位大神聚集在一起，让他们乘宝船"同舟共济"，则是晚于明代的江户时代的事；传说，宝船上满载着象征财富的金银和稻米包。

江户时代的人们认为：过年做的第一个梦，如梦见七福神乘坐的"宝船"，全年就会大吉大利。

现今，日本人仍把新一年的美好愿望寄托在七福神搭乘的"宝船"上。如果你在新年期间去日本，肯定会在百货店里看到惠比寿笑容可掬的身影。在柜台上还会有七福神乘宝船的工艺品在热卖。

不过，只有到神社祈福，才能得到七福神的佑护。所以，新年伊始，日本人都要去神社或寺院参拜，被称为"初诣"。这时总会在大小各神社里看到七福神的形象。

经过一番颇费周折的查询，不仅解开了七福神与八仙过海之纠结，还令我再次感受到中日文化的差异：

中国人历来喜欢单打独斗，五百年前即是八仙过海，各持宝物，各显神通。

而岛国日本，生存条件恶劣，自古以来就崇尚团队精神，不仅让神仙们组成以七为单位的团队，济济一堂，还要让他们济济一舟，劈风斩浪，共同为老百姓祈福。

2018 年 7 月

掠　影　篇

飞越喜马拉雅的蓑羽鹤

白雪皑皑的喜马拉雅山脉巍然耸立于湛蓝的晴空，一群蓑羽鹤展翅飞过山顶。一九八二年日本节能月期间，我曾随节能考察团到访日本，所到之处的大街小巷，都可以看到这样一张巨幅宣传画。

众所周知，喜马拉雅山脉被称为"世界屋脊"，海拔高达八千多米，即使训练有素的登山运动员，也常望而却步，或半途而废。我以为：鹤这种高雅而美丽的鸟类，是无论如何也越不过喜马拉雅山脉的。因而推想：这可能是艺术家的浪漫夸张；纵然是摄影，也为案头的后期合成。

然而，日本负责节能宣传的朋友说：这是确有其事，不是臆造，这幅照片，是由日本登山队员在攀登喜马拉雅山过程中，当场拍得的。

听罢，我惊讶得说不出话。如果是猛禽，如鹰，如鹫，或许有可能，而它是鹤呀，民间称它是仙禽，那是因为它仙风道骨的气质，成语有鹤鸣九天，这"九天"是泛指高空，并非真的指九重云霄之上。于是，我追问："蓑羽鹤有什么神奇的能耐，能创造出生物界的飞行奇迹？"

日本朋友指着画面上的一团白色气流，说：

"奥妙就在这儿。

"蓑羽鹤巧妙地利用这股气流，节省自身的体力，因而创造出令人难以置信的奇迹——飞越了喜马拉雅山脉。

"在能源问题上，日本百分之九十以上要依赖进口，自身的弱点很大，因此，要以蓑羽鹤飞越喜马拉雅的勇气和智慧去帮助日本摆脱困境。"

一席话，引起我对日本能源问题的极大兴趣和长期关注。

日本是"经济大国"，这是世所公认。但它又是"资源小国"，不是一般的小，是非常之小，小得与国力不成比例。举个例说：日本年产石油仅七十万千升，这是什么概念？日本一天的石油消费量，就远远超过这个数字。就是说，它一年生产的石油，连一天的供给也不能满足。其他，天然气、煤炭等能源的状况也差不多。怎么办？只有依赖进口。

二十世纪七八十年代，日本经济攀上了发展的高峰，能源消耗也与日俱增。有个数字，八十年代，日本每年消耗四亿多千升的能源，摊到每个人身上，相当于每天消费啤酒瓶大小的十二瓶石油。进口固然能解燃眉之急，但地球的总能源有限，成本也在不断攀高。因此，日本面临的能源挑战，就像是面对一座耸入云霄的喜马拉雅山脉。

特别是一九七三年和一九七九年，日本遭受两次石油危机的冲击。这就如同拉响了能源危机的警报。一些经济学家曾悲观地认为："日本经济高速增长的奇迹结束了，可能从此跌落深谷，一蹶不振。"

危机产生转机。一九七九年，日本政府颁布了《节约能源法》。该法对节能实施的对象、目标、职责、手段作出了明确的规定，使大众有章可循、有法可依。客观形势是变化的，实践经验也是不断积累的，法律条文根据形势的变化和实践的检验，随时作出修改，迄今，已经修改了八次。一次比一次细，一次比一次严。

另外，日本政府通过财政、税收、价格等多管齐下，提倡鼓励节能。比如，消费者购买丰田混合动力车，政府则给予每辆车二十五万日元（约1.75万元）的补贴，这是群众看得见的好处，也是实实在在的节能措施。

日本经济产业省还将原来的节能课升格为节能新能源部，并组建"能源开发机构"，专门向企业、科研院校等单位提供节能研究经费。二〇〇六年，节能研究经费高达二千二百九十亿日元。另外，设立民间机构"节能中心"，负责节能措施的实施，每半年向社会公布节能产品排行榜，推进企业不断开发节能新产品。

二十世纪九十年代后半期，日本引入节能服务公司，通过市场机制整合节能的资金、技术等要素，现在市场规模已达到四百亿日元左右。该公司的商业模式非常独特，它把设备维修与改善运用相结合，通过定期检查节能量等方式，为顾客实现最优化的节能。

日本节能领域还活跃着一批"能源管理士"。他们要通过政府的正式考试，合格者方可获得证书，并正式从事能源管理工作。日本法律规定，获得能源管理士证书的同时，还需有从事三年以上实际能源管理经验，方可成为"能源管理士"。而且，节能法规定，凡是年耗油量在三千千升或年耗电量在十二万千瓦时以上的工厂，必须设有专职的"能源管理者"。这些管理者可从"能源管理士"中选拔，主要负责工厂能源使用情况的记录、监督、改进等工作。因此，能源管理士成为一支活跃于日本产业部门节能工作的骨干力量。

日本节能的对象不局限于某个设备或者某个工厂，节能范围从某个"点"扩展到"面"，再扩展到"系统"。并将相关上下游产业组成"链"，通过开展共享能源管理系统、员工节能培训等，实现产业整体上的节能效率提高。

二〇〇八年，日本经济产业省节能研究组对日本的中小企业进行了节能问卷调查。结果显示，大多数中小企业由于节能经验欠缺、专业节能人才不足等原因，很少开展节能活动。因此，日本特别加强了对中小企业节能的指导与推广。

工业领域内已经开展了长期的节能活动，具备了很多节能经验，而办公场所、家居、公共交通等领域还有很多推广节能的余地。因此，把节能工作从工厂延伸推广到办公场所、居家和公共交通领域，通过引入节能服务等外部资源来推动节能。

总之，经过两次石油危机冲击，日本举国上下为提高能源效率奋斗了三十余年，积累了世界最先进的节能技术。

在汽车节能和新能源技术方面，日本遥遥领先。同等重量的日本汽车比美国、欧洲汽车平均能耗要少百分之二十左右。本田、丰田等日本车乃是世界最省油的汽车。尤其是在电动汽车的开发上，丰田、日产公司早于欧美汽车厂家。

家用电器节能技术，日本也在世界名列前茅。日本空调耗电量是美国的二分之一，冰箱耗电量是美国的三分之一。此外日本还拥有钢铁、水泥、化工等产业的热回收技术和先进的建筑节能技术等。

从一九七三年至二〇〇三年的三十年间，日本单位 GDP 平均能耗消费指数下降了百分之三十七，在节能领域取得了显著成效。日本在世界率先建立了首屈一指的节能型社会。

三十多年后的今天，我再次想起了那张节能月的宣传画，并饶有兴趣地深入了解了蓑羽鹤的习性。原来，蓑羽鹤的骨骼非常坚韧，其强度是人类的七倍。而且蓑羽鹤特别注重团队行动，每当它们迁徙，都是几十只乃至上百只一起出发。它们在高空排成一字形或人字形，后面的鹤，利用前面的鹤飞行时产生的气流，这样就能确保省力、快速和持久（想来，领先飞与跟随飞也是交替进行的吧）。蓑羽鹤飞行的高度可达五千四百米以上，因此，当它们一旦借力于高空产生的定向气流，挑战喜马拉雅山脉也就不是难事。

此后，每当我仰望蓝天，看到蓑羽鹤展翅高翔，都不由得赞美它坚韧的骨骼，赞美它节能的智慧，赞美它团队的精神，赞美它挑战喜马拉雅山脉的勇气。

2018 年 7 月

柠檬黄的机器人

　　一尘不染的车间，几十台柠檬黄的机器人在有条不紊地运转，几辆小车优哉游哉地在机器人间穿梭。车间内空无一人，只有机器人发出的嚓嚓、咔咔的声音，犹如在一位高超的指挥家指挥下奏出的高技术交响乐。这是三十年前我在富士山麓发那科工厂看到的一幕，至今记忆犹新。

　　二十世纪八十年代中期，我随机电代表团来到了富士山脚下绿树环抱的发那科工厂。整个场区十分整洁，厂房设计简单明快，统一涂成柠檬黄色。

　　在副厂长的引领下，我们走进一层车间内的通道，透过大玻璃窗向内观望，只见五十几台柠檬黄色机器人正在不停地运转。装有零部件的台车自行在车间内穿梭，不时在一台工位边停下，把几个零部件卸下，又滑向下一个工位。副厂长介绍说："一层车间主要生产马达的部件，可以加工九百多种，加工好的部件被自动送入仓库。"

　　接着，他又领我们走上了二层组装车间。十几台机器人排成一条组装线，共有四条。无人搬运车把零部件从仓库取出，送到组装线的一端，一个小时后，崭新的机器人就从另一端下线了。副厂长指着刚下线的机器人说："每个月大约可以生产三百台机器人、一百台电切割机及一百台数控机床。"第一次看到如此先进的无人生产方式，我简直是目瞪口呆，惊讶到极点。

　　在副厂长的带领下，我们走进了总控室，终于看到了几个身穿黄色工作服的技术员。前面的大屏幕显示着车间内的生产动态，他们专注地盯着大屏幕，不时切换画面，偶尔果断地用手按下操作台上的按钮。

接着，副厂长领我们来到大会议室。前方有一巨大的屏幕，展示着发那科的各种产品。副厂长手持一支银色的激光笔，向我们介绍：

"发那科成立于一九七二年。进入七十年代，微电子技术尤其是计算机技术得到了飞速发展，研制成功了五系列数控系统，逐步发展成为世界上最大的专业数控系统生产厂家。

"自一九七四年，发那科首台机器人问世，公司致力于机器人技术的研发创新，成为世界上第一家由机器人生产机器人的公司。"

中午，厂方请我们共进午餐。这是我一生吃得最讲科学的一顿饭。会议室转眼间变成了餐厅，桌面摆上了日式便当。打开便当盖子，米饭、烤鱼、小菜、酱汤等各种食物分盛在小格子里。便当旁放着一张打印的菜单，写着每种食物的卡路里，甚至连最后上的咖啡也计算了卡路里。饭后，没有记住饭菜的滋味，只记住了这一餐饭的卡路里。

时光飞逝，三十多年穿梭而过，我再次想起了柠檬黄的发那科。这三十多年中，日本经济几经沉浮，很多企业倒闭重组，发那科是否仍活跃在机器人领域？通过多方查询，得知发那科不仅存在，而且其柠檬黄的标志越发鲜艳夺目。

二〇〇八年，发那科机器人生产名列世界第一，全球机器人销量达二十万台；二〇一一年，发那科在全球的机器人装机量已超二十五万台，市场份额稳居魁首，成为工业机器人制造业的龙头企业。

二〇一一年、二〇一二年，发那科分别被福布斯、路透社评为全球一百强最具创新力公司之一，并被英国《金融时报》排名为"全球五百强排行榜"的第二百三十五名。发那科公司成为当今世界数控系统科研、设计、制造、销售实力最强大的企业，也是世界上最大的生产机器人、智能化设备的著名企业。

同时，发那科也是最早进入中国推广机器人技术的跨国公司。一九九七年，上海发那科成立；二〇〇二年，陆续在浦东金桥、宝山建设新厂区。二〇一七年推出了诸多新产品，还与中国高校携手打造"智能制造与机器人创新实验室"；在世博会及许多展会上，都可以看到发那科以耀眼的新产品，一展"技术大师"与"新品狂人"的风采。

尽管发那科的数控系统和机器人在工业界如雷贯耳，但是对一般人来说，这却是一个颇带神秘色彩的企业。其总部设在富士山麓一片远离人烟的园区，周围是茂密的森林。发那科的创始人稻叶清右卫门在几十年前种下了这片森林，以保护公司的运作不受窥探。

稻叶清右卫门是一位颇具传奇色彩的人物，一九四六年毕业于东京大学第二工学部精密工学科，后进入富士通。一九七二年，时任富士通社长的高罗芳光把稻叶叫到办公室，希望他可以带领数控团队从富士通分离出去，成立子公司。稻叶听了十分兴奋："虽然责任变重了，但自由了，想做什么就能做什么！"同年，发那科公司正式成立，稻叶任专务董事，后升任社长。

从一开始，稻叶就不惜利润，在研发上投入巨大资金和人力，他形容这种企业发展道路为"走人烟稀少的路"。而后，发那科之所以能保持住绝对领先的技术优势，也与其对新技术研发的重视密不可分。公司拥有十二个研究所、七个技术中心，三分之一的员工是年轻的研究人员。

在经营理念上，稻叶信奉两大信条："瞄准顶级技术，追求最大利润。"发那科生产的产品绝不是根据某个客户需要而随时改变的个性化机器，而是通用型标准机器。这样才可以通过批量生产来降低成本，增加竞争力。他始终坚信："价廉物美的东西才卖得动。"

在发那科，稻叶是绝对的"独裁"。录用新员工必须经过稻叶的面试，部长、课长等要职的任免，也完全由稻叶一人拍板。他选人的标准只有一个，就是专业能力。

虽然稻叶的领导风格受到质疑，但发那科的飞速成长却是铁的事实。目前，发那科是世界上最大的专业数控系统生产厂家，其数控装置占日本百分之七十五、世界百分之五十的份额，并以其高利润率闻名业界，二〇〇八年的利润率竟达到惊人的百分之四十四点八。

发那科最鲜明的标志就是柠檬黄色，稻叶将这种黄色称为"王者的颜色"。这是公司机器人品牌的颜色，同时还是车间厂房和机床的颜色、员工制服的颜色，甚至公司每天接送工程师和高管的班车也是这种柠檬黄色。

发那科与其他工厂不同的是，有数以百计的机器人在昼夜不停地工作，每月可以连续工作七百个小时以上。它们自动生产着更多的机器人，除非存储空间不足才会暂停生产。

日本正经历着几十年来最严重的劳动力短缺，发那科的机器人源源不断地从富士山脚下的工厂里生产出来，有效地助力日本渡过这一困境。发那科的高管田中说："任何自动化的过程都可以解放人类的双手，反过来又解放了人类的思想。"

现在，柠檬黄大军已经走进了世界各大生产企业的工厂。在全球众多知名企业中，随处可见发那科的机器人，如苹果公司的制造工厂、亚马逊的货物仓储中心、特斯拉汽车的总装厂等。然而，来自美国的订单比起中国的订单则相形见绌。二〇一七年，来自中国的发那科工业机器人订单约为九万台，几乎是全球工业机器人订单总量的三分之一。

在发那科主要研究设施入口上方，挂着一个奇怪的时钟，它的速度是通常的十倍，引起许多参观者的驻足观看和猜测。我想：对于高技术的创新者来说，最重要的意识是永远走在时间的前面，速度决定一切。

2018 年 7 月

银发浪潮

银白色的芒草花，在蓝天下熠熠闪光，似银色浪潮，一望无际。这是我在日本箱根仙石原看到的秋日绝景。

沿着一条弯弯曲曲的步道，深入芒草原，但见齐腰高处，尽是一眼望不到边的芒花、芒花、芒花。此时，感觉整个原野、丘陵、林木、云彩、天空，都在随芒花摇曳而摇曳，禁不住想起北方草原"天苍苍，野茫茫，风吹草低见牛羊"的场面。啊不，倘若那情景重现，露出的只能是牛，高大而棕黄掺杂、黑白相间的牛，而矮小绵白的羊，早已和芒花泯为一体，分不清何者为花、何者为羊了。

此刻，日本社会一张张银发族面孔突然涌现在脑海。在商店里，古稀老人热情地为顾客介绍商品，或在柜台结账；在餐厅里，鹤发童颜的老人端上一道道精致的料理；在出租车里，退休后再上岗的老人身穿笔挺的西装熟练地操纵着方向盘。

当然，在樱花盛开或枫叶染霜的季节，少不了会看到一群群银发老者手持高级相机专注地拍照；在饭菜飘香的餐厅里，也总会遇到一群银发族在谈笑风生地聚餐；在插花、摄影、绘画、书法等各种教室里，坐着许多银发学生，认真学习的劲头宛若十几岁的少男少女。

日本是全球老龄化程度最高的国家，根据日本总务省发布的快报，二〇一五年，日本六十五岁以上的人口总数为三千三百四十二万，占全国人口的百分之二十六点七，首次超过了人口总数的四分之一，继二〇〇五年、二〇一〇年调查以来，连续三次居世界第一位。

老龄化带来许多严峻的社会问题。比如家庭关系冷漠，人情淡薄，越来越多的日本老人得不到子女的照顾；极个别的老人因为精神寂寞、对生活失去希望而选择自杀；由于"少子化"导致劳动力匮乏，许多老人不得不继续工作；政府的高龄雇佣制度多次改变，退休时间和退休金额都尚无定数，一些老年人感到无法合理安排晚年生活。

但是，老年人口的庞大基数、一定的经济实力和潜在的消费需求，又无不是发展"银发经济"的必要条件。经过多年的发展，日本的福祉事业较为完善，"银发经济"也已具备一定规模并成为经济发展的新亮点。

日本各界十分重视开发专供老年人使用的商品和服务，将其从普通的商品和服务中细分出来。

如三得利公司专为老年人开发了符合健康标准的威士忌。

有些公司面向老年人开发了手机"Mi-Look"，它拥有 GPS 卫星定位、老人活动记录器、紧急感应绳等多项智能设备。

游戏厅除了为老人提供毛毯、纸巾，还开设专门的游戏讲座，甚至推出"怀旧游戏"，以满足老年人回忆童年的愿望。譬如，世嘉梦连锁游戏厅每天的顾客，有近三分之一为老年人。

佳丽宝公司早在二〇〇〇年就面向五十岁以上女性推出了护肤品牌EVITA，二〇〇七年成为年销售额超过一百亿日元的大品牌。

老年人专属食品，近年来以百分之十的速度增长，在二〇〇九年已形成约一千亿日元的规模。新兴的老人住宅、金融保险市场等，在以每年两位数的速度增长。

为了促进"银发经济"的发展，日本政府在制度建设方面采取了多项措施。除了制定严格的商品卫生及安全标准，对其市场准入条件有所限制，还调整了有关法律以保障老年消费者的利益，推动相关产业发展。例如，二〇〇〇年日本首次制定了《看护保险法》，以推行养老护理保险制度，使生活不能自理的老人可以通过国家补助而获得必要的看护服务，从而大大推动了日本老年人介护产业的发展。

在日本爱知县，有一个叫"蒲公英介护中心"的养老院，不仅规模大，而且天然温泉、卡拉OK、兴趣教室应有尽有，处处充满了欢声笑语。中心已入住二百五十多位老人，有九十位工作人员。这里更似一个功能完善的老人活动中心，被外界称为"老人迪士尼"。

日本老人除了退休后重新找份工作之外，自己创业的人也越来越多。调查显示，敢于脱离安稳的生活去创业的日本年轻人越来越少，比三十年前减少了两成多。与此形成鲜明对比的是，日本老年创业者的数量显著增加，每三个创业者中，就有一个是六十岁以上的老年人。相比年轻人，老年创业者在资金、人脉和经验上均有优势，可以帮助他们在创业过程中顺利发展，成功概率更大。

杉山美代子是宝丽集团约五万名"美容主管"中的一员。二十一年前，已退休两年的她买下一家店面，与宝丽签订委托销售合同，从此开始了创业之旅。她了解三十多岁顾客的偏好、健康状况和购物习惯。每当推出一种新产品而顾客又打算首次尝试时，她都会骑车或乘火车上门拜访。这位八十多岁的老太太豪情不减当年，她说："只要顾客需要我，就会一直干下去。"

中国有句俗语："活到老，学到老。"但日本老年人提出一种新观念"活到老，干到老"。像杉山这样创业的人越来越多。老人创业不只是为了钱，还有更宝贵的"非金钱理由"。很多老人怀有不凡身手，他们"希望自己的一技之长能得到充分发挥""在终于离开单位的束缚后甩开膀子干点事"。日本是世界长寿之国，很多老年人健康状况依然良好，他们希望前半生的知识和经验积累能继续发挥作用，过好后半生的有成就感也更充实的"黄金岁月"。

山本聪夫妇便抱着这样的想法。二〇一一年，五十五岁的山本聪申请提前退休，和妻子山本真纪子搬出公司宿舍，寻找创业地点。当时真纪子不理解丈夫，她在接受《读卖新闻》采访时说："我起初有些接受不了，都什么年纪了，还想创业。"后来他们搬到本州东北部的秋田县，在这个盛产稻米和美酒的地方，开了一家融合餐厅、农舍与菜园的农居。为了给顾客提供优质服务，他们只接受提前预约，晚餐时间只接待两组客人。创业以来，山本聪夫妇遇到许多困难，也享受到常人享受不到的创业乐趣。如今，农居的发展已走上正轨，基本上实现了收支平衡。对此，山本聪颇有感触地说："想实现盈利比想象中难，但比起赚钱，更想好好珍惜与人相处的时光。"

在思考与遐想之中，我走出蜿蜒的步道，登上一座小山坡。从高处远望，秋风吹过，一望无际的银色波涛滚滚而来，恰逢落日西沉，夕阳照射在芒草的穗尖上，为银白色抹上了一层闪亮的薄金淡红。正是"莫道桑榆晚，为霞尚满天"。

2018 年 7 月

值得夸耀的森林

"日本最值得夸耀的是什么？"有人问。

许多人会回答："高速经济增长。"的确，一个国家持续二十年以近百分之十的速度高速发展，一跃成为与美国、欧洲并驾齐驱的经济强国，似乎可以夸耀一阵子了。

但是，日本著名哲学家梅原猛对这种看法猛击一棒："这种情绪就好像暴发户夸耀自己有钱，是不足取的。"

那么，日本究竟该把什么当作荣耀呢？梅原猛提出了一个令人意外的观点："我认为值得夸耀的是日本的森林。日本国土森林覆盖率达到百分之六十七，而且这些森林中的百分之五十四是天然林。在发达国家中，没有一个国家保留下这么多森林。"

初读梅原猛的这一观点，尚不大理解。但二〇一八年四月，一行三人从日本关西到关东做了一次长途旅行，满眼看到的是青葱浓黛的绿色，不由得对其观点举双手赞同了。

和歌山的绿是苍蔚且古老的。

古城的天守阁被层层绿色高高托起，成为这座城的象征。这座城池是由丰臣秀吉的弟弟丰臣秀长在一五八五年修建的，已有四百余年的历史。

几枝绯红的樱花从巨石砌成的城墙探出来，映在护城河的碧波上。几棵千年古树张开巨大的伞状枝叶，粗大的树干皲裂斑斑，盘根错节的树根似苍龙盘旋。樱花瓣随风飘落，撒在城墙角下。浓郁的绿色笼罩着古城，让人倍感岁月沧桑。

次日，为了参观徐福墓，我们从和歌山乘黑潮号电车绕纪州半岛向北行驶。透过洁净的玻璃窗，看到蓝色与绿色交替闪现，忽而是碧蓝的海水，忽而是翠绿的森林。青翠的竹林、墨绿的松柏、阔叶的山毛榉以及叫不出名的树木，密密麻麻的绿从平地爬到山坡爬到山顶，宛若进入一个幽翠的王国。绿霞翳染的山峰一座连着一座，直到看见一片灰色的房屋，才发现到了新宫市。这就是被森林覆盖的关西大地，人们常年受着绿荫的庇护。

京都的绿是幽玄与神秘的。

我们登上了比睿山半山腰，为恩师——北大日语教学与研究的开创者陈信德先生扫墓。怀着崇敬和怀念的心情，把鲜花献到陈先生墓碑前，继而，用清水洗去墓碑的尘埃。眺望远处，崇山峻岭、苍松翠柏、郁郁葱葱、气象万千。我不由得想：陈信德先生能在群山绿树的环抱下安息，也是对他呕心沥血的辛劳一生最好的慰藉吧。

次日，我们登上了京都清水寺的大舞台上眺望，满眼尽是鲜绿，只有一棵粉红的樱花残留着，可谓"万绿丛中一点红"。

从清水寺沿着绿树掩映的下坡道，来到著名的赏樱胜地哲学小路。一条蜿蜒两公里的小路，两旁种植了五百多棵樱花，中间有一条清澈见底的水渠。二〇一八年暖春，樱花开得格外早也落得出奇快，现在已是落樱缤纷，绿叶成荫了。红瘦绿肥，"绿"又成了哲学小道的主角。

这里曾是著名哲学家西田几多郎的散步之地。绿荫下的散步，深邃的哲学思考，使他融合东西方近代哲学之大成，创立了"融创哲学体系"。

梅原猛是西田的学生，他也曾在这里散步，提出了令人深省的"森林思想"：

"森林文明的绳纹文化无疑形成了日本文化的基础。

"人类是坐吃森林而创造了文明。……工业文明形成以后，文明飞跃地生产了巨大的财富，但另一方面以飞快的速度破坏了森林。

"我们必须转变文明的原理，把认为人类支配自然是善的思想转变为谋求人类与自然共存的思想。"

梅原猛的森林思想写入了著作，影响着一代又一代人的观念，使日本人更加珍视绿色，更加注重保护本国值得夸耀的森林。

京都有数不清的神社，每个神社都覆盖着浓密的绿，可以说凡是有神社的地方都必定有森林相伴。只要是在重重绿色中看到红色鸟居，那便是到了神社。因为，日本自古以来就把树木奉为神灵，即"山川草木悉皆成佛"。

大阪、东京的绿是点散式深藏在高楼大厦之中的。

乍一看，大阪和东京满是林立的高楼大厦、热闹非凡的商店街，但其中隐藏着幽深的绿，如皇宫内外、上野一带、新宿御苑、根津美术馆等。绿，隐藏在闹市之中，让你出其不意地看到参天古木或数百棵树木组成的绿色隧道。

此行十数日，看到许许多多的景物，但最多的还是绿色，有浓郁的参天古木，有覆盖于山的森林，有苍翠欲滴的绿叶，还有启迪世人的森林思想。日本的确可将森林和绿色作为夸耀的资本了。

此行之后，我查阅了有关数据，全世界平均的森林覆盖率为百分之二十二。各发达国家森林覆盖率分别为：日本百分之六十八点五，韩国百分之六十四点三，德国百分之三十，美国百分之三十三，法国百分之二十九。全球森林主要集中在南美、俄罗斯、中非和东南亚。在发达国家中，日本是森林覆盖率最高的国家。

为什么日本能保留下这么多的森林呢？经查阅有关书籍和资料，大致寻找出以下若干原因。

一是由于日本输入农业文明和工业文明比较晚，这是跳跃式发展的日本所特有现象。日本列岛长期处于绳纹时代，人类以渔猎和采集为生，对森林几乎没有什么破坏。到了公元前三世纪至公元三世纪的数百年间，日本才进入弥生时代，成为农业国家。在这以后的近两千年，日本的森林约三分之一被开拓为水田，但三分之二的山林被原封不动地保留下来。森林覆盖率高是日本历史造成的特有现象。

二是日本近现代一直十分重视森林保护。作为一个百分之七十领土是丘陵山地的岛国，日本深知森林对保持水土的重要性。早在一八九七年，日本即颁布了《森林法》，后来经过几次大的修订，一直沿用至今。其他和森林有关的法律还有三十余部，如《森林合作社组织法》《森林病虫害防治法》《防护林措施法》等。因此，日本不仅原有的森林破坏很少，而且各种防护林面积在不断扩大，一九五五年时只有二百五十万公顷，一九七九年达七百零八万公顷。

另外，在日本，森林资源有百分之五十八归私人所有，约九十二万户家庭有一公顷以上的森林财产。经营林场周期长、收益慢，为鼓励私人种树，日本政府给予了林业经营者很多优惠政策，包括补助金或林业专用资金贷款（无息或低息），用于植树造林或修建林道等；从事林业者，还能获得十五种相关税种的减免。

日本卓有成效地保护了本国森林，依靠大量进口东南亚和中国的木材满足其高速经济发展的需要，是世界上木材进口率最高的国家。不幸的是，东南亚的热带森林由于过度砍伐而大量消失，当地的生物多样性基因库招致严重摧毁；同时，日本在砍伐过程中浪费严重，出材率仅为五分之一。

泰国在一九六五到一九八五年期间，森林每年以百分之二点六的速率消失，据估计，目前保留的原始森林仅为从前的百分之十五。

马来西亚的森林面积则由一九五八年占全国面积的四分之三，下降到目前的二分之一。

日本的森林比较完好地保护下来，成为一份值得日本夸耀的资本，也是当代日本留给子孙后代最宝贵的遗产。但是，在破坏东南亚热带雨林方面，日本又扮演了不那么光彩的角色。功过是非，留给历史学家和经济学家慢慢评说。

2018 年 7 月

"电柱地下埋入"

　　岁月沧桑，三十几年如白驹过隙，转瞬而逝。那个金色的季节，那份日文杂志诡谲的标题，那道犀利的目光，在我的而记忆里依然清晰如昨。

　　一九八五年，金风送爽的季节，时任国家经委副主任的朱镕基率质量考察团访问日本，我作为翻译随行。从日本的关东到关西地区，考察团的足迹走遍了日立、松下、富士通、全日空等大企业的车间、培训中心和质量检测中心，深入考察、学习日本质量管理的经验。

　　在东京飞往大阪的飞机上，我坐在朱镕基主任的座椅旁。尽管考察日程十分紧张，但他脸上没有显露出一丝倦容。他时而透过舷窗眺望如雪的白云，时而低头沉思着什么。这时，一位空中小姐带着甜美的微笑送来几份日文杂志。我接过来一页一页翻看着，镕基主任也随手拿过去一本，饶有兴趣地翻阅。突然，他的目光停留在一行醒目的大标题上，似乎发现了什么"新大陆"。

　　"这标题是什么意思？"他用略带湖南口音的普通话问。这声音似乎很随意，而我听起来却像考官的质问。镕基主任精力旺盛且有股一丝不苟的精神。每到一处参观，他都要提出各式各样的问题，使日方应接不暇。现在，考察团的团员大多都闭目养神了，他却对这条标题产生了极大兴趣。我赶紧接过他手中的杂志，把那个标题仔仔细细看了好几遍。

　　日文真是一个奇特的语种。它借用了大量的汉字，常用汉字就有近二千个。并利用汉字的偏旁部首创造了假名，又用汉字和假名组成了似中文非中文的句子。因此，学习日语乍看容易，其实很难，即日语界常说的"笑着进去，哭着出来"。

此日文标题，若去掉假名，剩下的汉字就是"二〇〇〇年日本地下电柱埋入"。日文的"电柱"就是俗称的电线杆子。其他日文词汇和中文意思基本相同。组合起来的句子貌似简单，但对于初出茅庐且不懂技术的我来说，真是绞尽脑汁仍百思不解。

我反复在心里琢磨着这个句子，总怕拿不准，不敢译出声来。这时，我抬头看到他等待而又疑惑的目光，似乎在说："翻译官，这么简短的句子都译不出来吗？"

时间不容我再思考下去，强烈的自尊心敲打着我，只好硬着头皮说："它的意思是：到二〇〇〇年日本将把电线杆埋入地下。"出口后，又犹豫起来，这电线杆子又高又粗，怎么会埋进地下呢？从逻辑上似乎讲不通啊！但从语法和单词看就是这个意思，绝对没有错。我在心里暗暗骂这位日文杂志的编辑，怎么会登出这么个古怪的标题！

镕基主任听后，两道浓眉又紧锁起来。他沉思了一会儿，摇了摇头说："其意，是不是到了二〇〇〇年，日本将用地下电缆和光缆替代电线杆子呢？"

那时的我，科技知识贫乏，根本弄不清什么叫电缆光缆，只好不置可否地没有作声。这时，听到一句简短而又似重锤般的声音："今后多学习一些科技知识吧！"接着，从他浓黑的双眉下，一道犀利的目光直射过来。这目光似锋利的剑，直戳到我知识结构的薄弱之处。顿时，全身的血液像沸腾一般，脸涨得通红滚烫，一直红到耳根。

三十九年后，再次想起那个令我尴尬的日文标题。其实，它是一种形象幽默的隐喻，直译为"把电线杆子埋入地下"没有错，但它真实的意思是：取消电线杆子，把架空电线埋入地下。正如朱镕基同志所理解的那样：用地下电缆代替地上的电线杆子。但是，只有懂得电力技术的人才能理解日文的这层意思。

"架空线入地"这项事业对于城市改造来说虽然工程浩大，耗资巨额，但它美化了市容，净化了天空，通畅了交通，正是世界各国城市改造的必经之路。正因这次的尴尬，让我牢牢地记住了"电线杆埋入地下"的课题，这一记，就是三十几年。

时光匆匆飞逝到二十一世纪。二〇一八年四月访日，我来到京都。在琵琶湖旁的大津休息站里，摆放着许多介绍当地旅游的广告资料。我的目光突然落在一张"向无电柱化推进"的宣传材料上，这是由日本国土交通省近畿地方整备局印制的。

拿了一份资料细看，"无电柱化"不正是我关注了三十几年的"电柱埋入地下"的课题吗？只是语言表达方式不同而已。这份材料毫不隐晦地列出了日本与世界各国的"无电线杆化"的现状。目前，伦敦、巴黎、甚至中国的香港都实现了百分之百的无电线杆化，韩国首尔也达到百分之四十六，而日本东京二十三区只有百分之七，大阪仅百分之五。不知是哪一年的数据，资料上没有注明。日本在"无电线杆化"方面竟然如此落后！简直令我难以置信。但，这是日本官方印制的宣传材料，又不能不信。

于是，我又多方查找有关数据，日本国土交通省公布的数据略高一些。二〇一七年日本全国范围（城市市区的主干道）无电线杆率为百分之十五，在日本大城市中，大阪市为百分之三十五，名古屋市为百分之二十一，首都东京主城区达到百分之四十一。

不过，这个数据还是让我跌破眼镜，忽然意识到：三十年前那份日本杂志对日本"二〇〇〇年电线杆埋入地下"的预测是极其不靠谱的。或许，那只是学者的一己之见而已，或许，仅是预测了日本城市改造的方向。

眼见为实，此番我们从关西到关东周游了一圈，竟然发现很多街道上空还都保留着密密麻麻的架空线，仍如动漫"灌篮高手"里的经典画面那样，竖着电线杆子的街道，交织着横七竖八的架空线，倒是令人感受到一股浓浓的怀旧风情。

恰巧我们去镰仓时，住在了大船饭店。从窗户向外眺望，远处山坡的绿树丛中矗立着一尊洁白的观音像，低头敛目，略带微笑，一种宁静奥秘的美沁人肺腑，扣人心弦。于是我走出饭店欲拍几张观音照。然而，饭店旁七八条电线交叉地横在空中，宛如一张"黑色蜘蛛网"。找了许多角度试拍，都难以摆脱电线的干扰。拍完之后，打开手机里的照片一看，仍有几条电线横在画面下方，真是大煞风景！

为什么日本会在这方面停滞在如此落后的状态呢？国土交通省摆出如下理由：一是成本高，二是电力公司和通讯公司之间协调困难，三是道路狭窄难以实施等等。

日本地震频繁，埋入地下的电缆如果断了，要确定断点就要挖路，用断点检测设备精度有限，不如电线杆一目了然。这便是电力公司不愿积极投入"架空线入地"工程的原因。现在，日本采用综合管沟方式，把电力电缆和通讯光缆放入一条管沟里埋入地下，且埋入管沟的成本非常高。高到什么程度呢？日本综合管沟埋入地下的工程，平均每公里耗资约三亿五千万日元。国土交通省预算有限，如何协调电力公司与通信公司共同出资完成架空线入地便成了一个大难题。

为了迎接迫在眉睫的东京奥运会，二〇一六年"无电柱化"法案在参议院以全票赞成正式表决通过。这意味着日本将会严格限制电线杆的设置，同时将加快"无电线杆化"的进程。东京都立即积极响应，都知事表示：二〇二〇年拟将东京都内十九个区主干道"无电线杆化"程度由目前的百分之八十提高到百分之百。

历史的进程往往出人意料。三十多年前，曾有学者撰文预测"日本二〇〇〇年电线杆埋入地下"，然而，日本竟然没有如期实现。岂不知这条信息却触动了中国未来总理的神经和决策。在变幻莫测、瞬息万变的信息时代，谁具有"犀利的目光",谁抓住了有用信息,谁就是世界的强者。

目前,中国也在大力推进城市的"架空线入地"工程。为了迎接二〇二二年冬奥会,北京市二〇一七年承诺:核心区两年内,即到二〇一九年底,将把架空线全部入地。可以想象,两年后北京核心区上空将更加清爽,不再有"黑色蜘蛛网"笼罩了。

为了举办一次尽善尽美的夏奥会和冬奥会,东京和北京似乎站在同一起跑线上,紧张地进行着一场"无电线杆化"的竞赛。欲知谁家输赢,且看近在咫尺的二〇二〇。

2018 年 7 月

鸟居的天启

二十世纪八十年代，初次乘坐日本新干线，新颖的流线型车头，明亮宽敞的车厢，风驰电掣的速度，毫无振动感的平稳，如不看窗外景物飞速闪过，就像坐在自家沙发上一样惬意。

时光飞逝，进入二十一世纪，中国大地上从南到北也飞驰着高速列车。从北京到天津坐高铁只要半个多小时，时速比日本的还要快，达三百多公里，而且车厢内也和日本新干线一样宽敞、舒适。我不禁为中国发展速度之快、为高铁的四通八达而骄傲。

原以为中国高铁都实现了国产化，但最近读了几篇文章才知道，目前某些关键零部件仍需进口。其中，就引进了一种绝不松动的螺栓，以保证高速列车安全行驶，这就是日本哈德洛克公司生产的"hardlock 螺栓"。

高铁运行时，高速行驶的列车和铁轨间产生的震动非常剧烈。一旦螺母松动脱开，满载乘客的列车就会有车毁人亡的危险。要想保证高速列车的安全，就需要螺丝和螺母丝丝入扣，永不松动才行。

世界上生产螺栓的厂家多如牛毛，但能够生产这种永不松动螺栓的企业只有一家，这就是只有四十几人的哈德洛克工业株式会社。中国的高铁取得了令世界刮目相看的成绩，然而，这种螺栓也需要从这个小公司进口，这不禁引起我的好奇心。

螺栓是否会松动，关键在于螺母。哈德洛克公司的创始人若林克彦是位一生与螺母结缘的人。

早在一九六一年，若林就发明了不会回转的 U 形螺母，并于一九六二年成立了只有三个人的公司。公司发展可谓一帆风顺，但若林并不满足，他的梦想是：螺母永不松动。

为了研制永不松动的螺母，若林可谓是绞尽脑汁。一九七三年的一天，在途经自家附近的住吉神社时，他的目光突然停留在入口处的鸟居上。鸟居是神社前类似中国牌坊的建筑，颜色一般为朱红色。其结构很简单，在两个立柱之间横着两条笠木和岛木，在柱子与岛木之间插入楔子，起固定作用。鸟居在狂风暴雨中挺立了数百年，为什么不会倒塌？靠的不就是那个楔子吗？若林脑中突然闪过一个灵感：楔进那种楔子就不会松动了！恍如醍醐灌顶，他立即投入了具体的产品研发。

虽然从古代建筑中得到启示，但如何才能使螺母具备楔子的功能呢？若林又经过了一番冥思苦想。最后他想到的方法是：在一个螺栓上使用凹凸形状的两个螺母，下方呈凸状的螺母，在加工时稍许错动即偏心加工，起到楔子的作用；上方呈凹状的螺母，不做偏心加工，而采用圆形加工方法，于是，就形成了锤子敲打楔子的功能。这样，两个螺母合二为一，松动的问题就迎刃而解。

若林终于在神社鸟居的启发下，成功地发明了永不松动的螺母。他感慨地说："这或许是天启。"

天道酬勤，"天启"是上天给予人们开启智慧大门的一把钥匙，是对有心人和有志者的特殊激励。

发明出永不松动螺母后，若林决定倾其所有投入生产。一九七四年，他将原有的 U 形螺母生产几乎无偿地出让给原公司的有关人员，不顾一切地成立了哈德洛克公司，专注于永不松动螺母的研发和生产。

从公司创立至今，公司已走过了四十余年的艰苦历程，若林带领公司四十几名员工不断摸索、不断改进，使其产品终于成为名副其实的绝不松动的螺母。

其实，发明成功了，并不意味着可以大批量生产出来。发明变成正规的产品还需要常年的积累，形成独特技术和诀窍。例如对不同的尺寸和材质螺母设有不同的对应偏心量，这就是哈德洛克公司的核心技术，也是永不松动螺母无法被仿制的关键所在。

哈德洛克公司的这种螺母的结构远比一般螺母复杂，成本自然比较高，其螺栓的销售价格比普通的螺栓要高出几倍，这就成了创业初期推广的最大障碍。虽然其价格高，然而一旦拧紧就无须维修，可以节约庞大的保养检修经费，所以，其产品逐渐被很多用户理解并采用。

一九七六年，hardlock 螺栓首先被日本关西私营铁路公司采用，安装在电力设备上。七十年代，日本的高速铁路迅速发展，为保障其安全性，非常需要耐震防松的螺栓，这给若林的公司带来了发展机遇。

千里有缘一线牵，日本最大的铁路公司 JR 决定采用 hardlock 螺栓。新干线使用了两万个哈德洛克生产的永不松动的螺栓，即使列车以二百五十公里的时速行进，螺栓也绝不会发生松动，从而保证了新干线几十年安全运行，这是世界高速列车领域的奇迹。

二〇〇六年，英国广播公司在铁路事故纪实节目里介绍了 hardlock 螺栓的有效性，此后，英国铁路部门当机立断，全面引进了 hardlock 螺栓。迄今为止，澳大利亚、波兰、英国、中国、韩国的高速铁路都采用了这种螺栓。

除铁路外，世界最长的吊桥日本"明石海峡大桥"，世界最高的自立式电波塔"东京天空树"，美国的航天飞机发射台、海洋钻探机等都采用了hardlock 螺栓。

在被认为是世界上最严格的 NES（美国国家航空航天标准）震动试验中，永不松动的螺栓也显示了不凡的"独门武功"，获得了众口好评。

现在，哈德洛克公司的产品 hardlock 螺栓得到了世界广泛赞誉，它的成功也引起很多公司竞相模仿。尽管哈德洛克公司公开了其螺母的原理和结构，但模仿者仍然造不出同样水平的产品。

哈德洛克公司几十年来只生产螺丝和螺母，十分专注认真，经过长年积累，形成了独特技术和诀窍，这是任何模仿者难以学到的。

日本有许许多多不起眼的中小企业亦是如此，具有独一无二的技术和诀窍。因此，千万不要轻视小觑这些中小公司。

富士山巍然耸立，山顶白雪皑皑，呈现出奇特的圆锥形，被日本人称为"圣岳"。日本经济就像是圆锥形的富士山，山顶上是为数不多的世界闻名的大企业，山脚下却是大量的优秀中小企业。它们以精益求精的工匠精神支撑着"日本制造"，支撑着整个日本经济。

2018 年 7 月

"兔子窝"

二十世纪七十年代，欧洲人曾讽刺日本人住房狭小，犹如住在"兔子窝"。岁月如白驹过隙，近半个世纪过去了。二〇一八年四月去日本，没料到在大阪真的住进了"兔子窝"。

三月末四月初是京都樱花盛开的季节，慕名而来的游客从世界四面八方涌来，京都的旅馆饭店价格奇高且预订不上，只好订到大阪天满桥饭店，一晚八百元人民币。这个价钱在北京可住四星级饭店，若到天津可住五星级了。

然而，到了大阪天满桥饭店一看，令吾辈大吃一惊：八百元一晚的房间居然只有十二平方米！一张所谓"大床"小得可怜，一张巴掌大的桌子，一个立橱把电视、茶具、烧水壶都收纳其中。卫生间小得不能再小，但洗脸盆、马桶和浴盆一应俱全。房间虽小，设备应有尽有，甚至马桶盖还是电保暖的。

在如此狭小的空间住了三天，不禁感叹：果不其然，日本人犹住"兔子窝"啊！对于住惯大房子的中国人来说，这狭小的空间实在太憋屈。但是，对日本人来说，"兔子窝"不算什么，因为，这是他们由来已久的住宅观。

日本人素奉"家窄心宽"为金科玉律，其意是虽然处在狭窄的空间里，但心中能够理解广阔无垠的宇宙。其住宅的空间感与中国及西方人截然不同。

中世纪伊势地区，日本庶民住宅最小的仅一点五坪（一坪约为三点三平方米），大的也只有三十五坪，平均是五坪。

日本住宅内都要铺榻榻米，它不仅是铺在房间里的地席，还是住房空间的一个基本计量单位。早在十六世纪末，就有按榻榻米分配、修建房子的做法。脑子里要先有一张榻榻米是多大的概念，然后再设计房子的空间。据说过去在京都，房屋税的多少是按榻榻米的张数来确定的。

平安时代，房间里并不是所有地方都铺榻榻米，只铺边上的一圈，而且榻榻米的大小是按身份规定的。据《延喜式》记载，最大的为六尺乘四尺，其次为五尺乘四尺，第三位为四点六尺乘四尺……

由此可见，榻榻米是日本人生活中占有空间的象征。这一习惯直到江户时代才有所改变，元文三年（1738）发布的关于大名建房占地面积的命令中，便以俸禄额为标准来确定榻榻米的大小和多少。

明治时代，日本曾经掀起一股建造洋房洋楼的热潮，前田侯爵花费了十九点五万日元（相当于现在的六亿日元）建起了占地二百零四坪的豪华洋式住宅，但它只用于接待客人，侯爵本人依然住在狭窄的"和式房子"里。

日本人的居住空间意识是由特有的榻榻米的形状决定的。"站起来占半张，躺下占一张"，这一谚语，形象地刻画了一个日本人在世上占有的基本空间。

建造一个四张半榻榻米的茶室，特意让许多人挤在一处狭窄的空间里，这是世界上任何一个民族都体会不到的享受欢乐的方式。窄小反而让日本人心里踏实。他们说："正因为处在像火柴盒一样狭窄的空间里，所以才能够体悟辽阔无垠的宇宙。"

孕育了希腊广场文化的西方人在辽阔的空间里寻求安定，而日本人却在狭窄的空间里找到宁静。日本人中有许多患广场恐惧症的人，他们一到辽阔的地方，便像放了气的啤酒一样失去判断力，坐卧不宁。据说某位日本优秀的职业棒球选手，上场参加比赛之前，一定要去趟厕所，如果不去一下狭窄的厕所，就稳不住神。这种类型的"狭窄癖"，东瀛列岛比比皆是。

现在，日本流行一种简易旅馆，可谓是名副其实的"兔子窝"，但经营得非常红火。简易旅馆的房间一米宽、两米长，大约像火车卧铺一样大小的空间，但里面却备有电视、音响电源插头、数字警报器、与服务台联络的电话等。租用这种简易旅馆的人，据说有以下几种情况：或是把那儿当作茶室，在里面冥思苦想；或是把那里当作舞台，带上吉他和小型乐谱练习弹奏；或是作为阅览室，带上两三本书来这里消磨。

同时，东京五平方米的房子十分走俏。其原因是这种超小型房，其月租金低于十万日元。房间虽小但布局经过精心设计，如玄关虽然非常局促，但配备了鞋架可放下多双鞋子。浴室内不设浴缸，而是采用占地面积小的淋浴。这种超小型房可谓是精致的"兔子窝"，住房者能从褊狭的空间中体验到方便和舒适。日本人似乎有一种魔力。即使受到面积、户型等各种局限，也依然能够将住宅中的每个细节打造完美。

年轻一代生活方式和观念的变化，推动了这类超小型房走俏。二十世纪八九十年代，年轻人需要有电视机、音响、书架；而二〇〇〇年代要购买电脑；现在则只要一部智能手机便全部搞定。日本流行的是"极简主义"生活方式，不需要任何多余累赘的东西。

当然，日本人推崇"兔子窝"式的住房缘于他们的国土自然条件。岛国面积只有三十七点八万平方公里，比中国云南省（三十九万平方公里）还要小。根据北京大学社会科学调查中心的研究，二〇一六年，日本人均居住面积只有十九点六平方米，而美国人均居住面积为六十七平方米，中国为三十六平方米。在这种国土资源条件下，日本的建筑设计者提出了"最小限住宅"的设计模式，即把生活中最低限度的必需要素抽出来加以整理，来构筑适合人居住的最佳住宅。

"小"对日本人来说是一种普遍的存在，无论是在文学上、建筑上、文化上、生活上等都有"小"的体现。片段式的随笔以及形式简短的俳句都在文学上体现了"小"；日本庭园和插花艺术也在形式和内涵上追求小而美；奔跑在马路上的汽车，大部分是两厢的小型车。"缩小意识"无处不在，从庭院、茶室、胶囊旅馆，到折扇、便当、袖珍书等，都是日本人"缩小意识"的体现。岛国人推崇"小"无可非议，小空间也蕴含着大智慧。

2018 年 7 月

集萃篇

蒙尘的珍珠

"大气、光、憧憬的土地——潇湘八景图",这是日本 NHK 电视台在黄金时段的"国宝探访"栏目中播出的一个专辑。节目中反复提到一个在滚滚历史尘埃中几乎销声匿迹的名字——牧溪。

观看了这个节目,感到这位画家的名字很陌生,于是通过各种途径寻找有关牧溪的资料。他像是谜一样的人物,在中国画史上没有找到他的名字。经查询得知:他是十三世纪中国南宋时代的禅僧画家,生死年代不详,只能推测为在公元一二一○年至一二七○年。虽然,在中国境内鲜为人知,绝大多数中国人对他的名字会感到陌生,然而,他对日本水墨画的形成和发展却产生了巨大影响,被誉为"日本画道之大恩人",甚至是日本人心目中的画圣。

中国美术史上几乎没有关于他的记载,只有元代吴大素的《松斋梅谱》,对这位画家略有文字描述:"僧法常,蜀人,号牧溪。喜画龙虎、猿鹤、禽鸟、山水、树石、人物,不曾设色。蔗渣草结,又皆随笔点墨而成,意思简当,不费妆缀。松竹梅兰石具形似,荷芦写,俱有高致。"

然而,牧溪的画早在公元十四世纪于日本已大名鼎鼎。

在镰仓圆觉寺内,有一本《佛日庵公物目录》,这是宋元画流传到日本的最早的藏品目录。书中提到三十八幅中国绘画,其中牧溪的名字与宋徽宗并列。

另外,东山文化时期的掌权者足利义政将军(1436—1490)手中,珍藏着二百七十九幅中国绘画,其中百分之四十是牧溪的作品,这不能不令人惊讶。

现代日本人对牧溪也很推崇。著名画家东山魁夷一九七五年十二月在德国科隆的演讲中，对这位中国画僧给予了极高的评价：

"牧溪的画有浓重的氛围……形成风趣而柔和的表现，有趣也很有诗韵。因而，这最适合日本人的爱好，最适应日本人的纤细感觉。可以说，在日本的风土中，牧溪画的真正价值得到了承认。"

在东山魁夷看来，牧溪的知音在日本。

牧溪生活的年代在日本是镰仓时代，正是日宋贸易繁荣的时期。随着贸易的发展，大量的中国陶瓷、织物和绘画输入日本，牧溪的画作也在南宋末年流入日本。

据研究，牧溪在杭州禅林习画时，恰逢日本僧人圣一前来研习僧法。二人同门从师，结为挚友。至圣一返日，牧溪以《观音图》《松猿图》《竹鹤图》相赠，圣一悉数带回日本。现三幅画皆成为日本国宝，收藏在"大德寺"等寺院内。

进入日本的中国文物浩如烟海，为何牧溪的画作备受青睐？其中有着深刻的社会历史和文化根源。

十四世纪末，以足利尊氏为中心的北朝终于在内战中打败南朝，终止了长达六十年的内乱，统一了日本。定都在京都之后，足利家族的成员开始致力于文化活动，特别对禅宗大力扶植。禅宗僧侣成为文化传播的主体，远离战火的寺庙则成为文化传承的驿站，中日两国的文化交流出现了自唐代以来的又一个新高潮。

"禅"意为通过沉思冥想而引导人们得到自发性的领悟。中国的禅宗在镰仓初期由明庵荣西（1141—1215）传到日本，并逐渐本土化，至镰仓中期形成了日本特色的禅宗。禅僧们不仅著书立说，而且通过创作和欣赏绘画来修心养性，禅宗与绘画形成了相互渗透的关系。正是由于禅宗的普及，才带动了逸笔草草、不求形似但求写意、崇尚古淡的水墨画在日本的发展。

日本"室町时代"绘画最显著的特色是：在宋元画尤其是南宋画样式的

影响下，兴起了以水墨画为中心的新绘画样式。

中国宋代以后，禅宗精神不断向美术领域渗透，牧溪就是出现在这种时代背景下的一位禅僧画家。牧溪的画被归为禅画的范畴，禅画不同于文人画，不拘泥于笔墨或气韵。禅宗的流行促成了水墨画的兴盛，同时也催化了"空寂""幽玄"美意识的形成，而水墨画又以直观的画面表达了禅思，表现了"空寂、幽玄"之美。牧溪的水墨画不留痕迹地集三者于一体，处处渗透着禅机，并且隐含着与"空寂、幽玄"相通的艺术因素，因此便产生了一种内在的深度和神秘的魅力。恐怕包括他自己在内的所有人都不曾料到，是他引领了日本水墨画的发展。

自十三世纪以后，日本先后出现了如拙、周文、宗湛、雪舟、雪村、秋月、宗渊等众多的禅师兼画师。对于许多日本画僧来说，牧溪的存在具有先驱式的典范作用。

室町幕府时代，活跃着一批剃发佩刀、称作"阿弥众"的人，他们是幕府的艺术监督，长期参与美术作品的管理鉴定。他们编写了《御物御画目录》，整理并记录了将军家所收藏的宋元绘画。书中记有牧溪、马远、夏圭、梁楷等三十一位中国画家的共计二百七十九幅作品，其中牧溪一人所绘人物、花鸟、山水等各种题材的画作达一百零三幅之多。他们又把牧溪的画作评为"上上"品，可见对牧溪艺术的评价之高。

在日本，凡知道牧溪的人大都推崇他的代表作《潇湘八景图》。这里的"潇湘"指的是潇水与湘水交汇的湖南零陵至洞庭湖一带。这里水域宽阔，湖泊众多，降水丰沛，这种自然地理环境最适于水墨技艺的发挥。牧溪的《潇湘八景图》即描绘了洞庭湖及周边地区的八种景色。

日本研究学者认为"八景"是作为一个完整画卷传入的，表达的也是统一的主题。然而在数百年的历史风云中，"八景"已各自分离成单独的挂轴，且有四景遗失，仅存四幅真迹。其中，《烟寺晚钟图》《渔村夕照图》被列为"国宝"；《远浦归帆图》和《平沙落雁图》被列为"重要文化财"。四张画分别收藏在京都和东京的美术馆中。

上述四幅画，均押有"道有"的印章。据推断，正是这位名为"道有"的所有者把"八景"切分开的，他就是室町幕府的三代将军足利义满（1358—1408）。他不忍独自欣赏巨幅的"八景"画卷，为了便于更多的人欣赏，便令匠人将其切割、分开装裱。《潇湘八景图》成为室町时代"天下首屈一指"的珍宝。

牧溪以最为朴素的材料——水和墨，最大限度地利用二者所产生的变幻无穷的丰富晕色，绝妙地展现了潇湘的空蒙之美。这一艺术境界，恰与日本中世的"空寂"与"幽玄"的美意识不谋而合。

世阿弥有句名言："隐藏着的花才是真正的花。"即蕴藏于物体表象背后的朦胧美才最富有魅力。正是出于这样的审美心理，在日本人眼中，牧溪的水墨技艺被认定是超凡脱俗的。

二〇一八年四月樱花季节，为了欣赏现存的牧溪原作，我奔波于东京和京都的各大美术馆，甚至无暇观赏樱花的绽放。

在京都大德寺，我欣赏了《松猿图》。画轴之上，只见老松斜出，树干上栖息着一对子母猿。母猿白面长臂，毛发蓬松，在长毛中显露出肌肉的柔韧与灵活。母子双猿紧紧偎抱，神态安详，迎着秋风，眺望远方，流露出一种超然的苍凉之感。画幅留有大面积空白，仅涂一片幽邃的淡墨，像是笼罩着一层暮色或雾气，如梦如幻，令人产生一种萧瑟空寂之感。

在富山纪念馆明月轩中，观赏了《烟寺晚钟图》。其画面的大部分为淡墨表现的浓雾，左侧有树木丛生于浓雾之中，树丛深处隐约可见山间寺院的房檐，悠扬的钟声仿佛正穿透云烟飘然而至。正中有一条微弱的光带拨开雾霭，这是黄昏时分的最后一线光亮。

在根津美术馆，欣赏了《渔村夕照图》。它同样是云雾弥漫，不同的是有三条光带从密云间隙倾泻而下，左侧是隐没于险峻山峦之中的小小渔村，正中以寥寥数笔勾画出一叶渔舟在水雾中飘荡。

在京都国立博物院，长时间地观赏了《远浦归帆图》。其左下角以疾驰之笔描绘出狂风中摇晃欲倒的树木，不见枝叶，只见风雨卷袭中歪斜的树形，下方一只小舟漂荡在湖中。远近的树木分别以浓淡不同的墨色来表现，在墨与水的交融中，绝妙地达到了西方绘画中远近透视法所追求的效果。

在东京出光美术馆，静静地观赏了《平沙落雁图》。在横幅一米的宽阔画面尽头，远方的雁群依稀可见。画面下方，芦苇中有四羽大雁，形态各异，栩栩如生。

我发现四图无一例外地拥有一个共同特点——大面积的余白，且点睛之笔均在偏于画面一角。这种"一角"式的笔法蕴含着禅宗的理念：借一角残山展现大自然的雄伟与壮阔，以一片"空寂"寓意无限深邃的意境。

久久地站在已泛黄的画作前，我的心灵在剧烈地颤抖，被来自宋代的空灵之美所震撼。震撼之后则是一种心灵的宁静和无尽的遐想。我分明看到：一颗蒙尘的珍珠，在东瀛的艺术宝库中，拭去了尘埃，闪烁出无可比拟的耀眼光辉。

2018 年 7 月

当印象派遇到浮世绘

东西方艺术像两条奔腾不息的长河，一旦相碰撞，就会激起惊天浪涛。十九世纪中期，当西方的印象派遇到东方的浮世绘，一个浪花四溅的碰撞，翻开了西方艺术史崭新的一页。

浮世绘作为江户文化的一支，在十七世纪初异军突起。它率真地表现了江户时代市井生活的人物和场景，如美人、浴女、歌舞伎、浪人、侠士、花街柳巷、红楼翠阁、旅游风光，被称为"江户时代形象的百科全书"。

从制作手段看，浮世绘分为木版画和肉笔画。其木版画受中国明清木版插图的影响而逐步发展起来。浮世绘之所以能在长达两个世纪以上的时期内保持旺盛的生命力和广泛的传播力，很大程度上因为在木版画这一领域，画家找到了追求各种新技法和新风格的可能性。

进入十七世纪后半期，活跃于江户的浮世绘画家菱川师宣，把绘画从文学的束缚中独立出来，直接描画市井庶民、歌伎舞女、奇事逸闻等。他采用了大和绘流利柔和的线描，画出典型的美人画形象，而且在版画形式上摆脱了单色制约，产生了富有生气的彩色画面，增强了木版画的艺术性，被称为浮世绘的创始人。

一七六五年是版画的革命之年，由此迎来了浮世绘的鼎盛时期。铃木春信创造了多色印刷版画，他用十种以上的色彩多次套印，印成的版画色彩丰富绚丽，好像织锦一样，故名"锦绘"。他还吸收了中国明代仇英的美人画风格，创作出清纯的柳腰美人样式，深得江户市民青睐。

十八世纪中期，天才的葛饰北斋继承了名胜画的传统，又吸取了荷兰风景版画的手法，创作出"富士三十六景"等系列作品，成为浮世绘最杰出的画家。这一系列作品把日本圣岳富士山的巍峨形象，通过与庶民生活诸相的对比，以出乎意料的构图或瞬间即逝的千姿百态，呈现出令人炫目的丰富场景，可谓把西方手法和日本情趣相结合的推陈出新。

同期，歌川广重推出了风景画"东海道五十三景"，这里的东海道，指的是从江户（今东京）出发，沿太平洋西岸到达京都的驿道，五十三景，指五十三个驿站。广重一反北斋从西洋画学得的某种程度的透视，常取斜线构图，他用写实的笔法，画出了旅途的愁苦、人生的艰辛，更易于引起百姓的共鸣。

十八世纪末，喜多川歌麿将美人画的局部放大为上半身像，被称为"大美人头"。他用暖色调的单色平涂背景，结构和色彩极为简练，并用流云般的优美曲线塑造出美丽性感的女性形象。他的"大美人头"样式成为浮世绘美人画黄金时代的代表作。

总之，日本这样一批才华横溢的画家把浮世绘推上了日本美术的巅峰，浮世绘成为世界美术中的一朵奇葩。但浮世绘的画家们做梦也没有想到，几十年后他们的画会被引进西方油画的画廊，催生了一场新的艺术革命。

一八五五年，在巴黎举行的世界博览会上，浮世绘的一些二三流作品竟进入大雅之堂，并受到许多法国画家的青睐。次年，巴黎出现了葛饰北斋的画集，法国画家对浮世绘的兴趣日益高涨。他们不断地在自己的作品中，创造性地运用浮世绘的美学风格，或自我炫耀地以浮世绘作品作为自己画面的背景，由此形成了一种艺术狂热。

一八六七年，巴黎举办了第二届世界博览会，展出的浮世绘后期末流作品一百多幅，均被抢购一空。十分有趣的是，燃起法国画家热情的只是日本的二三流作品。但是，他们依然对浮世绘赞叹不已："异想天开的构成，把握形象的巧妙，色调的艳丽，画面效果的独创性，单纯化的表现手段，等等，等等。"浮世绘用它东方绘画的简练和概括，打破了欧洲传统绘画的透视和立体的约束，改变了他们的美学观念。

马奈、莫奈、德加、惠斯莱特、高更、凡·高等印象派和后印象派的画家都狂热地追捧、学习浮世绘。

德加创作出多幅《舞女》《浴女》的油画，与浮世绘中的舞女、浴女极其相似。

莫奈让模特穿上了日本和服，创作出著名的画作《穿日本和服的女人》。

生活困窘的凡·高居然收藏了二百多张浮世绘。在他的油画"唐基老爹"中，以拼贴的浮世绘作为背景。更有趣的是，居然用油画色彩临摹了歌川广重的浮世绘作品《龟户梅屋》，甚至画中的汉字也用油画笔写得工工整整。

"这种狂热，宛如在导火线飞走的火势，燃遍了所有的画室。"批评家谢诺在述评文章《日本在巴黎》中如是说。

东西方绘画的碰撞之所以能产生如此之大的冲击波，和欧洲绘画正处于彷徨阶段有关。十九世纪以来，西方各国陆续完成了工业革命，唯一能与大机器工业相对抗的手工活动就是艺术。然而，极其盛行的传统写实美术则由于摄影技术的发明和迅猛发展而受到前所未有的严峻挑战。

印象派画家是一群艺术的开拓者，他们在苦苦地探索新的绘画技法。所以，一旦遇到工艺性重于绘画性、装饰性重于写实性的浮世绘，就犹如拨云见日，豁然开朗。

印象派画家从浮世绘中获得了神奇的启迪，他们学习了浮世绘打破时空的构图方法，也学习了浮世绘的线条和色彩。从而，印象派油画出现了流畅的线条，出现了简练、鲜明的色彩，绘画内容也从皇室、贵族转向市井平民。

浮世绘唤醒了印象派画家的现代审美观念，从而创造出与日本艺术没有形式对应又比日本更高层次的现代主义艺术。印象派与浮世绘的碰撞导致了一场西方自文艺复兴以来最重大、最本质的文化革命，即以现代主义扬弃了写实传统的革命。法国评论家指出："这种影响，与古代希腊、罗马对文艺复兴的影响具有同样的意义。"

时至二十一世纪，印象派的作品仍然受到世界各国的推崇，莫奈、凡·高等印象派画家的作品在拍卖会上创出几千万美元的高价，而浮世绘却在欧洲渐渐失去了热度。

喜爱印象派绘画的人们总要去拜访法国的莫奈花园，那是印象派巨匠莫奈创作名画《睡莲》之地。在长满睡莲的池塘中，架着一座日本小桥。曾知否，在粼粼波光中，在绚丽多彩的睡莲中，曾荡漾着巨匠的一个浮世梦……

2018 年 7 月

赤富士与画狂人

　　此刻，整个宇宙都变得宁静肃穆，似乎在屏息静观一位巨匠的精湛表演。我站在"富士见"饭店的阳台上，全身似乎都凝固了，一动不动地眺望着这幅绝世佳作。

　　一座巨大的山峰突兀耸立在前方，红灿灿的霞光照射在白皑皑的山顶上，似银装外又披一层闪亮的红纱。一团团紫红色的云霞把这座圆锥形的山峰高高托起。此时的富士山既像一位富态的仙女端坐在云霞之中，又像一位英姿勃发的少年昂立在宇宙之间。

　　这时，我的脑海里突然浮现出葛饰北斋的名作《赤富士》。初见这幅画时，不知作者为什么把富士山画成红色，现在蓦然茅塞顿开，原本富士山在旭日跳出海波的一刹那就是赤金晃晃的惊红、骇红、诡红。

　　葛饰北斋（1760—1849），这位天才的浮世绘画家活跃于江户时代后期，自号"画狂人"。在他九十年的人生中，改号三十次，搬家九十三次（可见其骚动不安的天性），创作了三万多幅作品，留下了众多举世闻名的力作。

　　他四十六岁时才确定"葛饰北斋"的名号。天保二年（1831），其绘画生涯中最负盛名的《富岳三十六景》诞生，他从不同地点、不同角度描绘富士山，突出了富士山在日本人生活中神秘而又不可撼动的地位。

　　其中大名鼎鼎的，就是《凯风快晴》，即《赤富士》，小标题为"和煦南风晴朗日"。作者运用版画的线条与色彩，抓住富士山被朝阳染红的那电光石火的瞬间，用极具张力的两道弧线简练地概括出富士山的轮廓——巍然耸立，雄浑壮丽。蔚蓝的天空布满鱼鳞状的卷积云，变化有致的云层将背景推向无限深远。如火焰般升腾的巅峰和橘红色的山体在湛蓝的天际映衬下愈发显得光彩夺目。

画面以最单纯的色彩达到最鲜明的效果：山顶至山麓间呈现出不同色调的红；并以白点表现云朵，用深蓝点写意山麓的森林，体现出画家独特的感受力和表现力。

七十岁后，北斋作画追求极简，并特意改名为"一笔"，画富士山也是用"一条线"。所谓"一条线"，实际上是由许多微妙的点和线组成。

整个画面极其简练、单纯、大胆，只有红、蓝、白三种颜色，只有富士山、云海和树海。但是，越是单纯的色彩和构图越给人留下鲜明的印象。日本画家以富士山为题材的作品很多，但以葛饰北斋《凯风快晴》的红富士为翘楚。

富士山的彤体不仅出现在朝阳镀金的须臾，而且从它诞生那一刻起就与红色相伴——因为它始于地心岩浆的喷发。富士山是世界上最大的活火山之一，自公元七八一年有文字记载以来，共喷发了十八次，最后一次喷发是在一七〇七年，至今仍沉睡未醒。

想想看，炙热的岩浆猝然从地心的丹炉迸发，天崩地裂，天昏地暗。而后浓烟渐渐消失，一座圆锥形的高山就在地平线上耸起。原始的人类惊叹于大自然的神力，莫不对它奉若神明，顶礼膜拜。富士山在日本人心目中的地位，大概相当于黄河对于中国，常常被用作母亲的象征。富士山又被日本人称为"不二山"，即没有第二座山可以和它相提并论。

富士山是日本人心中的"圣岳"，正如幕府时代的歌人英湖斋泰朝所说："富士乃心之山也。"只要富士山存在于日本人的心性之中，那么它就是日本人共同拥有的精神家园。如果说樱花代表了日本人的细腻与婉约，富士山则代表了日本人的执着与坚忍。

《浮世绘》一书称："富士山是一个活体生命，每天都给我们展示出不同的姿态。"而《凯风快晴》展现了金光耀眼、元气淋漓的富士山，也是象征着艳阳高照、吉兆临门的富士山。

《赤富士》乃北斋"胸中的富士"。对于葛饰北斋而言，富士山是大自然的象征，也是他希望抵达的"神之领域"。因此，北斋笔下的《赤富士》成了日本艺术中的瑰宝，他本人则被誉为日本"现代艺术之父"。

在国立博物馆的外墙上悬挂着巨幅《赤富士》的复制画，在书店里和机场的小卖部也到处可见《赤富士》的画册及工艺品。

葛饰北斋已成为世界首屈一指的画家，二〇〇〇年，美国《生活》杂志评选"千禧年影响世界的一百位名人"，他是入选的唯一一位日本人。葛饰北斋的艺术超越了国界和时代。他的风景画艺术传到欧洲之后，极大地影响了欧洲印象派画家，德加、马奈、凡·高、高更等画家都临摹过他的作品。连德彪西的交响音乐作品《大海》也深受其作品《神奈川冲浪里》的影响。

葛饰北斋的声名虽然如此之大，他本人却十分谦虚。七十四岁时，北斋在《富岳百景》画集跋文中写道："我画过很多画，但七十岁之前的作品都不值一提。希望我到八十岁时能有长足的进步，九十岁时能参透万物，一百岁时达到艺术炉火纯青的境界……"

人生七十古来稀，葛饰北斋在古稀之年竟然敢于否定自己七十岁以前的画作，这是多么难能可贵的自省精神！且在七十四岁的暮年仍然敢于继续攀登艺术的巅峰，这又是多么巨大的勇气和魄力！不愧为名副其实的"画狂人"！

会当凌绝顶，一览众山小，和煦南风吹，富士景独好。

我似乎看到一位巨匠正站在富士之巅，挥动如椽大笔，把亮丽的海蓝洒向天空，把鲜艳的霞红泼向富士。

2018 年 7 月

永不凋谢的燕子花

　　根津美术馆像一个大隐于市的修行者，静静地坐落于表参道繁华的街市中。穿过一条竹林掩映的石板路，走进美术馆大厅。一侧悬挂着巨大的广告，标题是《光琳与乾山——艺术家兄弟交相辉映的美意识》。走进展览厅，在一面墙上，展示着尾形光琳的巨幅屏风画《燕子花图》。

　　画面色彩高雅华丽，构图单纯而巧妙，深浅不同的蓝紫色燕子花与绿叶，以精心设计的韵律排列在金色的背景上，描绘出生动活泼的春的氛围。特别是，通过燕子花各种巧妙排列，以二维平面表现出三维的立体空间，给人以空间的进深感，使观者产生强烈的心灵震撼。

　　坐在长凳上，静静地欣赏着这幅久负盛名的画作，忆起日本朋友讲述的许多有趣的故事。

　　美术馆的创始人根津嘉一郎（1860—1940），曾任东京都圈最重要的私铁"东武铁道"的社长。当时日本刚刚经历了明治维新，国门打开了，日本古代艺术品大量流失海外，促使嘉一郎从一八九六年开始收集日本、东洋古代艺术品，并创建了根津美术馆。

　　他最著名的一件藏品就是这张《燕子花图》屏风。这是尾形光琳从事绘画事业的初期作品，据说是从《伊势物语》中"八桥"的故事获得的灵感。

　　"有一个自认为在京都无用武之地的人，想去东国安家。途中，他遇到几个同样茫然的伙伴，大家走到三河国的地界上。此地河川纵横，架着八座板

桥，因此命名为'八桥'。大家在此歇息、吃饭，忽然抬头看到河湾长着一片
紫色的燕子花，迎风绽放，绚丽无比。主人公想起家乡的恋人，于是边咏歌
边流下思乡之泪。"

光琳之所以能有感于"八桥"，是因他本人的经历与之颇有相似之处。

尾形光琳一六五八年出生于京都吴服商"雁金屋"，是一个正正宗宗的富
二代，排行老二，由于家学渊源，从小便受到艺术的熏陶。他从父亲那里继
承了很大一笔遗产，青年时代过着挥金如土、不醉不休的生活。有一段轶事
可做旁证：一天，光琳和他的朋友在京都郊外岚山举行盛大的野餐会，每个
人都拿出最能显示自己豪富的佳肴，而光琳的出手却令人惊骇，不仅食品高
档无比，连包裹用的竹叶都镶上了金边。餐罢，他径直把镶上了金边的竹叶
抛到河里。为此，他被官府逐出京都，因为违犯了禁止平民使用金银的法律。

离开家庭，离开京都，他就一无所有，不得不去江户投亲靠友，寄人篱下。

或许，正是这种大起大落的人生体验，才使他对"八桥"故事产生了强
烈的共鸣，迸发出创作《燕子花图》的灵感。有趣的是，他删繁就简，没有
画故事中的人物，连桥、河流都省略了，只有那一片艳丽的燕子花成为画面
的主角。

金黄色的背景下，燕子花的黝蓝和叶子的浓绿交织在一起，构成一幅豪
华绚烂的《燕子花图》。透过缤纷绮丽的色彩，尾形光琳的傲慢、孤寂仿佛要
从画中冲出，令人禁不住打了一个寒战。

《燕子花图》被根津嘉一郎收藏，首次展出是在大正年间的一场茶会，那
时正是庭园内燕子花盛开之际。受邀的宾客，通过一条移步换景的小道，令
人想起唐诗中的"曲径通幽处，禅房花木深"。然后，来到一个高坡，缘坡而
上，边登边眺望庭园的风景。至坡顶，眼底呈现出一方池塘，塘畔开满了紫
蓝色火焰般的燕子花。客人不禁驻足，流连不舍。那时没有手机，否则，一
定要争相自拍或他拍吧。侍者却一再催促众人进屋——那不是禅房，是茶室，
也许主人采了许多花和枝，将要为大家表演花道吧，有人想。疑疑惑惑跨进

茶室，迎面一道屏风，不，屏风上的画，让众人猛然止步，继而不约而同地发出啧啧赞叹，原来，那正是赫赫有名的《燕子花图》。

把艺术与现实融合在一起，让观者的思绪在艺术与现实两者之间来回游走，这正是根津嘉一郎策划已久的。他根据自己的收藏，设计了相应的庭园一景，预测了最佳的时节，举办了一场精彩的展览和茶会，从而树立了他在收藏界的地位。

思绪返回到现实，不禁也想去后庭看看那一池燕子花。起身来到庭院，一条幽静的石板小路把我带到绿荫掩映的水池边。池中长满了翠绿的长叶，燕子花尚未绽放，只从绿叶中探出几枝尖尖的花苞。但从那密密麻麻的绿叶可以想象出燕子花满开时婀娜多姿的风采。

我不禁在水池旁感叹：大自然的燕子花只能保持短暂的鲜艳，而尾形光琳创作的燕子花却永不凋谢。一百年过去了，美术馆仍在经久不衰地展示着《燕子花图》的风采。

这张《燕子花图》在日本美术史上被称为经典之作。美术评论家指出："著名的光琳的屏风画《燕子花图》的确是一个具有抽象美的作品，必须承认它具有一种惊人的超越了单纯装饰的力量。"

尾形光琳将各种风格融会贯通，独创了日本绘画史上著名的"光琳画派"，其鲜明的艺术风格对后来日本绘画的演进产生了深远的影响。

燕子花属鸢尾科，《燕子花图》也被称为《鸢尾花园》。无独有偶，著名印象派画家凡·高也酷爱鸢尾花，一八八九年创作出了《鸢尾花》的系列名作。虽然，鸢尾花与燕子花属同科植物，色彩、花形基本相同，但是，凡·高笔下的《鸢尾花》与光琳笔下的《燕子花图》，无论构图还是色彩均大相径庭。

一八八九年五月，凡·高被医生诊断为癫痫症，入住普罗旺斯圣雷米精神疗养院。一八九〇年的早春，凡·高经历了又一次精神崩溃，直到他即将搬往奥弗之前才出现了一段宝贵却短暂的平静期。在疗养期间的最后一个星期，凡·高对鸢尾花投入了巨大而持续的创作热情。

这幅《鸢尾花》被称为是凡·高在"圣雷米时期最伟大的作品之一"，它远远地就能吸引住人们的目光。色彩丰富，线条细腻且富于变化，整个画面充满律动及和谐之美，洋溢着清新的气氛和活力。鸢尾和向日葵一样，原本都是很平凡的植物，但凡·高赋予它们鲜明的形象及永恒的生命力。这是一生都在痛苦中挣扎的画家对大自然的赞美，对美好生活的向往。

《鸢尾花》画面被深浅不同的蓝色占去了大半，浅如海蓝，深似墨兰，甚至叶子也是绿中带蓝。那忧郁的蓝色属于凡·高，伴着他的生命而涂满画面。

画面构图奇特，鸢尾花的叶子向内倾斜，与左上角的一簇野菊相呼应。野菊的赭红色与蓝色相映成趣，似乎是一种躁动的情绪与忧郁的对话。二者相接处，有一朵白色的鸢尾花，花蕊正对着前方，成为整个画面的亮点。在一片蓝色中，一点白色显得十分突兀，像是凡·高特立独行、桀骜不驯的身影。

凡·高将孤傲忧郁的心魂永久留在了画布上，使他笔下的鸢尾花成为永不凋谢之花。

中国有着悠久的栽培鸢尾的历史，早在《诗经·大雅·旱麓》中，就有"鸢飞戾天，鱼跃于渊"的诗句。每年四五月，我都要回到在京郊的农家小院，为院内种植的鸢尾花松土、浇水，它迷人的蓝紫色总在拨动我春日的心弦。

在我的书架上，摆放着尾形光琳和凡·高两位艺术大师的画册，他们笔下的"燕子花"或"鸢尾花"，是东西方艺术的双璧，总在引领着艺术行者的灵魂与其同行。

2018 年 7 月

丝绸之路的艺术行者

万籁俱寂之中，传来阵阵清脆响亮的驼铃声……一支骆驼商队在楼兰遗迹与阿富汗荒漠之间，坚韧不拔地行走着，灼日与寒夜交替，现实与梦境共存。这是日本画巨匠平山郁夫所展现的丝绸之路。

二〇〇八年四月十七日，平山郁夫艺术展在中国美术馆拉开帷幕，一组名为《大丝绸之路》的作品，吸引了众多参观者驻足观看。我夹杂在参观者的人群中，边欣赏墙上的巨幅画作，边回忆起与平山先生相遇的往事：

二〇〇三年，在东京新大谷饭店一层的大厅，聚集着日本和中国各界友好人士，日中友好新年会正在隆重举行。会长平山郁夫先生站在台上致辞，声调不紧不慢，充满了对日中友好的深情。从一九九二年开始，作为东京艺术大学校长的平山先生出任了日中友好协会会长，曾多次率团访华，为促进日中友好关系的发展作出了卓著贡献。

我站在前一排的人群里，注视着平山先生。他个子不高，身着笔挺的深色西装，脸庞略显消瘦，银丝华发，整洁利落，丝毫没有什么大画家的范儿。讲话结束后，平山先生走下台，微笑着和各界朋友一一握手，我也迎上前去。平山先生见我是中国人，主动伸出手来和我握手，并一起拍照，留下了一张珍贵的合影。

从此，我特别关注平山郁夫的动态，多次观看了他在日本或北京举办的画展，对他的气势磅礴、意境深邃的画作十分欣赏和钦佩。

平山郁夫毕业于东京美术学校（现为东京艺术大学）。一九五九年，其作品《佛教传来》在第四十四届院展入选，从而在日本美术界崭露头角。一九六二年，他又以佛教题材画作《受胎灵梦》入选院展，荣获当年的美术院奖及横山大观奖，并获得联合国教科文基金资助到欧洲留学。一九六四年，他再次以佛教题材画作《佛说长阿含经卷五》在四十九届院展中获"文部大臣奖"。其后相继创作了《入涅槃幻想》《大唐西域壁画》等佛教题材的画作，成为当代日本最杰出的画家。

平山郁夫的艺术成就来自他对敦煌和丝绸之路的苦苦求索，他的第一张成名作就是从敦煌获得的灵感。

平山十五岁时，美国向他的家乡广岛投放了人类第一枚原子弹，他所在学校有二百零一名师生当场死亡。平山虽然活了下来，却因遭受核辐射而染上了白血病。二十九岁时，他血液中的白细胞含量降到了常人的一半以下。平山唯一的心愿，就是"临死之前要画一幅令人称心的画，哪怕一幅"。

恰巧一九五八年元月，中国敦煌艺术展在东京开幕。当他看到一幅幅佛教文化的精美壁画特别是《飞天》生机勃勃的姿态时，苦闷的心灵被深深震撼。那些展品，是敦煌文物研究所常书鸿所长多年来亲手临摹的作品。平山郁夫观后感慨道："常先生好像是来送敦煌香火的。"

看过这些技艺精湛的敦煌壁画后，平山郁夫的脑海浮现出一位高僧形象，为拯救众生而西行求法。"对，就画唐玄奘！"平山立即动笔把他的灵感画了出来：玄奘骑着白马，历尽千辛万苦求得真法，再穿越沙漠，回到鸟语花香、绿草如茵的绿洲；骑黑马的僧人手指前方，象征着使命感。平山把这幅画命名为《佛教传来》。画作完成之时，平山精疲力尽，躯体似乎只剩下外壳了。

这张作品正是平山以玄奘为榜样走出人生困境的真实写照。玄奘舍身求法的精神，鼓励着他为战争中无辜死难者呼吁和平，更激励他奋力创作出一系列佛教题材作品。

《佛教传来》的强烈冲动驱使他踏上了丝绸之路的旅程。自一九六六年起，平山郁夫追随玄奘的足迹踏遍了丝绸之路沿线的各个国家。在这条繁华远逝、荒凉满目的丝绸之路，他冒着风霜雨雪，历尽艰辛，行走了一百三十次之多。

不可思议的是，在艰苦卓绝的跋涉中，平山居然恢复了健康。或许，这真的是上天眷顾，是上天给平山的一份回报。平山说："在丝绸之路上走了一百三十次，居然毫发无损，平安返回，堪称奇迹。也可以说是命大，但我确实感到一种无形的力量支撑着我。也是一种使命感的召唤，一定要将玄奘的事迹和精神传给当代。"

敦煌是佛教东渐途中最重要的中转站。一九七九年秋天，平山郁夫第一次来到莫高窟。到达当日，夕阳西下，他趁着余晖，抓紧时间打开写生本。风铃轻轻地响着，沙尘悄悄地落在他的写生本上，他一直画到天色昏暗，仍无法抑制亢奋的心情。就这样，一张张写生稿在丝绸之路的行走中完成。

在老朋友常书鸿陪同下，平山参观了梦幻一般的敦煌洞窟。从四世纪中叶，在敦煌开凿的几百个石窟里，秘藏着一千五百多年前的壁画和雕像，每张壁画皆精美无比，栩栩如生，超越时空，令他目不暇接。如同玄奘在印度找到佛典一样，平山在敦煌找到了激情的源泉。他断言："敦煌壁画是世界美术品中精品的精品！"

八年后，平山郁夫再访敦煌，调查第220窟时，奇迹发生了。他无意中抬头看见，靠近藻井的壁画上层，在西夏壁画剥落处，显现出唐代壁画的影子。助手用灯光照射，这个部分清晰地浮现在眼前。就在这一瞬间，他"啊！"地叫出声来。随后，他屏息凝视，看到的是三尊佛，中央为释迦牟尼。绚丽的色彩，苍劲有力的铁线描，柔软翘曲的手指……这竟然与二十年前他摹写的法隆寺金堂壁画一模一样。

平山郁夫访问敦煌多达十八次，每当看到这一处时都难以抑制激动的心情。原来敦煌和日本法隆寺的两幅画是用同一幅底稿画出来的。一千多年前，在长安画坊绘制的画原稿，一幅到了敦煌，一幅通过遣唐使被带到了奈良。

无独有偶，长安向西两千公里是敦煌，向东两千公里是奈良，在以唐都长安为轴心的东西向等距离处，绽放出了同样精彩夺目的艺术之花。

平山郁夫酷爱敦煌艺术，为保护敦煌文物，他不惜倾其所有。一九八八年，他陪同日本首相竹下登访问敦煌，促成日本政府决定援建敦煌莫高窟文物保护研究中心。当时，日本总理大臣在这类项目上能动用的金额是一百万美元，但平山一人就捐赠了二百万美元。在他的推动下，日本政府最终援助了一千万美元。平山还将个人画展收入所得二亿日元捐赠给敦煌研究院，使中国敦煌石窟保护研究基金会得以成立。

平山郁夫花费了整整二十年为日本奈良药师寺创作了《大唐西域壁画》，描绘出丝路沿途风光，展现了玄奘战胜劫难与困苦的精神。在新千年钟声敲响时，他落下最后一笔，此时，他已迈入古稀之年。他的丝绸之路的系列作品改变了以花鸟风月为题材的日本画，代之以厚重的历史感主题，开创了日本画一代新风。

二〇〇九年十二月二日，平山郁夫在东京溘然离世，享年七十九岁。在万分悲痛之中，我猛然想起了平山先生的一幅作品：《楼兰的公主》。蓝色的画面把人们带回丝绸之路的要道——楼兰，在月光照耀的古城废墟里躺着谜一般的楼兰公主。她身裹烫金的长袍，美丽的容颜千年不变。

平山郁夫，这位走在丝绸之路的艺术行者，把一生的梦想留在了丝绸之路上，也幸运地得到上天的眷顾，丝绸之路成就了他熠熠闪光的一生。

2018 年 7 月

枯山水冥想

枯山水——宛如日本庭院里的一幅留白写意山水画卷，精致、空灵，充满可以任意想象的空间。

每次去京都、奈良等地游览，都要去几处著名庭园观赏枯山水。枯山水的名园很多，每个庭院都有独特的设计、独特的韵味、独特的魅力。诸如：

由弘法大师开创的拥有一千二百年历史的金刚峰寺蟠龙庭，由禅学大师梦窗疎石设计并建造的京都西芳寺，由造园大师重森三玲设计的东福寺方丈庭，由古岳禅师设计的大德寺大仙院方丈庭，等等。

日本枯山水的出现与禅宗的传入有着密切关系。禅宗创始人是印度僧人菩提达摩，六世纪来到中国。镰仓时代，中国汉代的佛教禅宗传入日本，禅宗思想适应了日本社会，形成了日本园林和禅宗的完美结合。

入宋、入元的日本禅僧对中国江南一带的名园留下了深刻印象，他们以禅宗崇尚自然的灵性，对中国园林这种人工化的微缩自然景观有着特殊的情感。回到日本后，便在禅寺庭园模仿杭州、苏州名园，拟造泰山、庐山等名山，巧置西湖之水，以陶冶性情，体验"物我一如"之禅境。

其中典型者当数西芳寺、天龙寺、瑞泉寺等庭园。这些庭园设置枯山瘦石、飞瀑流溪、水榭孤岛、柳岸闻莺，体现一派浑然天成、巧夺天工的艺术境界。园内几乎不种植任何开花植物，以期达到自我修行的目的。

禅宗园林风格的成熟期则是在"书院造庭园"出现以后，庭园面积压缩，由早先的"园"转化为"庭"。

"枯山水"的构思采用隐喻和象征的艺术手法，以砂代水，以石代山，用梳理出纹路的白砂和形状各异、大小不同的石头来突出大自然和生命的主体。"枯山水"庭园利用最简单的砂石，让人去联想、去顿悟。

禅宗与园林艺术相结合，使由砂石构成的"枯山水"，变成充满灵性的"抽象自然"。从而，日本禅寺创造的"枯山水"艺术在世界园林艺术史上占有独特的地位。

枯山水绝对不能进入其内观赏，只能站或坐在其外的走廊，或透过门窗来观赏。从走廊观赏枯山水是比较普遍的视角。一般来说，观赏庭园要讲究一种开阔感，在走廊上则可以欣赏到枯山水全貌。

从室内门窗观赏枯山水则更为有趣。门窗将庭园分隔，形成了观赏庭园的"画框"。京都东福寺光明院的枯山水石组的布置是主石立于庭园中心，其余石头呈放射状分布。所以尽管从不同的房间窗户向外观赏，庭园景色会各不相同，但每幅画面构图都具有平衡的美感。

"窗含西岭千秋雪"，透过窗户来观赏枯山水更是别有一番味道。圆窗在禅宗中代表"悟性"，包罗世间万象真理。透过圆窗来窥探枯山水，可谓是窥探大宇宙的奥秘。

为了进一步探索枯山水的真髓，二〇一八年春季，我再一次来到京都著名的枯山水庭院龙安寺方丈庭。它建于一四五〇年，被联合国指定为世界文化遗产。

走进方丈庭，脱鞋步入回廊，廊内游客熙熙攘攘。好不容易在回廊台阶上寻到一个空位，坐在台阶上静静观赏，油土矮墙围成的长方形庭院展现于眼前。一枝绯红的樱花探进土墙内，落花似雪片般撒在白砂上，给庭院带来几分春意、几分诗意。曾听日本朋友讲过一个有趣的故事：

"一五八八年早春一日，丰臣秀吉狩猎归来经过方丈庭，目睹了这株风姿绰约的樱花树。樱花尚未绽放，却天降大雪，飘起片片雪花。于是，丰臣兴起吟出一首和歌：'雪花轻拂樱花枝，推迟花期谁奈何。'旁边武将随之唱和：'原野飘雪似樱舞，宛若春风吹开花。'丰臣秀吉大悦，赏其金椀（古代食器）一枚。"可见此樱树魅力之大，竟能使武将们诗兴大发。

目光转到铺于地面的细细白砂，它被木耙梳理出整齐的波纹，令人联想到波涛汹涌的大海。大小形状各异的石头竖立于白砂的不同位置之中。石以二、三或五为一组，分为五组，石组外以青苔镶边，再向外则是耙制的同心波纹，据说寓意着雨滴溅落水中或鱼儿出水。

石庭虽构成极为简单，却隐藏着许多令人猜不透的谜。都说庭内共有十五块石头，但是，我数来数去只有十四块，无论从哪一个角度看，都找不到另一块。另外，其枯山水庭院名为"虎负子渡河"，为何叫此名？反复看看这块石头，观观那块石头，依然丈二和尚摸不着头脑。

有位日本朋友说："庭内的石头表示渡河的老虎，而那个隐藏的石头就是虎之子，母虎用'背于身后'的隐蔽方式来守护自己的孩子。"嗯——，或许有点儿道理。不过，还有种种解释，谁又能真正猜透设计者的真实意图呢？

方丈庭面积不大，仅三百三十平方米，却可任人天马行空地遐想。坐在深色走廊的台阶上，静静地凝视眼前的景致，忘却了周围拥挤的游客，忘却了喧嚣的世界。一砂一石，目之所及，心之为通。白砂与几组形状各异的石头组成一幅最具禅意的抽象画，景致虽然极为单纯，但是"空"则带来空灵，正因为"空"带来了辽阔，使人插上了畅想的翅膀，引起我无穷尽的冥想。

我斗胆推测：这十五块石头大小、石质、颜色、排列各不相同，犹如世间形形色色、不同类型的人生。

那块突峙的立石像是断崖式人生，迅速上升到顶峰，又骤然逝去，倏忽陨殁。如国歌的作曲家聂耳，二十三岁就创作出《义勇军进行曲》这样彪炳千古的名曲，然而在青春尚未完全绽放之际，猝然在日本藤泽海滨溺水身亡。

那块浑朴的卧石就像平坦人生，徐徐成长、上升，缓慢衰老，直至陨灭如沧海飞尘，世上大多数人就属于这种类型吧。

那块凸凹嵚崎的皱石宛如曲折人生，在经历了百般磨难之后终于登上了巅峰。历史上许多有成就的文学家、科学家大抵如此，如汉朝司马迁因李陵事件牵连遭受酷刑，忍辱负重，发愤写作，用十八年完成了鸿篇巨著《史记》。

那块隐于背后的顽石极像大隐于市的人生。宋代画僧牧溪，隐于中国画史幕后鲜有人知，其画却传入东瀛，被奉为艺术至宝。

还有各色人生宛如各种形状的石头。宇宙浩渺无边，如庭内茫茫白砂。而每个人则如宇宙中的一粒微尘，一生或有为，或无为，终将烟消灰灭，回归自然。

我的一番冥想恐与"虎负子渡河"风马牛不相及。只有对禅宗有深入研究的人，才能领悟石头布局的奥妙，吾辈只能望石兴叹了。

2018 年 7 月

佛头谜踪

　　天龙山石窟，宛如一颗埋藏于太原西南深山中的珍珠，沉寂了上千年。二十世纪二三十年代，天龙山石窟艺术一夜之间闻名于日本、欧洲、美国，而天龙山本地却一片萧杀和冷寂。

　　神秘的天龙山传奇引起我极大的兴趣，于是，二〇一八年春节刚过，我们便从太原出发，驱车三十余公里，来到天龙山脚下。继而，盘旋爬过六十几个惊险的弯道，终于到达了天龙山石窟的山门。

　　导游带我们穿过天龙山石窟的牌楼，来到高欢碑亭。她指着远处大大小小的洞窟说："东魏太昌元年，大丞相高欢在并州建立别都，在天龙山修建避暑宫，并在此开凿了第二、第三号窟，北齐时又陆续开凿了一、十、十六号窟。隋代开凿了八号窟，晚唐至五代雕凿了最大的九号窟，其余洞窟均为唐代开凿。共有洞窟二十五个，佛造像一千五百余尊，其造像以精湛高超的艺术闻名于世。"

　　我们沿步道从东峰走到西峰，走进每个洞窟仔细观看，不料看到的却都是无头的躯干或基座或累累凿痕。尽管如此，残留的佛身体态优美、衣纹流畅，仍让我们感受到北齐、隋唐雕刻艺术之精美。

　　当导游带我们走到西峰的第九窟，眼前豁然一亮，一座依山建造的大型重檐楼阁，建筑宏伟壮观，横匾上面写着"漫山阁"三个大字。

　　洞窟内分上下两层，上有一巨大的弥勒大佛坐像，体态丰满，妙相庄严，眉目修长，两耳垂肩，衣纹流畅。仰视观看，发现大佛双眼却似无珠。导游说："天龙山佛头几乎都被日本盗贼偷盗一空。这是唯一头部保存完好的佛像，因佛头巨大，无法盗运，故幸免于难。但盗贼把眼睛里的蓝宝石挖走了，真令人心痛！"

龛的下层，一尊十一面观音像亭亭玉立，左右两边有文殊、普贤骑乘石象。中间的观音像，颈部戴旋铃项圈，胸前披挂精美的璎珞，衣裙如湿衣般贴体，双腿轻覆薄裙，腿形轮廓和肌肉弹性历历在现。衣纹的雕刻采用了典型的唐代"曹衣出水"技法，其雕工高超绝妙，其湿衣效果比莫高窟、龙门石窟更加精到，堪称唐代石雕艺术的巅峰之作。

忽然发现观音像头部竟然是新作，与身躯极不匹配。导游说："头部和双手都已被盗走，近年修整时为便于观看，重新仿制了头部。"

再次在东西峰的洞窟前漫步，满目都是：一个个无头身躯、一个个残肢断臂、空空如也的基座、横加砍凿的痕迹……这是谁的恶行？为什么天龙山的艺术宝库化作乌有？

带着遗憾和悲愤离开了天龙山石窟，但是，无头的佛像躯干却一直在脑海里盘旋，心情久久不能平复。于是，我作出了一个决定：去日本追寻天龙山国宝的踪迹。

二〇一八年四月初，我们来到东京，樱花如雪片般纷纷飘落。

一位日本古董界的朋友介绍了一段历史：

"一九一八年，日本东京大学教授关野贞根据山西地方志的记载，找到了当时香火冷落、游人罕至、已被遗忘的天龙山石窟，并对石窟进行了详细的调查。一九二一年，他将调查的结果发表在日本《国华》杂志上，天龙山石窟的佛教造像随即在世界上引起轰动，其精美的雕刻艺术震惊了世界。随即也引起一双贪婪目光的觊觎。"原来是这位东京大学的教授关野贞发现了天龙山石窟这颗深埋的珍珠。

接着，我们来到神田附近的旧书店一条街，一家接一家地搜寻。终于，找到一本旧书《山中定次郎传》。这本书以日记的形式，记录着他两次去天龙山的经过：

"大正十一年，当我第一次看到天龙山的照片，就被那里的石窟和造像深深地吸引住了。时隔两年后的今天，我终于跨越万里，来到了天龙山。这里珍藏了北齐到隋唐时代中国佛教艺术最鼎盛时期的辉煌，它们给予我的惊讶和喜悦，无以言表。"

之后，他写出了盗宝的经过：

"我终于用手中的真金白银说服了净亮僧人，他同意让我带走一部分造像的头部，这不禁让我兴奋异常。每当我带着工匠进入一个石窟，凿下一个佛首，那种喜悦，超过了得到黄金万两。"就这样，"四十多个佛头被凿下来，装成箱运到北京，然后由北京再运到日本"。

原来盗窃者就是这个山中定次郎，是他用金条收买了守护的僧人，盗走了天龙山的宝物。这本日记成为他盗宝的铁证。

我们继续往返于东京的各大图书馆，在东京都立图书馆找到一本封皮发黄的《天龙山石佛集》。这是一九二八年山中定次郎特别出版的图册，以此纪念天龙山之行和他的佛首珍藏。此书由山中定次郎再次披露了他两次上天龙山的经历：

一九二四年六月，山中定次郎从北京走京汉铁路来到石家庄，转正太铁路到太原府。再从柳子峪关口入山，之后来到窑头村。村子四周群山环绕，道路险峻，自古是进入天龙山和圣寿寺的唯一通道。从这里他初次登上了天龙山。

一九二六年十月，六十一岁的山中定次郎再次来到天龙山，收买了圣寿寺住持净亮和尚，开始了对天龙山石窟大规模的盗窃掠夺。仅仅一年间，山中商会就将从东魏至晚唐历经近五百年开凿的一百五十多处造像盗凿，几乎所有洞窟的佛头、菩萨头、浮雕和藻井都被盗走了。

在《天龙山石佛集》中，不仅有他盗走的四十余尊佛首的珍贵照片，另有七幅照片真实记录了山中定次郎等人在天龙山的活动，其中有一张便是与守护石窟的圣寿寺住持净亮的合影。

这本画册收录的佛头、菩萨头、飞天浮雕等天龙山宝物，件件都是精美绝伦的艺术珍宝。看了这本画册，我再一次感受到天龙山石窟艺术无与伦比的艺术魅力。

创办于一九一〇年的山中商会，曾是横跨欧美亚的古董大鳄，是二十世纪初外国人开设于中国境内的最大古董商会，靠盗取中国的石窟珍宝大发横财。但是，今日的山中商会早已失去了昔日的威风，由第四代维持着山中商会的门面。据日本古董界友人介绍：

"一九四一年日本偷袭珍珠港，把日本推向了深渊，山中商会也厄运临头。美国旋即对日宣战，同时查封了日本在美国的相关资产，山中商会在纽约、波士顿及芝加哥三分店的全部库存悉数作为敌国产业被美国政府没收。一九四三年在美国举办了'中国和其他远东艺术收藏'展并公开拍卖。山中商会在中国前后三十多年所获得的包括从天龙山盗窃的艺术珍品，随着声声拍卖落锤的敲击，流散到世界各地的藏家及博物馆之手，有的则下落不明。山中商会从此一蹶不振。"

这就是盗窃者的下场，靠不义之财发家，必然受到历史的惩罚。

但是，散落于世界各地的天龙山宝物今又在何处呢？据初步查询，总数约一百五十件的天龙山石雕造像，散佚于世界各大美术馆。其中，以日本根津美术馆和东京国立美术馆收藏较多。

于是，我们来到位于表参道的根津美术馆。走进馆内，沿着玻璃墙，立着一排佛头和石像，其中，最为突出的便是来自天龙山的石雕，有唐代二十一窟的主佛头像，还有菩萨头像等，每个佛头都是精美绝伦的艺术品。

据说根津嘉一郎第一次见到这批佛头是在山中商会举办的展销会上。他并不喜欢只有头的佛像，但听说山中商会打算把这批艺术品出手给美国人时，又改变主意全部买了下来，共买了四十二个来自天龙山石窟的佛头。昭和十二年（1937），他把其中一部分赠给了欧洲的几家美术馆，现在英国、意大利等国的美术馆里还能看到这些标着"根津男爵捐赠"的中国佛头。

接着我们来到东京国立博物馆，在宽阔的展厅里，亲眼看到了来自中国天龙山石窟的佛首和菩萨头像。五尊头像被安置在精致的玻璃柜中，其面相圆润，双目微垂，神态安详，法相端庄。

它们分别是第八窟的佛首，第二、十、十四窟西壁的菩萨头像，此外还有第十四窟的如来倚坐像、菩萨半跏像等。其中，十四窟的如来倚坐像虽无头部，但体态优美、衣纹流畅，"曹衣出水"的效果惟妙惟肖。

面对如此精美的艺术瑰宝，我们不仅为中国古代工匠的精湛技艺所折服，还为他们远离家乡、孤零零地陈列在异国他乡而感到分外心酸。

我凝视着它们，眼前的头像似乎在默默垂泪，期盼着有一天跨过重洋，回家……似乎又看到天龙山傲然挺立的石像躯干，面向崇山峻岭、面向浩瀚沧海，发出最强劲的呼唤：祖国已强大，回来吧！

2018 年 7 月

风 华 篇

东方圣者

高大挺拔的银杏树整整齐齐地排成四列，像是身穿金色盔甲的仪仗兵，又宛若金光闪闪的圣诞树，成为东京秋日的一道迷人风景。这是明治神宫外苑一条闻名遐迩的银杏大道。

一百多棵银杏树的树形被修整成整齐的长三角形，美丽的扇形小叶茂密地挂满树枝，在蓝天的映衬下，金光闪烁，格外耀眼。两排树的枝叶交错相搭，形成了一条长长的金色隧道。

秋风乍起，扇形小叶飘飘洒洒，像无数只金色蝴蝶在空中飞舞，飘落在人行道上，给大地铺上了一层金色地毯。我坐在厚厚的树叶上，欣赏金色小叶随风飘落的舞姿，不禁想起北京的银杏大道。

北京的银杏大道位于钓鱼台的灰白墙外。一棵棵长满银杏叶的枝杈密密相接，地上也铺满金色的扇形小叶，踩上去沙沙作响。阳光透过枝叶的缝隙洒在地面上，叶子愈发金光闪闪。儿童在树下戏耍，把金色的小叶抛得满天飞舞；年轻人在树下拍照，留下青春亮丽的身影；老年人在树下细心寻找白果，或捡几片金叶作为岁月流逝的纪念。

北京和东京的银杏大道既相似又略有不同。

东京的银杏树形被精心修剪成漂亮的长三角形，整齐划一。而北京的银杏树却是任其自由生长，每棵树都各具风姿。不管树形怎样不同，但叶子都是一模一样，皆是美丽精致的扇形。

众所周知，被称为"活化石"的银杏其源头在中国。正如郭沫若先生所写："日本也有你，但你分明是日本的华侨，你侨居在日本大约已有中国的文化侨居在日本的那样久远了吧。"

据有关记载，银杏最早是在日本飞鸟时代从百济（朝鲜半岛）随佛教一起传入日本的。之后，留学宋朝的"学问僧"也陆续把银杏种苗带回日本，银杏在日本的传播很大程度是借助佛教僧人之力。所以，在日本古代，银杏被看成神圣之物，只有寺院、神社才能看到它的踪迹。在京都的西本愿寺，秋季来临，黑白色调中赫然出现银杏树的一抹金黄，衬得天空更加湛蓝，仿佛是平和肃穆中的一抹浪漫，巧妙地融合在寺院宏伟庄严的古建筑中。

日本最古老的银杏树在日本青森县深浦町，这棵树被认定为"自然的宝藏"，据说有一千多年的历史，树高三十一米，树干周长二十二米，每年仍可结出几千个果实。

到了江户时代，人们开始在城市的街道上种植银杏。因其高大挺拔、典雅美观，且无病虫害，深受市民喜爱。明治时代后，东京更是大力种植银杏树，现已有六万多棵。

银杏的扇形小叶格外惹人喜爱，因此，日本的少女和新娘就流行一种"银杏卷"的发型。而且，大相扑选手也把头发梳理成"大银杏"发型。

郭沫若先生曾侨居过日本，是位深爱银杏之人，他把银杏称为"东方圣者"，写道："自然界中已经是不能有你的存在了，但你依然挺立着，在太空中高唱着人间胜利的凯歌。你这东方的圣者，你这中国人文的有生命的纪念塔，你是只有中国才有呀！"

继而，他高声为银杏唱起了赞歌：

在暑天你为多少的庙宇戴上了巍峨的云冠，你也为多少的劳苦

人撑出了清凉的华盖。

梧桐虽有你的端直而没有你的坚牢；

白杨虽有你的葱茏而没有你的庄重。

熏风会媚妩你，群鸟时来为你欢歌；上帝百神——假如是有上帝百神，我相信每当皓月流空，他们会在你脚下来聚会。

我想，郭沫若先生给银杏冠以最恰当的称号——"东方圣者"，是因为银杏既有无私奉献的品格、端庄典雅的外表，更有非凡的生命力。

据古生物学家的考证，银杏曾生长在两亿七千万年前，经过大约一亿年的漫长岁月，发展到它的鼎盛时期。那时，大片大片的银杏树几乎遍布于世界的每个角落。但是，到了冰川第三纪，地球发生巨变，山脉不断隆起。经历了亿万年地壳的剧烈变动，很多物种都从地球上消亡了、灭绝了，唯独银杏却绝处逢生、存活下来，被称为古生物的"活化石"。

据说，一九四五年一颗原子弹在日本广岛爆炸，几乎杀死了所有的生物。但是，第二年春天，一棵银杏树却奇迹般冒出了新芽。银杏顽强的生命力简直令人震惊！因此，银杏在广岛有"希望承载者"之称。

银杏树生命力强还表现在它的"长寿"上。在中国山东浮来山北坡的定林寺中，有一棵古老的银杏树，至今仍根深叶茂、果实累累。据《左传》记载，鲁隐公八年（前715），"公及莒人盟于浮来"。相传，莒国的国君莒子与鲁国的国君鲁公正是在这株银杏树下结盟修好——而那时这株银杏已是参天大树。那时此树虽无确切年龄记载，却已如烟云笼罩于浮来山。清顺治年间，营州太守陈全国立碑曰，"此树至今已三千余年"。据此推算，此树已有四千多岁高龄了，现已被列为世界之最。

为什么银杏这么长寿呢？植物学家研究发现，凡高寿的古老银杏，都有很发达的根系，扎根到很深的地下。另外，银杏体内含有一种叫乙烯醛的物质和多种有机酸，这些物质有强烈的抑菌杀虫作用，所以，银杏很少受到病虫害的侵袭。

随着科学技术的发展，银杏的生命基因逐步被揭开。据研究：银杏叶和果实中都含有丰富的维生素、花青素、微量元素等，可降低胆固醇、软化血管、防止动脉硬化、延缓衰老，有极高的药用价值。

近年来，日本医学界热衷于开发银杏的医药价值，他们从银杏叶提取精华素，制成银杏叶胶囊或保健茶，市场十分畅销，年销售额竟达到五百亿日元左右。甚至中国的网站上都在热卖日本的银杏胶囊。

不过，我独爱日本料理中一道简单的小菜"盐烤银杏"。白果的硬壳被烤得略微发黄，稍稍咧开了嘴，盛放在一个铺有粗盐的小盘里。用手剥开外面的硬壳，露出黄绿色果仁，放到嘴里，清香四溢、软糯可口。

千年之前，银杏从神州渡海到了东瀛，现已成为造福于人类的"东方圣者"。扇形小叶带给人金色之美，圆圆果实助人健康长寿，遒劲树干令人感悟沧海桑田和坚韧不拔。银杏啊，你这位"东方圣者"，永远在碧空中高唱着金色的生命之歌！

2018 年 7 月

"好人"——竹田幸子

一九九七年夏季的一天，我和朋友延吉生叩响了北京万寿宾馆的一间房门，一位衣着素朴的女士热情地迎出门来。她上穿一件淡紫色的圆领衬衫，下系一条墨绿色裙子，毫无修饰的短发，一双炯炯有神的眼睛。她那样朴素无华，活脱脱的一副中小学教师的模样，如不开口，很难判断出是日本人。

延吉生介绍说："这位就是日本关西日中友好恳谈会会长，竹田幸子女士。"

竹田请我们落座，并端上一杯淡淡的绿茶。延吉生在来访前，已大致向我介绍了竹田为中国所做的扶贫工作。所以，我就开门见山地问："您为什么要千里迢迢从日本到中国参加扶贫事业呢？"一句问话，打开了她滔滔不绝的话匣子：

"从年轻时就追随大塚有章先生从事毛泽东思想在日本的宣传和日中友好活动。大塚先生去世后，我于一九八五年发起成立了关西日中友好交流恳谈会，并根据中日国情的变化，寻找日中友好需要具体从事的课题。

"一九九三年，到湖南贫困地区桑植县、永顺县调查。在农村，亲眼看到了这样的情景：中小学校舍破烂不堪，学生们甚至露天上课；学校的食堂连饭桌都没有；几十个人睡在一条大炕上，甚至五个人合盖一条被子。

"我们被这两个县的贫困状况震惊了。尽管学习条件如此恶劣，但学生们的求知欲很强烈，眼睛里闪烁着明亮的目光，小脸露出活泼可爱的笑容，这一切都令我们十分感动。

"回国后，立即写了一份调查报告，向全体会员做了汇报。通过会员们的讨论，决定用我们微薄的力量，开展对湖南桑植、永顺和宁夏固原（二〇〇一年，国务院批准，撤地设市，改固原地区为固原市，固原县改称原州区）三个贫困县教育事业的援助活动。

"关西恳谈会成立的宗旨就是'加深日中草根之间的相互了解，促进日中两国子子孙孙友好下去'。

"同时，我们确定了五年援助目标：总金额为五千万日元，援助失学儿童三千名。而且确定了把钱用在'最困难的地区、最困难的学校、最困难的孩子'的方针。

"确定目标后，就千方百计地发动会员和社会各界捐款。要知道，会员大都是生活在日本中下层的人群，自己生活并不很富裕。但他们个个都慷慨解囊，捐出了几千到几万日元。有的会员还是在校学生，他们把父母给的零花钱积攒下来，全部捐献出来。

"除了会员捐献外，还采用各种形式搞募捐活动。例如，发行印有中国贫困县儿童照片的明信片，举办气功讲座和中国民乐演奏会等。经过三年多的努力，至今已募集到七千万日元，大大超过了预定的目标。用这些钱，实际资助了五千名失学儿童恢复了学习。同时，帮助二十八所学校修建了校舍，增添了一千五百套新桌椅。还设置了高中、大学奖学金，奖励了一百五十名考上高中或大学的学生；并资助了八十二名中小学教师，让他们能安心从事贫困地区教育事业。现在，是开展教育扶贫活动的第三个年头了，我们的工作已初步显露出成果。"

竹田女士拿出一摞报纸热情地说："这里刊登着来自三个贫困县政府、学校、学生的来信。"

我接过报纸，"日中交流"四个大字特别醒目，上面刊登着许多教育扶贫的信息、学生来信和照片。

首先映入我眼帘的是桑植县仓关硐小学的一张照片：在崭新的教室里，

孩子们瞪大眼睛望着前方。虽然前面有什么没有摄入镜头，但从孩子们好奇而又明亮的眼神可以推测出：有一位年轻教师手执教鞭正把孩子们引向浩瀚的知识海洋。

接着，一封用稚气语言写的信又吸引了我的目光："我是宁夏固原县开城乡小学四年级的学生，名叫秦伟军。我家很穷，上到小学三年级就不得不退学了。看到小伙伴们背着书包去上学时，我羡慕得不得了，在母亲面前哭着喊：'妈妈，我想上学！'但妈妈只是默默流泪，毫无办法。

"终于有一天，老师来到我家说：'快回学校上学吧！日本的叔叔、阿姨给你这样的孩子助学金了。'我激动得热泪盈眶。当我拿到助学金时，不禁大声呼喊：'日本的叔叔、阿姨们，我得到的不仅仅是钱，而是你们金子般的心啊！我一定要拼命努力学习，用优秀的成绩报答你们的恩情。'"

孩子纯真的话语似一股清泉，沁人肺腑，更令人领悟到竹田等日本朋友们扶贫助学活动的意义所在。

在《日中交流》的刊物上，还读到一封感人至深的信，那是中日友好协会副会长肖向前写给竹田的。

"你向湖南桑植县贫困地区的人们伸出援助之手，热情地支持希望小学建校，并向就学困难的学生资助学费。你又奔赴最贫困的西北地区固原县，从事希望工程。我不断从各方面听到你的事迹，实感敬佩万分。我不知如何才能表达对你的敬意，就用一句最简单的话说：'竹田幸子，你是好人。'这'好人'两个字不是寻常的意思，里面包含了'可敬''可爱'之意。作为一个长期从事日中友好的老人，我衷心祝愿你和你们这些'好人'的活动能够顺利开展。"

我暗暗赞叹：可敬、可爱的"好人"！用这样朴素的语言来评价竹田女士，实在是太贴切了。

我放下那一沓报纸，又提出最后一个问题："今后有什么打算呢？"

竹田女士的眼睛闪烁着充满希望的光芒，说："在日本经济出现萧条形势下，关西日中交流恳谈会面临着许多困难。我们既有成功的喜悦，也有具体操作的苦恼。我本人也快到退休年龄了。但是，只要中国贫困地区还存在，我和关西恳谈会的扶贫工作还要继续下去，只是形式要进一步探索新的方式。

"我们的扶贫不是从上至下的施舍，而是平行地帮助贫困地区自立。今后，还要探讨帮助贫困地区经济开发。例如促进宁夏的特产枸杞子出口到日本，帮助其在国际市场上打开销路。此外，把湖南的湘绣织品改造成适合日本欣赏习惯的织品，使之能大量出口到日本。希望通过这种方法促进贫困地区的经济发展。总之，人民与人民之间的交流是血脉相通的。只有加强两国草根间的交流，中日友谊才能根深叶茂，真正结出日中友好的累累硕果。"

虽说快到退休年龄，但竹田幸子浑身仍洋溢着青春的活力，眼睛里闪烁着孜孜不倦、追求不懈的光芒，仍在绘声绘色地描绘着二十一世纪日中友好的未来。

岁月如梭，时光飞逝。二十几年后，竹田幸子的扶贫助学活动开展得如何了？通过网络和媒体，我又看到她忙碌的身影。她访问中国已达五十几次，其辛勤耕耘已开花结果。中国政府和人民都给予竹田幸子极高的荣誉。

二〇〇八年十月，湖南省对外友好协会在长沙授予竹田幸子女士"友好使者"称号，并颁发了纪念牌。

同年，固原市人民政府授予竹田幸子女士"固原市荣誉市民"称号，以鼓励她多年来为固原教育事业发展作出的积极贡献。

尽管授给竹田幸子的荣誉和称号很多，但我以为肖向前会长送给她的"好人"称呼最为贴切。古代周公文王曾给好人定义为"弱者扶之，贫者助之"。现今，好人就是宽厚待人、乐于助人的人，就是无须回报、毫不吝啬地帮助他人的人。这个世界上需要像竹田幸子这样的好人，愿好人一生平安。

2018 年 7 月

北大的冈崎先生

读过鲁迅先生小说的人都会对他笔下的藤野先生印象深刻。他黑瘦的面孔、抑扬顿挫的讲话、不倦的教诲、一丝不苟的治学精神令人记忆犹新、敬佩不已。在中国，在北京大学日语专业的学生心中，也活着一位"藤野先生"。他，就是日籍老师冈崎兼吉先生。

一九五三年春，冈崎先生作为中华人民共和国的第一批外国专家应邀到北京大学任教。尽管那时中日两国的工资收入有天壤之别，他和中国老师一样仅拿几十元工资，但他毫不犹豫地登上了北大东语系的讲坛。从此，在北大讲坛上活跃着一位身材精干、谦和朴素的日本老师。

二十世纪五十年代，北大的教学条件比较艰苦，冬天，平房教室甚至没有暖气，冈崎先生身穿一件蓝棉袄在冰冷的教室里为学生上课，无怨无悔，更无外国专家的架子。

冈崎先生的治学态度极为严谨。他担任二年级的会话课和三、四年级的作文课教学。在日语教材极其缺乏的五十年代，他亲自编写日语教材，甚至亲手绘制插图。他为北大东语系留下了几十本用工整的字体写成的教材和教学笔记。这是他几十年教学经验的结晶，凝结着他几十个春秋的心血。这些日语教材在当时北大日语教学中颇具权威性，中青年教师之间发生日语教学的争论时，都要翻看冈崎先生的教案，从中找出正确的答案。

冈崎先生为人十分谦虚和善，无论见了老师还是学生都微笑着频频点头致意。但是，当他站在讲坛上却成了最严格的老师。站在黑板前，他浓黑的两道眉下，总是闪烁着锐利的目光，毫不留情面地纠正学生日文发音和语调的毛病。他经常把学生的日文作业拿回家批改至深夜，从不放过学生的任何小错误。每当学生们拿到他批改过的作业本时，都会看到先生用红笔一笔一画改过的蝇头小字，经常是一页纸上呈现出"一片红"。

当年的学生们回忆说："当我取回作业本时，看到被老师改得'一片红'，常常是脸上火辣辣的，真想大哭一场或找个地缝钻进去。但是，毕业后走上工作岗位，听到的评论是：'北大毕业生的日语就是棒！'那时，我们又会发自内心地感谢冈崎先生改的'一片红'。"

看来，这"一片红"成为冈崎先生的独特教学风格，既凝结着他无数个不眠之夜的心血，又凸显出他一丝不苟的治学精神。严师出高徒，北大的日语毕业生就是在冈崎先生"一片红"的严格要求下逐步成才，走向社会的。

在冈崎先生诲人不倦的教导下，日语专业培养出上千名优秀的日语人才。人们感叹地说："现今的许多外交家日语很出色，多亏了冈崎先生和许多老师的教导啊。"

冈崎先生毕生都对中国怀着深厚的友好情谊，把北京作为自己的第二故乡。在是非混淆的"文化大革命"期间，北大的校长、老师被批斗，他虽然一言不发，但心里却对是非看得一清二楚。当日语教研室副主任张光佩老师从"牛棚"里放出来时，他热情地伸出双手祝贺，张老师激动得流下了热泪。几十年后，张老师对这段往事仍记忆犹新，念念不忘。

"文化大革命"期间，一九六九年他曾被迫离开北大回到日本。在日本生活期间，从未讲过半句有损于中日友好的话。一九七三年，在周总理的亲自过问下，他又重新得到北京大学的邀请。当他听到这一消息时，激动得热泪盈眶，立即收拾行装返回北大。

重返北大后，东语系交给他的工作是培养年轻教师。留校教师是从几十名毕业生中选拔出来的，应该说是毕业生中的佼佼者。但是，冈崎先生对于他们的日文教案，仍然毫不客气地改得满页纸都是"一片红"。年轻教师在冈崎先生的严格指导下一步步成长为深受学生欢迎的优秀日语教师。当年的年轻教师现在虽已退休，仍然清晰地记得冈崎先生改过的"一片红"教案。

冈崎先生不仅是中华人民共和国成立后聘请的第一批外国专家，也是第一批获得北京永久居住证的外国人。他如今已是桃李满天下，他教过的学生上自外交部长，下至各地方外事干部和翻译，活跃在政治、经济、外交、教育、军事等各个领域。

虽然，冈崎先生于一九八五年退休离开了北大讲坛，但他无时无刻不惦念着北大，关心着北大的改革和教学情况。一九九八年五月，北京大学迎来建校一百周年大庆，日语专业的各届毕业生从四面八方而来，聚集在外文楼门前。突然，大家眼睛一亮，一位银发老者乘坐轮椅出现在大家眼前，他，就是冈崎先生！虽然腿脚不便仍风尘仆仆赶来。学生们争先恐后地拥向轮椅，与他紧紧握手，众星捧月似的簇拥着他，共同留下难忘的合影。

二○○七年九月五日是冈崎先生九十岁生日。从八月中旬开始，许多学生就张罗着在"无名居"饭馆以九个大寿桃为他祝寿。有的学生甚至花了十天时间特意写了九十个寿字，准备那天送给敬爱的老师。

但是，事与愿违，八月三十一日凌晨，噩耗突然传来，冈崎先生默默地离开了人世。听到噩耗，学生们从全国各地赶来了。他们不约而同地来到了八宝山，围拢在鲜花丛中的老师身旁，向冈崎先生最后一次深深地鞠躬默哀，发自内心的哀痛笼罩着每一个学生。

在整理冈崎先生的遗物时，发现了他亲笔绘制并精心保存的两张地图：一个是他付出毕生心血的中国，一个是父母之邦的日本。那是他一生挚爱的两个故乡。

如今，冈崎先生的骨灰被安葬在日本爱知县的土地里；但是，他的魂魄带着他高尚的人品、诲人不倦的精神，永远留在了北京大学的未名湖畔。碧绿的湖水倒映着他谦和的笑容，他改过的"一片红"作业本永远珍藏在学生们的心中。

2018 年 7 月

闹市中的绿洲

它，不过是东京南麻布地区的一个小小街心公园，却在我的记忆里占据了鲜明的一角。其名字在中国人看来有点拗口，为"有栖川宫纪念公园"。

"有栖川宫"是日本皇室世袭亲王宫家之一。这块土地曾是明治时代皇室的御用地，是有栖川宫威仁、裁仁的王邸。一九三四年，此地由皇室赠与东京都，作为纪念公园对外开放；一九七五年，划归港区统管，成为区立公园。

公园的入口极不显眼，没有高大的门，像自家小院的门口那般简单，仅有东、西、南、北四个入口。每天我都要从南面的入口走进，从西或北面的门口走出，这种走进走出的循环持续了四年之久。

整个公园地势高低富于变化，东北侧是高坡、密林，西南侧是一池碧绿的湖水。潺潺溪水从东向西缓缓流下，沿溪流建有几座石板小桥。公园内长满各种树木，古老的松柏和竹林一年四季常青。其他花木则随季节开花，任它们主宰四季的色彩。

二月，娇艳的梅花在湖畔竞相开放；四月，绯红的樱花在东南部开得灿若红霞；秋天，满坡的枫叶红艳似火，还有一棵百年的银杏树金光闪闪。深秋时节，落叶纷飞，弯弯曲曲的小路上积了一层厚厚的黄叶，踩上去沙沙作响。冬季下雪不多，但一旦飘雪，则银装素裹，美不胜收。

记得那年二月，梅花正开得花团锦绣，突然天降大雪，鹅毛般的雪花飘飘洒洒地打在窗户上。我拎起照相机跑出屋，快步走到有栖川宫公园里。雪花覆盖在公园各个角落，绿树、小桥、梅花都抹上了一层银白色。红梅的花瓣上覆盖着晶莹的雪花，显得愈发娇艳。正是：红妆素裹分外妖娆，寒梅傲雪别样红艳。

在西南侧有一池清澈的湖水，沿湖种植着各种树木。北侧湖边有一片鸢尾，四月末五月初蓝紫色的花竞相开放，似蓝蝴蝶在湖边自由飞舞。湖边还有几棵百年老松，枝干虬劲盘旋，似蛟龙从水中跃起。

这小小的公园还是鸟类的天堂，许多不知名的鸟儿在山坡的密林里栖息，或在湖面上飞翔，叽叽喳喳的叫声汇成一首森林交响曲。

当然，它更是孩子们的乐园。在小小体育场，经常有一群孩子在生龙活虎地踢球，路过那里时，我总要驻足观看一阵子。在池水畔，经常有幼儿园的老师领着一群三四岁的孩子戏耍。他们戴着一样的红色小帽、穿着同样的蓝色短裤，显得格外天真可爱。两个小孩你追我跑，一个摔倒了，居然不哭不闹，自己站了起来。老师帮他拍拍土说："好棒！"

看到这场景，我忽然想起日本朋友的话："日本小孩跌倒后，家长和老师一般都不去扶，而是让孩子自己站起来，然后予以表扬或鼓励，从小培养孩子自己跌倒、自己爬起来的习惯。"

令人意想不到的是，在这个公园的绿树丛中竟然掩映着一个图书馆，而且居然是东京都立图书馆。虽属东京都管辖，但灰色的建筑外观极为简朴，五层的建筑内，藏书却有二百万余册。

为了查询天龙山石窟有关的资料，我特意来到这个图书馆。进门时无须任何证件，自带的包包也可自由带进，门口的服务员只是交给你一个"入馆证"的牌子，通过一道电子门，便进入图书馆内了。挂着牌子便可以自由地在图书馆任何角落走动，查询或阅读。

一层大厅十分宽敞、明亮、洁净，整齐地摆着许多张大桌子，桌面上有多台计算机，供查询或阅读资料。二层大厅里密密麻麻地排列着一排排书架，分门别类地插放着许多书籍，约有三十五万册供开架阅览。虽然，每排书架上都贴着类别的标签和编号，但图书之多如汪洋大海，寻找自己想要的书不是件易事。

当然，通过电脑查询就易如反掌了。对于不善于使用日文电脑的人，查询处的服务人员还可代为查找。根据我的要求，一位年轻的服务员通过电脑帮我查出了有关"天龙山石窟"的馆藏图书，打印出目录交给了我。过目后，我不禁惊喜万分，《天龙山石窟记》一书竟名列其中。

填写了借书单，交给服务员，不一会儿，书就从地下书库调了出来。这是本近百年前印刷的书，当初印量有限，现存世已不多，可称之为古董了。该馆也仅有一册，封皮已泛黄，被加上了保护的硬皮。

我小心翼翼地翻阅着，激动不已，正是"众里寻他千百度。蓦然回首，那人却在灯火阑珊处"。这正是我半年来四处找寻的书。尽管爱不释手，但终归是要还的，我于是想到把这本书全部复印下来。

经工作人员确认，此书可以复印。我立即填写了一张复印单，把书交给复印处，十几分钟后服务员就把复印好的五十多页纸交给了我。当然不是免费的，花了一千多日元（约六十元人民币）。如此珍贵的历史资料，如此简便地拿到了复印件，简直是不可思议。

馆内三、四层还设有特别文库室、音像资料室，五层设有咖啡、快餐厅。可以说，设施虽不华丽，面积也不算很大，但功能齐全、服务周到。

出门的手续也很简单，通过那道电子门，只要把进门时的"入馆证"牌子交还即可，复印的资料可自由地带出。

公园像是闹市中的绿洲，让市民躲开城市的喧嚣，尽享新鲜空气和阳光。而图书馆则是人们精神的绿洲。每一本好书，都是人类智慧的结晶。伟大的文学家列夫·托尔斯泰说："理想的书籍就是智慧的钥匙。"不读书，人的精神就会荒芜，成为一片空虚的沙漠。而现今的某些人，每时每刻仅低头看手机，只能获得支离破碎的信息。只有读书才能获得全面系统的知识。而服务周到、管理简约的图书馆则会令人自由地在智慧的海洋里游弋，或者助一臂之力，帮你寻到良师益友。

2018 年 7 月

池坊花道归故里

好像步入花的海洋、美的世界，一件件插花作品琳琅满目、争奇斗艳。这是三十几年前在东京都美术馆举办的第四十八届池坊流插花展的盛况。身穿艳丽和服的日本妇女川流不息地拥向展厅，我和一位日本朋友也饶有兴味地驻足观看。

身为花道教师的日本朋友热情介绍：

"插花也称花道，是日本独特的传统艺术，起源于中国的佛教供花。公元六〇七年，圣德太子派遣小野妹子访隋，小野在潜心研究佛学的同时，兼学佛前供花。回国后，住在京都六角堂顶法寺池坊，他在积极传播佛教的同时推出佛前供花，并制定了祭坛插花的规范。因此，小野妹子被称为'池坊之祖'。可以说插花是随着中国佛教一起传入日本的。

"室町时代（1392—1573）中期，由池坊专庆创立了'立华'样式，并把它规范成一门独立的艺术，奠定了花道的基础。'立华'是以枝条的空间伸展，展现大自然的韵律美感，具有典雅华贵的气质。

"现在，第四十五代宗师池坊专家继承了池坊流精湛的插花艺术，并创立了'生花新风体'和'立华新风体'，使之更加绚丽多彩。

"十六世纪末期后，经过桃山文化、江户文化的洗礼和熏陶，插花艺术冲破贵族生活的小天地，不受形式的拘束，日益渗透到庶民生活中。而且插花变得自由、清新、飘逸，并由最初的一种流派'池坊流'发展到多种流派，如出现了小原流、草月流等。

"插花艺术装点着人们的生活，在日本尤其在妇女中有着深厚的群众基础。五百多年来，插花艺术日益繁荣发展，如今已形成三千种流派。但是，最大的流派仍是'池坊流'，据说目前会员已超过一百万人。"

展厅宽敞明亮，展台上，百花争艳，令人眼花缭乱，目不暇接。淡红的梅花、娇黄的水仙、素洁的百合、郁紫的兰花、艳红的郁金香……有的含苞待放，有的花蕾初绽，有的肆意怒放。花朵或伴以轻柔的柳枝，或配以挺拔清秀的翠竹，或衬着苍劲有力的松枝，或缠以回旋盘绕的藤条，显得格外高雅、华丽。

厅内又像是一个花器的展览。根据展花的风格、造型的特点，选取了不同形状的器皿。

有的插于细身窄口的磁瓶，有的倒栽于弯月形的古铜器，有的立于朴素的竹筒，有的则挺于异形的玻璃瓶。

容器的表面，有的细腻光滑，有的粗糙古朴，有的呈方形，有的呈圆形，有的则呈盘状，可谓千姿百态。

日本朋友看出我对插花很有兴趣，便进一步介绍：

"别看这插花，学问还不浅呢！它不仅有立华的样式，还有生华、盛华、投入、自由花等样式，可插成直态、斜态、垂态等不同的造型。每种形式都有一定的规格，花草的选择和搭配、花朵的大小、花茎的长短、花枝的斜度，一蕾一叶，都要经过精心设计，力求给人以新颖的观感。同时，通过插花的过程提高插花人的修养，使之达到身心和谐的境界。

"插花一般采用瓶插或盆插，也有先设计、制作专门的花器和图案，然后再插花的。花与器的巧妙配合，就形成了不同的风格。有的淡雅，有的素朴，有的华丽。最重要的是要表现插花人的修养、情趣。花道讲究天、地、人三位一体的和谐统一，追求'静、雅、美、真、和'的意境。正因为如此，日本全国有成千上万个花道研究会和插花教室，专门研究、普及插花技艺。在日本，插花成了女子结婚前的必修课。"

在这位朋友的指点下，我渐渐从这些不同造型、不同风格的插花展品中，领略到各具特色的美感和韵味。

一件展品名"春"，在古朴的浅磁盘中插着几枝刚刚吐绿的柳枝，中间配有一枝烂漫的樱花，造型清新古雅，令人似乎从那摇曳的柳枝中听到了春风的轻拂。

另一件展品名"秋"，在白色的釉壶中插入几朵金黄的葵花，配上两轮颗粒饱满的葵花籽盘，再衬以几片宽阔的绿叶，使人好像看到灿烂阳光下的累累秋实。

有件展品名"月"，在月形的古铜器中倒插着一枝向斜下方伸展的枯枝，上面稀疏地挂着晶莹的红果，令我不禁联想到"云破月来花弄影"的画意。

另一件展品名"情深"，在长方形的磁盆中插着挺拔的翠竹，后面衬着浓密的松枝，中间绕以白色的藤条，间或点缀着红果，使我又不禁联想起李白的诗句"桃花潭水深千尺，不及汪伦送我情"。

每件展品都独具匠心，具有感人肺腑的艺术魅力。我凝神望着眼前一件件展品。心想："回国以后，一定要把日本花道这朵瑰丽的东方之花介绍给国内爱花的人们。"于是，举起手中的相机——忽然怔住了，真是，满眼都是艺术珍品，到底拍哪一件好呢？

三十几年弹指一挥间，如今，中国各大城市都有了插花学校，技艺精湛的插花展也在北京、上海等地频繁举行，中国传统的插花艺术再度兴起。池坊花道会也于一九九八年在北京设立了第一个海外支部，负责在中国各地举办培训班、花道表演、展览会等；迄今，已培养了上千名花道学员。池坊花道，这朵源于中国的东方之花重回故里，在神州大地又破土发芽，开出绚丽耀眼、芬香扑鼻之花。

2018 年 7 月

菊香幽幽

　　黄的、白的、紫的菊花开满了庭院，到处都弥漫着幽幽的清香。在这沁人肺腑的菊香中，我总会想起东瀛的一张绽放着菊花般笑容的脸。

　　一九八四年秋，我赴日本野村证券综合研究所进修，住在野村研修中心的宿舍。研修中心坐落在东京品川的一条幽静的小路深处，白色建筑小巧玲珑，教室、宿舍一应俱全。在学习经济知识之余，晚上我还到一个插花培训班学习。下课后，舍不得丢掉练习用的花草，便把它带回宿舍，按照自己的审美情趣，插在一只玻璃杯里。

　　第二天，课后回到寝室，当我的目光落在写字台，看到的竟是一幅令人心旷神怡的金秋图画。走近细看，一枝洁白的百合花亭亭玉立插在中间，两侧插着金黄的菊花，后面衬托着几片深红的枫叶和几枝飘逸的银色芦花。昨日的玻璃杯不见了，一只淡蓝的似莲叶般的瓷钵取而代之。

　　这是谁为我精心插的花呢？我暗自猜测。目光忽然停在一张纸条上，上面用娟秀的日文写道："请允许我冒昧地用池坊流插花法把花重新造型，并送你几件插花用具，供学习之用。"署名小野呈子。

　　瞬间，我似乎看见一位身穿淡紫色和服、披着瀑布般长发的年轻姑娘袅袅飘进屋来，把一篮子秋色悄悄搁在桌上，又似一股轻烟隐身而去。她虽然消失了，但却让我找到了一位善解人意的插花老师。我取出一张白纸，用工整的日文写上："感谢您的精心之作和送我的插花用具，希望能经常得到您的指教。"

从此，每隔几天，我都会在桌上发现新的惊喜。瓷钵里的花几天变换一次，像是技艺高超的魔术师把大自然春夏秋冬的一切锦绣都集于一室，给这单调的小屋和我的旅日生活增添了无限情趣。插花的旁边总是留着一张温馨的纸条，介绍本次插花的材料、手法和意境，就像身边站着一位老师正在娓娓讲述插花艺术的精粹。

一天下午没课，我中午便回到野村研修中心的宿舍。在楼道里，遇见一群系着白围裙的清洁女工。她们手提装着刷子抹布的塑料桶，说说笑笑地迎面走来。忽然，我发现一个人的胸前绣着四个熟悉的字——小野呈子。她不正是我要寻找的人吗？

我欣喜若狂，忙问："您就是小野女士吗？"

"是的。"她微笑着点头。

我这才看清她的模样：矮小的身材，穿一身浅蓝色工作服，外面系着白色围裙。短短的头发中露出几缕银丝，微笑的脸像是菊花般绽开了许多细密的皱纹。全然不是我想象中的插花教师。我想象的她是那么美、那么高雅，然而面前的她却是一位朴实的毫无修饰的老年妇女。我忽然悟道：真正的美不在外表，心灵的美远远高于外在的美。

于是，我热情地自我介绍："我是住在这里的，姓林。"

"您是林先生？"她的脸上露出吃惊的表情。

"经常指导我插花，不知怎样感谢您才好。"我真诚地说。

"我每周在插花教室讲课，打扫您的房间时，插盆花不过是举手之劳。"她谦恭地微笑着。

"请恕我冒昧地问一下，您既然是插花教师，为什么还要到野村研修中心打扫卫生呢？"我问。

"我本是一家医院的医生，插花是我几十年的业余爱好。去年退休后，经过资格考试，做了插花教师。日本的插花艺术起源于中国唐代，我一直很仰慕中国文化，早就想学中文。听说这里住着许多中国研修生，并招募清洁工，我想到这里打扫卫生一定会有练习中文的机会，于是就来了。你看，我的中文发音怎样？"接着，从她的嘴里，生硬的中文一个字一个字地蹦出来。

"我叫小野，请多关照！"说罢，她像害羞的小女孩那样红了脸。

"很好，发音准确。"尽管她的声调有点儿怪异，我还是热情地予以鼓励。

我心中暗暗感叹：日本老人竟有这样旺盛的追求和丰富多彩的生活情趣，真是如中国古语所说：活到老，学到老。

从此，我和小野便成了互教互学的朋友。她邀我去家里做客，并送我一袭白底紫花的和服。这件和服，我至今还珍藏在家里的衣柜中。我送她一张紫藤的国画，她如获珍宝，把画挂在客厅的正中央。

为期一年的日本研修生活结束，我返回北京。而后工作几经变化，和日本一些政府官员及公司高管的来往，都渐疏渐远，唯独和小野的交往如旧，每年都要收到她的信函和贺年片。

正如古人云："势利之交，难以经远。士之相知，温不增华，寒不改叶。能四时而不衰，历夷险而益固。"我虽然不是什么"士"，但与小野之交则是"温不增华、寒不改叶""四时而不衰"。

"耐寒唯有东篱菊，金粟初开晓更清。"秋天又接到小野的来信，信笺显得格外素雅别致。"金色的菊花开了，不知林先生的身体如何？"读着小野的来信，似乎看见那黄的、白的、紫的菊花从神州大地开到了东瀛，幽幽菊香又从东瀛飘回了神州。

2018 年 7 月

图书在版编目(CIP)数据

日本人的"真面目".2／卞毓方、林江东著. —桂林：漓江出版社，
2019.6

ISBN 978-7-5407-8680-9

Ⅰ.①日... Ⅱ.①卞... ②林... Ⅲ.①散文集—中国—当代 Ⅳ.①I267

中国版本图书馆 CIP 数据核字（2019）第095568号

日本人的"真面目"2

RIBEN REN DE "ZHEN MIANMU" 2

作　　者：卞毓方　林江东

出 版 人：刘迪才
策划编辑：符红霞
责任编辑：王成成
封面设计：柒拾叁号
责任校对：赵卫平
责任监印：周　萍

出版发行：漓江出版社有限公司
社　　址：广西桂林市南环路22号
邮　　编：541002
发行电话：0773-2583322　　　010-85893190
传　　真：0773-2582200　　　010-85893190-814
邮购热线：0773-2583322
电子信箱：ljcbs@163.com
网　　址：http://www.Lijiangbook.com

印　　制：三河市中晟雅豪印务有限公司
开　　本：715 mm×960 mm　　　1/16
印　　张：19.25
字　　数：240千字
版　　次：2019年7月第1版
印　　次：2019年7月第1次印刷
书　　号：ISBN 978-7-5407-8680-9
定　　价：55.00元